三上读物

疯话佳未成

八十年前狷者　至今冷嘲热讽

宣永光 著

论民国社会
论民国官场
论民国文化

中国发展出版社

图书在版编目（CIP）数据

疯话集成/宣永光著．—北京：中国发展出版社，2009.6
ISBN 978－7－80234－433－4

Ⅰ．疯…　Ⅱ．宣…　Ⅲ．杂文—作品集—中国—现代
Ⅳ．I266.1

中国版本图书馆 CIP 数据核字（2009）第 097526 号

书　　　名：	疯话集成
著作责任者：	宣永光
出 版 发 行：	中国发展出版社
	（北京市西城区百万庄大街 16 号 8 层　100037）
标 准 书 号：	ISBN 978－7－80234－433－4
经　销　者：	各地新华书店
印　刷　者：	北京凯达印务有限公司
开　　　本：	720×1000mm　1/16
印　　　张：	18
字　　　数：	200 千字
版　　　次：	2009 年 6 月第 1 版
印　　　次：	2009 年 6 月第 1 次印刷
印　　　数：	1— 7000 册
定　　　价：	29.00 元
咨 询 电 话：	（010）68990642　68990692
购 书 热 线：	（010）68990682　68990686
电 子 邮 件：	fazhanreader@163.com
网　　　址：	http://www.develpress.com.cn

版权所有·翻印必究

本社图书若有缺页、倒页，请向发行部调换

编者的话

民国时有两个奇人，一是厚黑学的教主李宗吾，一是爱说疯话的宣永光。

宣永光，1886年生于河北滦县。学成于北京汇文书院，后自命为先知先觉，目空一切，五年之中，改换七种职业。先后在陆军预备学校、汇文、民大、华大、朝大、北大、铁大等校任历史、地理、英文讲师。生性不能"安分守己"，爱对人生、社会、官场、家庭、男女二性等问题大发议论。他的杂感短文作为专栏先后在《实报》、《图画世界》和《北洋画报》上连载。文章刊出后，读者反应强烈，要求成书。20世纪30年代，老宣遂将数年来断断续续发表在书刊上的文章，辑为两册单行本出版，名之为《疯话集成》、《乱语全书》。两书一出，喧嚣一时，与李宗吾之《厚黑学》并称为奇书。

老宣似傻实真，所谓的疯话其实不过是真正的实话、真话。这两本书或以杂文形式出现，或以格言方式表达，精炼和准确地体现了老宣对民国社会、人性、婚姻、情感、文化等方面的丰富阅历和感悟。文字或诙谐、或严肃、或嘲弄、或深刻、或取笑、或抚慰，不一而足。老宣善于从身边看似最平庸琐碎的事中揭示出红尘中的道理，从穿衣吃饭上床这些司空见惯的现象中阐示出人生的真谛。他对男女、婚姻、社会以及人生的刻画和揭露可谓一针见血、入木三分。时间虽过去近百年，如今再看他的妙语，不但仍未过时，有些更切中时弊。

时隔80年，我们重新选编、出版他的这两部作品，以飨今人。为了便于读者阅读，对原书不合时宜的内容稍作删节；

并请胡延亭老师配以漫画,可以更加轻松幽默地展现作者的语言,使读者看完后或会心一笑或拍案叫绝。

当然,老宣所处的是民国社会,毕竟还是有一定的历史局限性,他的某些观点和说法,我们还是不能苟同。

编　者
2009 年 6 日

目 录

2 ……… 题词
5 ……… 序
6 ……… 写在前面的后面
7 ……… 老宣供词
9 ……… 跳加官

1 ……… 论民国社会
89 ……… 论民国官场
169 ……… 论民国文化

题 词

　　老宣疯话，可称人类格言，社会警钟，医世针砭，照妖犀火。不佞每日读罢疯话后，不独郁结之气，顿觉舒畅，即乏味不开之食量，亦增白饭两碗。尝闻少陵诗可愈疟疾，陈琳檄能驱头风，美哉斯言，信不我欺。
　　　　　　　　　　　　　　　——唐山顶寒

　　不慑当道之忌，不阿流俗之好。
　　　　　　　　　　　　　　　——北平林东湖

　　每读快论，有如多年积痒为之一搔。
　　　　　　　　　　　　　　　——滦县朱意防

　　句句切中时弊，段段纠正人心，对症下药，扎针见血。
　　　　　　　　　　　　　　　——效忍斋主人

　　疯话好处在哪里？就在能为人泄忿。
　　　　　　　　　　　　　　　——罗秉南

　　本来，人们说话，必须要有分际。领导民众的，要说空话说大话；攒挤门路的，要说好话说软话；为人师表的，要说废话；受人教训的，要说狂话；对于朋友，要说假话；对于尊亲，要说瞎话；事关利害，要说模棱话；事不干己，要说风凉话；这才是识时务的俊杰。老宣先生，舍此类有用的话不说，一定要说些实话与直话，又什么天理话良心话，自己受了人家的厌恶，还居然自喜地以为自己很会说话，由此看来，老宣先生，确也有些半疯儿。

——马镜澄

书斋有奇宝，长坐四维中；敢秉春秋笔，何殊夏禹功；所谈无一妄，其话不曾疯；为问宣南客，伤心几辈同。

——万南溪

愤世如刘骂，变时似贾吞；针针皆见血，语语痛惊魂；泪洒斯民涕，文崇吾道尊；滔滔何处是，予欲噤无言。

——李遽庐

疯话一书，可称为治国治家治身之良剂。

——王锡满

举世皆浊，凡事无不令人发指，独一阅我公伟论，积年养疥，得之一搔，殊令人拍案称快。

——张熹光

参合新旧之说，不偏不倚，适得乎中。

——马倚衡

牖民觉世，能使民日迁善而不自知者，疯话一段庶几斯人。

——新城无名氏

示全国以正路，不啻暮鼓晨钟。

——正定何子居

理有真诠，意无虚构，洵为深切。

——马头沟马仁涛

我想老宣在说疯话那时，一定是咬着牙，瞪着眼，心里燃烧着，全身血管涨着，在那一刹那间就承认他是真疯也不为过。

——天　君

以舆论改良社会。

——涿鹿李仲颖

国病只要有魂即有救方，疯话是拘魂的大神咒。当道能采纳，则是大明咒；国民能奉行，则是无上咒；家庭能采为训，则是无等咒。

——广　权

降邪说，济时乱，继六经之绝响，述孔孟之独唱。

——古渝李华仁

序

实报社社长老管请我每天作一篇文字，登在《实报》上，补一补空白。他这种提议，简直是令老鼠耕田，使鸭子上架。因为我原是一个滥竽充数的教书匠儿，只能用之乎者也或A、B、C、D，欺骗年幼的学生。若对各级的阅者，张牙舞爪地大开话匣子，不但没有这种天才，更没有这种经验与学识。并且我正在努力奋斗，为我自己谋幸福的当儿，也没有这种闲心。然而老管既诚心拉我跳火坑，我若屡屡执拗，未免就要得罪朋友。我暂时只好勉强硬凑几句"疯话"，搪塞一下子！

以上几句话，是去年十月我在《实报》第一天与读者相见的开场白，到现在，已经六个月了，疯话倒也说了不少。管先生又来向我提议说，有许多读者，要求将已登的疯话，印成单行本，问我意下如何？我说："只要你不怕赔钱费力，我当然不怕丢脸招羞。"至于疯话是否配印成书，那是活该！任谁说什么，我满不在乎。是为序。

中华民国第一甲戌阳历三月二十五日
老宣于北平东城寄庐之"宝四维斋"

写在前面的后面

我一生的大毛病，就是模模糊糊。说话，语无伦次；作文，八倒七颠。并且我的笔迹，更是奇形怪状，写完简直连我自己也认不清楚！因此稿子一交"手民"手里，他们就皱眉瞪眼，以致生出错中之错，误中之误；第二日登出报来，有时竟在一条之中，漏去数十个字之多。这次既要将我的东西，印成单行本，我只好再校改填补，并请我的朋友梁思孝，重校一遍，以辨鲁鱼而免读者生气。不过，老梁也是一位模糊先生，他校了之后，是否还有错谬，我不负责任！

至于捧我不合事实之处，预先并未征求我同意，我誓死不能承认！要知香臭、好歹、邪正、上下是要由实际而断，不能强加硬改！譬如她们每月的必需品，虽经药房尊呼为"妇女之友"，名称是冠冕堂皇了，然而终不能代替摩登人士所戴的卫生口罩用！到底，"妇女之友"，还是月经带；心清似水吐气如虹的老宣，还是不学无术昏天黑地的疯子！

宣永光

老宣供词

自拙作《疯话》问世以来，承读者不弃，屡以不佞之真实姓名年龄籍贯及现状见问。不佞愈不答复，问者愈催促不已。几有法吏讯盗"若不从实招来，难免老爷生气"之势。不佞狡展无术，只好自将丑史，全盘托出于左：

不佞氏宣，名永光，今河北省滦县城内南街人，乳名和尚，学名金寿，民元十月投考陆军预备学校时，始改今名。朋辈屡以老宣呼之，因之为号。祖籍鲁之青州，迁于浙之余姚。明末，在浙之一支已传至八世。八世中有洞出公者，宦游北上，入籍滦州（今改县）。及不佞之身，已十一世矣，故不佞为绍兴师爷之后。先父字若眉，居名笃斋，人称笃斋先生，系廪贡生，候选州同，曾佐张腾蛟军门戎幕，以耽于理学，不合时尚，穷老授徒以终。先母氏吴，同籍滦州，生先长次两姊及不佞三人。不佞九龄入塾，受业于家庭专馆教员石杏村先生。前清光绪二十四年，入本县教会学校成美学馆，习英语与科学；二十七年，入北京汇文书院为"洋学生"。在校时，以读书为桎梏，以欺骗师长为能事，屡屡攀墙越屋私出游玩，永不与诸同学合群为伍。入礼拜堂即暗读小说，有时亦喃喃颂祷，假冒信徒。进自习室即滥写情书，兼习绘事，尤精于某种图画。幸天相"恶"人，不佞虽不务正，而各科除算术外，无不及格。算学虽为不佞所深恶痛绝，然以巧弄计谋之故，亦可勉强够分。三十二年冬，即步入社会与书本绝缘，且以父殁乏资，未能出洋"镀金"。彼时人才缺乏，事浮于人。不佞遂自命为先知先觉，目空一切，朝辞一职，夕即有人约聘。五年之中，所改职业至七种之多。仅以邮政一事而言，不佞若肯耐守至今，位置已可超出邮政务官以上。入民国后，历充第一、第二陆军预备学校、汇文学校、民大、华大、朝大、北大、铁大、平大农学院等到校之教员讲师，以历史地理英文三项，误人子弟。就中以 A、B、C、D 骗人之时最多。又滥竽于政军二界，为中下两级官佐。现年五九加四，身高四尺八寸，体重百十八磅，面黄瘦无发，状如鸦片烟鬼。天性刚愎顽劣，易喜易怒，贪食而无量，好色而无欲。三餐无肉则哭，半日无妻则弗。元配本县龚氏，继娶北平赵氏，均旗籍人，此即不佞幼年好谈排满之果报也。不佞因罪孽深重，不自殒灭，祸延子嗣。龚氏仅遗一女，嫁已三年。去冬，赵氏流产一男，形体未全，好赴修文。今仍奉祀于某大医院中，可谓典型犹在。龚氏于民廿一，驾返瑶池，享年七七有二，生时暴烈善怒，不佞畏之如虎。赵氏系民廿二，迎娶过门，芳龄四八又四，天性刚猛多疑，不佞怕之如神。不佞奔驰南北东西二十余年，既未从事革命运动，又未为国为民谋求幸福。蹉跎至今，不但将祖产变作挥霍之资，至此时衰力竭之年，一旦失业，即有断炊之虞。不佞现居东城某巷，赁舍八间。日以吃饭睡觉浇花养鱼弄猫戏狗为事。每日食米饭二小碗，用菜二大盘，吸纸烟两盒，饮浓茶六壶；大便二次，小便二十余次。饭饱水足，即倒身一睡，日夜共睡十二小时。且好洁成癖，将大好光阴，多耗于洒扫盥浴刷牙濯足之间。虽有藏为之癖，苦无读书之心。喜集碑帖，而无观摩之志。近三年来，学校中有校长，肯为保镖，不佞即"倒"执教鞭，对付些时，否则即勉强撰稿，售之报社，造谣惑世，骗取金钱。合计平津两处稿费，月入百元左右，足敷生活购书学杂费与还债之需。决不为未来之少爷小姐，遗下分文资产。至愚夫妇养老之资，惟托诸于上帝老天爷而已，所供是实，再有问者，恕不答复。

跳加官

我这本东西，十之八九是我的鄙见，十之一二是洋人的唾余。我原是来自田间的人，虽在学政军三界混了二十余年，只因幼不好学，长而懒惰，奔走衣食，更无暇读书。至于什么叫"文坛"、"武坛"，我全不知道。什么为"前提"、"后蹄"，我不晓得。什么是"唯物论"、"辩证法"，我不了然。哲学、心理学、伦理学、理论学，我不明白。"旧圈点"、"新符号"，我更是模糊。那么，我说的话当然语无伦次，作的文必定文白混淆！所以我这本东西，既以我的成分多，洋人的成分少，我只了用强奸包办的恶例，本着我自己的见解，笼统称之为妄谈！我这本东西的内容，在《图画世界》及《北洋画报》，断断续续地，登了七年之久。三四年前为嗜痂的读者，请我合拢起来，印成单行本。那时我的脸皮还薄，屡屡不敢灾梨祸枣，现今又苟活几年，脸皮又厚了许多，又因失业甚久，穷极无聊，将已披露的，略加整理，印成书的样子，骗些钱花用！我所说的，颇有拗理悖情之处，也不过是"姑妄言之"，读者可姑妄阅之！认为讲经说法亦可；当作鸡鸣犬吠亦可！反正，论我这若存若亡的良心，我是对两性任何一方，决无恶意的。所以骂我也好，打我也好，抄我的家也好，灭我的门也好，任听尊便，我毫不抵抗！不过，若不将全部阅完，细加思考，就请"免开尊口，免动尊笔"。

我本想为我这本东西，请几位朋友题字，烦几位"社会之花"作序。可惜我的朋友，全不是圣人，又不是要人，且不是学者。他们的大名，既未见过经传，报上也未给他们作过起居注。纵然他们对我有求必应,也不能提高我的价值,也不能替我辩护,说我的妄谈不妄。譬如一块烂铁镀上金,一团狗屎擦上粉,不但不能增光,且是作践材料。至于社会之花,我既穷而且丑,讲不起社交,更不能拜倒旗袍之下,摇尾乞怜,而劳她们的玉手,所以序文与题字,只好由我一人,大包大揽,自拉自唱!

民国二十三年五月二十五日
滦县老宣自叙于北平东城之寄寓

论民国社会

论民国官场

论民国文化

革命先革心

人饥己饥，国怎能不强；只顾一家饱暖，不顾千万人饥寒，国焉得不乱。

圣人是大盗，现在圣人满街走；荡妇是祸水，现在祸水沿街流。国事焉得不糟，社会岂能不乱。

我国的志士，自古以来，没有今日之多；而国事之乱，没有今日之甚。

我在朋友家，见一只鹦鹉，狂叫"打倒帝国主义"。我对它说："你这个东西，知道什么是帝国主义么？"我愈追问，它愈喊叫。我说："叫吧，你也不过是空叫。"

人人全喜欢受人恭维，可惜配受恭维的人太少。人人全不愿挨骂，可叹应当挨骂的人太多。由自己起，自己就是第一个该当痛骂的人。

现今我中国，将出洋二字，认作超凡入圣的大事。非出过洋，不能做大官，不能当大学的教授，不能娶有学问的女人，不能显亲扬名，不能到处受人欢迎。依此推测，将来当厨子老妈，必须先出洋。倒马桶的，拉人力车的，也非先出洋不可。甚至不出洋，就不配娶媳妇，不配造孩子，不配为中国国民，不配在中国生活。简直不出洋，就不是人类。果能达到这种文

"你知道什么是帝国主义么?"我愈追问,它愈喊叫。

我说:"叫吧,你也不过是空叫。"

打倒帝国主义!

明进化的地步，我中国就真要"出殃"了。

我听说，某学校有一位国文教员，他的国文程度，实在是稀松平常，屡被学生攻击，大为同人鄙视。然而他善能施行革命，改造环境，跑到美国住了几个月。回国之后，立时被校长另眼看待，举为国文主任。同仁对他，居然自惭形秽，侧目而视。学生对他，居然敬若天神，唯命是听。于是他的文名大噪，每有著作，全校无不争先传观，叹为前无古人，后无来者。由此可见，我中国连水土也须改良，否则不但在中国不能研究科学，甚至研究中国的文字，也非远涉重洋，去向洋圣人领教不可。

有人问我"枕戈待旦怎么讲？"我回答说："那戈字原是胳膊之胳，经一般秘书先生们用错了。枕戈者，是枕着姨太太的胳膊；待旦者，是等待所捧的花旦。"

当官僚，若穿西服，上司与属员，必另眼看待；当学生，若穿西服，职教员与同学，必另眼看待；处家庭，若穿西服，父母、兄弟、老婆、姊妹、嫂子、媳妇与厨子老妈，必另眼看待；处社会，若穿西服，亲戚朋友与男女同志，必另眼看待；当教员，若穿西服，校长、同事、学生与堂役，必另眼看待；打官司，若穿西服，法官与警察，必另眼看待；逛胡同，若穿西服，娼妓与龟鸨必另眼看待；买东西，若穿西服，商店的老板与伙计，必另眼看待；讨饭吃，若穿西服，慈善的老爷太太与少爷小姐，必另眼看待；当外勤，若穿西服，卫兵门岗与要人秘书，必另眼看待；甚至当扒手，若穿西服，侦探与失主，也必另眼看待。并且自己，若穿上西服，也就觉得立刻变成非凡出众的高等国民。你若不信，可到天桥的旧衣摊上，用三块钱买一套旧西服，穿上试一试。

这种情形，我不敢说是亡国的预兆，我只可说是文明进化的现象。

孙中山先生说："革命须先革心。"我再补充一句："革心先肯说实话。"

顾廉耻，当言行一致

中国现今，若还要给伟人铸铜像，我主张先多铸齐宣王的像。因齐宣王敢对大贤（孟子）说良心话，试问亘古以来有几个？有人说："齐宣王不顾廉耻。"我说："顾廉耻，就当言行一致，不可向脸上'贴金'假充神圣，悬节孝牌而开'暗门纵'。那才实在是不顾廉耻呢。"

有人问我："若给中国的女伟人铸铜像，当铸谁？"我说："当铸苏秦的嫂子。因为她肯当面对苏秦说：'季子位尊而多金。'她那意思是说：老三，我尊敬你，是因为你做了高官，发了大财。试问现在能有几个女人，敢像她那样肯说良心话？"

为已死的伟人，铸千百铜像，不如为未死的小民，筹一线生机。使人在眼里，时时瞻仰伟人的铜像，不如使人在心里，时时纪念伟人的大德。否则，愈多铸铜像，愈使将来的小民，在砸毁的时候，多费一些气力。看一看魏忠贤的"生祠"，1700多座，全到何处去了？

国民各凭天理良心，殚精竭虑，尽他当前应尽的职责，就是爱国。

爱国是行为，不是空言。是牺牲自己，不是牺牲别人；是尽义务，不是图富贵；是尽国民天职，不是滥出风头；是个人良心的表现，不是夸张自己的功勋。

人人以行为爱国，国不求强而必强；人人以言语爱国，国不求亡而必亡。

我国自古是"三爷主义"（舅爷、姑爷、少爷）的国，这种主义去不了，任何主义行不开。

前美国驻华公使弗兰克·克莱恩先生，在某处对中国学生演讲说："……不必竭力救中国，只要诸君诚实不欺，心口皆同，言行一致，中国自能强盛。"他这几句话，正搔着我中国人的痒处，正探着我中国人的病根。我中国人中，尤其青年的中国人——苟够如此，终可以使中国得着真正实在的利益。

| 把自己看做圣人，必将旁人看成混蛋

将自己看做圣人，必将旁人看成混蛋。达到这种程度之后，天良就真闭了，两眼就真瞎了，双耳就真聋了。如此，任什么良言善行，就全打不开他的心门，触不着他的耳目。久而久之，就养成一个实实在在、的的确确的混蛋。这种人若再遇着别的混蛋拍他捧他，他的前途就可想而知了。

天下只有两种人，第一种是自知为混蛋的，第二种是不知自己为混蛋的。天下的坏事，全是这第二种人做出来的。天下的扰乱，也是这第二种人酿出来的。欲求天下太平，人民安宁，必须首先打倒这第二种人。

群众有了幸福，你既是群众中的一个，你也必有幸福可享。群众遭了祸害，你既是群众中的一个，你也必有祸害难逃。天下人全有连带的关系，一国扰乱，天下不安。只看中国的军阀，他们仅图营私肥己，苦害人民，因而民穷国乱，全国之中，找不出一个安宁之所。他们也因此东奔西逃，求庇于外人保护之下，而成了丧家之狗。

我的朋友某教员，因受了人力车夫的气，大骂畜类不止。我说："你不要骂他畜类，他有拉车的一技之长。要知我们若不能教书了，我们欲当畜类，还没有拉车的力量呢。生在这变化无定、乱七八糟的时代，谁知将来升降到什么地步。我的老友陆军中将某师的参谋长某君，已摆了卦摊卖卜为生了。试问我们研究过《周易》与《子评》么？"

弱国说大话，愈说愈弱

说实话则招人恨怨，说假话则受人欢迎。办实事则被人讥为无能，放空炮则被人称有志。生在这种时代，若讲天良就算落伍了。

妇女被人强奸了，向人哭叫喊闹，听见的人，会对她表同情，替她掉眼泪。国土被侵占了，若只是哭闹叫骂，不但无人表示同情，反招人大加讥笑。

若将我中国人，近几年来对外所说的大话记录下来，足可使拿破仑听了丧掉真魂，使大彼得听了吓破苦胆。

学者的话不可靠，政治家的话也不可靠，外交家的话更不可靠，美人的话尤不可靠。

现今我国的农村破产，并非起于农民的知识孤陋，也不是因为未经科学的训练，更不是因为他们的田地未经科学的改良，全是起于捐税烦苛与兵匪扰乱。只要军阀不作内争，减轻捐税，少为他们谋改革，少管他们的闲事，不必假装疯魔，为他们谋幸福，他们自能休养生息，安居乐业。

农工商，全是专门的职业，他们只靠着经验进行他们的业务。外行的人不可越俎代谋，更不可妄用高深的学理，以他们作改良的试验品。

农工商，脑筋多是简单的，思想多是诚恳的，行为多是忠实的，所以容易团结。读书的人，脑筋多是复杂的，思想多是变幻的，行为多是诡诈的，所以最不容易联合。天下唯读书的人，最奸猾、最可怜、最可恨、最可羡、最可鄙、最明哲、最混蛋。

穷人说大话，愈说愈穷。弱国说大话，愈说愈弱。

现今，若本着良心说话做事，就有人说你不通人情，不达事理。你若昧起良心说话做事，反有人说你通权达变，习性和平。

法律，阔人的护身符

现在中国的法律，是阔人的护身符，是小民的绊脚石。

律师愈多，诉讼的人愈多。医生愈多，患病的人愈多。

俗语说："衙门口向南开，有理无钱莫进来。"在黑暗时代，是有钱就有理。在文明时代，是无钱就无理。

从前有钱的人打官司，可以暗约讼棍。现今有钱的人打官司，可以明聘律师。反正钱愈多，理由愈充足。

从前的讼棍，据说是挑词架讼。现今的律师，据说是维护人权。依我的见解，全然为己，就是讼棍。十分之一为人，可称律师。

有钱的人犯了罪，大概是情有可原。无钱的人犯了罪，多半罪无可恕。

爱国，是爱国中所有之物

满口谈爱国的人，未必是爱国的志士；满口谈爱民的人，未必是民众的救星；满口谈贞操的女子，未必是节烈的妇人。

救国，当救眼前这似亡似存的国；救民，应救目下这不死不活的民。不必大言不惭地高谈阔论，将来要如何建设什么样的理想国，训练什么样的理想民。要知眼前的小问题，若还无法解决，何必对未来的大方针，空唱高调。更要知，国亡之后再无国，民死之后再无民。纵有许多高明方法与远大政策，到国亡民死之后，再也无法施展了。一时的人言，固可防止；千秋的史评，实在可怕。

目下欲救中国，只在少有私见，少作内争，少设机关，少

· 论民国社会 ·

用私人，少添冗员，少增捐税，少养无用的军队，少为伟人举行国葬，少为伟人修饰坟墓，少涉人民不关国政的习俗，少为外国推销文明的洋货，少破坏中国固有的美德，少谈不合中国人情的外国主义。少设专讲高深学理的学校，多立合于实用的工厂；少为死伟人开会，多替活小民设想；少谈改造农村的生活与经费，少干预人民的信仰与宗教，少唱《请清兵》，多唱《大保国》，不演《鸿鸾禧》，多演《南北合》。如此，则少为强邻制造瓜分或共管中国的机会。

人无私心，世界无进步；人多私心，世界无平安。

我对朋友谈话，向来不谈天气，不谈国事。因为天气是变换无定，人力不能更改的。国（繁体"國"）字中间是一个或字，或此或彼，远不定是谁的，小民无法预断。

人民无食则为乱，小儿无食则哭啼，乱与哭全是求食的表示。人民所以以乱代哭，因为他们哭死也无济于事；小儿所以以哭代乱，因为他们还没有为乱的能力。又焉知小儿的哭，不是代替吵闹叫骂的暴动呢？

饥儿不通情理，是因为他们还没有容忍的知识。饥民不通情理，是因为已过了他们所能容忍的限度。所以防民乱，须不夺民食。怕儿啼，须防其饥。

某年，我的家乡（滦县）某处，屯驻了某省的军队，该省军队纪律之坏，为全球第一，亘古无二。驻了几个月，几乎路断行人，野无青草。开拔之日，还勒令乡民出钱登报，对某旅长颂扬德政。我听了之后说："这就是应了俗语'杀了人还要手工钱'。"

四川的军阀，将全省分割，作为防区，彼此重征田赋，有几区已征到"民国"六十八年了。"民国"自成立以来，有名无实似亡未亡，到了现在，仅仅二十三年，至于"民国"能否苟延到六十八年，还是一个问题，我不知该省的百姓，到那时还有孑遗没有。假若"民国"不到六十八年就亡了，四川百姓当向谁去算这笔冤枉账。就令"民国"能延长到六十八年，我不知到那时，军阀又预征田赋到"民国"若干年了。唉，生而不幸为"中华民国"的民，更不幸生而为四川的民。

现在，多数的志士，爱国，是爱国中所有之物；爱民，是爱国民所有之钱。

▎父母若昏聩糊涂，儿女则先知先觉

现今，在中国为父母真难，对子女取放任的主义，则怕他误入歧途。取管教的办法，又怕担家庭专制的恶名。不管，则将来对不住儿女。管，则现在得罪了儿女；不管，则于心不忍。

生在人伦破产的今日，若因无儿缺女忧愁，未免是自寻烦恼。要知：有钱，路人也愿为儿女；无钱，儿女也便是路人。

现在愈是野蛮的父母，愈能生养文明的儿女。父母多是昏聩糊涂，儿女多是先知先觉。

现今我中国，不必忙于为青年男女设立学校，最要紧的是，先多多设立"父母传习所"。由政府通令全国，凡未经

"父母传习所"改造过的旧式夫妻，不准再有生儿养女之权，以免一班优秀的小国民，受家庭专制的压迫，而终日恨天怨地，减少救国的能力。

不遇国难，人人都是志士

什么叫卫生？卫生是专为有钱阶级或有闲阶级讲究的一种理论。腹内无食，身上无衣的人，讲究不起。什么叫气节？气节是专为有钱或有势的人，应守的一种处世态度。腹内无食，身上无衣的人，欲守不能。

不遇国难，人人全是志士；不逢强敌，人人全是勇士；不见金银，人人全是廉士；不遇美女，人人全是正士；不经试验，人人全是名士；正如不见骨头，狗全是好狗。

自从北伐成功以后，三岁的孩子，也成了爱国英雄，也能高喊"打倒帝国主义"。可叹，喊得愈欢，帝国主义来得愈猛。我才明白，他们是要喊打倒帝国主义，并没有打的勇气。否则，四万万五千万的人民，若实行打的举动，帝国主义决不能在我国根深蒂固。

某学生对我说："我以为现在中国图强的希望，只在一班青年的身上。因为据我观察，现在只是青年人，富有爱国勇气。"我回答说："不错，不过我看多数的青年，是富于'爱外国'的勇气，因为他们浑身上下，言语举动，全'外国化'了。"

在官署与工厂里，真正卖力气的，全是些下级人员，上中不见金银，人人全是廉士；不见美女，人人全是正士；不经试验，人人全是名士；正如不见骨头，狗全是处狗。

两级，多是坐享其成。他们虽有指挥的微劳，然而使他们的微劳变成功劳的，仍是下级人员的血汗的成绩。

操用人之权的人，多不将下级人员看在眼里。岂知成事与败事，全靠这班人。比如被大风吹倒了的树少，被微虫毁坏的树多。

现今我所最忧虑的，是多数的青年，在未养成高尚的谋生本领之前，已染成高等享乐的能力。

以前是排外，现在是媚外

少说大话，多办小事；少说空话，多办实事；少说废话，多办要事；少说远话，多办近事；少说死人的鬼话，多办活人的人事。这是中国目下的救亡之术。

以前中国是排外，现在中国是媚外。排外是有血性，媚外是无廉耻。以排外而亡国，亡了也光荣；因媚外而不亡，不亡也羞耻。以中国现在的国力而言，排外还办不到。以现在的民气而论，媚外尚可不必。

大家和和平平，彼此全有饭吃。倘若你争我夺，终至同归于尽。

断定一家的盛衰，要看那家的子弟。评论一国的兴亡，要看那国的青年。看一看我中国现在多数的青年，中国前途的命运，就可以预断一个大概。

中国现在有两样人最可恨，一是老顽固，一是新顽固。老多数的青年，在未养成高尚的谋生本领之前，已染成高等享乐的能力。

顽固是习非成是，妄自尊大。新顽固是削足适履，妄自菲薄。正如老八股是束缚人的性灵，新八股是祸害人的天良。

守旧与维新，全不可趋于极端。守旧趋于极端，就入于顽固；维新趋于极端，就入于盲从。并且无论守旧或维新，均须有鉴别的能力与选择的本领。只要见得正当，虽千万人向前，吾偏要退后。虽千万人退后，我偏要向前。这样，才配谈守旧与维新。

社会是一盘散沙，道德如同粘胶

社会是一盘散沙，道德如同粘胶。社会间，无道德决必不能团结牢固。今人日日研究改良社会问题而竟蔑弃道德，甚至欲推翻道德，他们将来所造成的新社会，焉能有好的希望。

欲造成良好的社会而用挑拨的方法，正如用滚水冲击散沙。不要看顷刻之间，就冲到一起，要知水干之后，散沙更不能合拢团结了。目下的某国所造成的新社会，也不过是等于被冲散的散沙，由外面看，仿佛是成了一团，要知将来还有一个大解体在后边呢。

自"民国"十七年以后，"立场"二字，成了我国最时兴的新名词。人不演说不作文章则已，只要演说一次或作文一篇，几乎没有不用"站在某某的立场上"的。依我看，莫如痛痛快快说，是"站在饭碗的立场上"或"站在洋钱的立场上"，倒是言无二价，童叟无欺的良心话。

现今的社会，真令人莫名其妙，凡事只要加上一个好听的名目，人就立刻视为高超，并不在实质上追求。殊不知将婊子改称菩萨，她们实质还是婊子；将相姑改称圣人，他们的实质还是相姑。聪明人，因名而求其实；糊涂人，只重名而忘其实。

有人问我："北平的各种民众团体全在哪里？"我回答说："前几年，在天桥与'杠房'里。你若有什么爱国爱民的表示，或有示威的运动，或用团体名义，欢迎某伟人或有何请愿的举动，用两毛钱就可雇一个。至于现在他们在哪里，我就不知道了。"

道行则国治，欲行则国乱

君子得势以行其道，小人得势以扬其欲。道行则国治，欲行则国乱。

中国各省，我差不多走过一半，以我所见的商人而论，要以北方的商人——尤其是北平的商人——会做生意。他们那种谦恭和蔼的言语态度，能使你不忍不照顾他们。最不会做生意的要属武汉的商人，其次就是上海的商人。武汉的商人，因为受了湖北俗语"一品商，二品客"的毒，对顾客，态度傲慢，言语刻薄，使你买完一件物品，心里生起许多愤怒。近两三年来，武汉的商人，不知是受了什么影响，渐渐地和气化了。可惜北平有些大商店的店员，不知是受了什么传习，反又端起架子来了。在这市面萧条的日子，还要学染恶习，实在不是好现象。

责己的人多，国必兴。责人的人多，国必亡。欲断一国的兴亡，当注意国人的言论。

说救国爱民话的人多，肯自救自爱的人少。这全是舍本逐末，弃源寻流的恶风。此风不改，国与民全要归于灭亡。

以前我中国人将国人，认为禽兽；现在，我中国人将外国人，看作天神。这全是一偏之见。对待外国人，当他们有缺点时，应"择其不善者而改之"。如此，则不致陷于排外，也不致流于媚外。

聪明人不骗人，糊涂人不受骗，则天下太平。

教育本是强国的要素，是清高的生活，可惜被一些"学匪"弄毁了；宗教本是治心的要素，纯洁的生活，可惜被一些"教匪"弄毁了；恋爱本是维系夫妻的要素，是互助的生活，可惜被一些"恋匪"弄毁了。

能灭除人民的痛苦，就是能为人民谋幸福，并不在乎有什么远大的计划。现在人民所希望的，并不是将来如何可以穿绫罗绸缎，如何可以吃山珍海味，如何可以住高楼大厦，如何可以行几十里铁路。现在人民所希望的，是有破衣可以容他们安安静静地穿，有粗饭可以容他们安安静静地吃，有旧屋可以容他们安安静静地住，有土路可以容他们平平安安地走，有薄田可以容他们老老实实地耕，有苦工可以容他们安安然然地做，有小店可以容他们安安稳稳地开，有破书可以容他们安安静静地读，有小事可以容他们安安稳稳地做。

寒带温带热带的社会情形，绝不相同。甚至同在一个大洲，一个纬度里的各国的社会的情形，也决不能相同。专以汉族而论，因所居的区域不同，社会的情形，也就不能一律。其所以有差异的情形，自然有种种的原因，一时无法详说。总而言之，不能照外国社会的情形，改良中国社会。更不可按外国人近来所造出改良外国社会的理想方法，改良中国社会。欲求改良中国社会，至少先须将中国五千年的历史，详细研究几遍。若仅仅读过一本高小国史教科书，竟要将改良中国社会的重任放在肩上，那是不知自量的。

野心的军阀，以为别人全有死，我必永远不死。他人全有失败的日子，唯独我没有失败的时候。摩登女子，以为别人全有老，我必永远不老。他人全有不受人爱的日子，唯独我决没有不受人爱的时候。岂知在他们骄满自恃的期间，光阴与环境就在他们的身上，做起工来。

人见了明娼与明娼寮，决没有什么批语，只认定是卖淫的人与卖淫之处罢了。假若遇到暗娼与门子，心里立时就要生起一种奇异的感想，必要指指点点，发些议论。假若暗娼再假充良家妇女，暗门子上再悬起一块"贞节牌"，那就是自讨没趣，自增羞耻，闹成极大的笑话了。我近几年来，因受这种经验的教训，所以才不得不揭去我"假充好人"的面具，痛痛快快地自认自供，我是一个自私自利的"动物"。

有人说："中国现在所以不得安宁，是因为恶人太多，好人太少。"我说："中国现在所以不得安宁，是因为坦坦白白的真恶人太少，遮遮掩掩的假好人太多。"

所谓慈善家，并不在乎典房去地，卖儿卖女，节衣缩食，挨饿忍饥，周济穷人。一个人只要肯将他所用不了的，或所不能用的，分散于人，就是真正的慈善家。

据我所知，惯骂官僚与财主的人，多是愿做官而做不成与想发财而发不了的人。

以前我中国用人，是先付工资，然后上工作事。自从染了欧化，一班新派的人用人，是先上工作事，到月底或下月初，再付工资。这种恶例一开，与用人的人，固然增添了许多利益，可是使被雇用的穷人，受了许多的苦恼。因为他们谋得一个位置之后，还不算有了饭碗，只是有了可以吃饭的希望，必须东挪西借，典衣卖物，维持这一个月内的生活，工资到手，须先开发利息。这种损失，只有以身为业的穷人知道。

不孝之子，决不能真爱国

英国格言说"贪财是万恶之源"。我再补充一句"说谎是万罪之始"。

现今最可忧的是，多数的学子，入了小学，便自命为贤人；入了中学，便自视为圣人；入了大学，便自居为神人。留洋回来，便自以为是加料的神人。他们超凡的程度，既然一天比一天高，所以与社会的隔膜，一天比一天大。一旦置身社会，便觉两不相容，非常苦闷，因为社会是以凡人组成的！

现在救中国，不必骂中国的古人，也不必捧外国的新人，独一无二的好法子，就是人人要反照自己的天良。天良就是一个能使自己现原形的照妖镜，人人每日肯自照几遍，中国决不能亡，帝国主义也就不打自倒。孝亲是报本，爱国也是报本，所以不孝之子，决不能真爱国。不爱国的人，也决不能真孝亲。有人问我："有一种新青年，凡事要随着新潮，为什么还要向腐化的爸爸要钱，为什么还吃腐化的爸爸的饭？"我说："花爸爸的钱，吃爸爸的饭，是爸爸的义务。追随新潮流，是他们的使命。并且爸爸当初也是吃他的爸爸，花他的爸爸。旧潮流是如此，新潮流虽新，也不能例外。"

口强心弱的人，一生不能发达，并且要招了许多的烦恼。口强心弱的国，永世不能盛兴，并且必造出许多的国耻。

每七日休息一日，原是基督教传下来的习俗，教徒用这一天，作为礼拜上帝、休养疲乏的日子。在欧美各国，虽未必人人视为圣日，他们也多是利用这一天，作正当的消遣，以便恢复六日来已经劳累的精神。休息一日之后，再奋力办理正当的职务，足可补足一日休息所耗去的光阴。我国自从采用星期例假之后，反给多数的人，造成放纵的机会。所以我常对学生们说："一到星期六，你们的功课就糊糊涂涂，因为真魂，已经走了。每到星期一，你们的精神，必昏昏沉沉，因为真魂，还未回来。"

爱国心，是国民对国应尽的本分。爱国的行为，是如同国民对国应纳的一种赋税。既是本分，则不要视同一种功勋，而向人自夸。既同赋税，要当由自己牺牲，不可"拿野猪还愿"或从中取利。

"量入为出"四字，不但是居家之道，也是治国之法。

俗语说："王子犯法与庶民同罪"是真平等。孔子说："己所不欲，勿施于人"是真自由。因为在法律上平等才是真正的平等。自己的举动，不扰及别人的安宁，才是真正的

·论民国社会·

自由。

律师是保护人权，替人说理的。然而自有律师以来，无钱的人，更无理可说了。

| 世界愈文明，愈没有穷小子与丑女人的出路

我不知什么是善恶，我只知与人有益就是善，与人有害就是恶。利于多数的人，就是善；只利于少数的人，就是恶。

我见阔人讣文内所附的"哀启"或"行状"，我就为我国痛哭流涕。因为死去的，全是天上少有、地上无双的好男女。这种好人既是全都死了，中国焉得不大糟特糟。

对公则敷衍，对私则认真；对内则张牙舞爪，对外则俯首帖耳。这是古时中国人的大毛病，也是现今中国人的大缺点。老年人，向下看，想已过的。青年人向上看，想未来的。幼年人，向各方看，什么也不想。

文人的书案，与美人的妆台，是世上两种最可怕的东西。因为世间的不安，多是由这两件物上造的因。

大城市虽是文化的中心，也是种种罪孽的制造厂。就以北平而论，玉泉山的水，流入北平以前是清澈无味的。由北平流出之后，就变成混浊腥臭的了。乡里人入北平，也是如此。正如墨子所说染丝的比方，"所入者变，其色亦变"。所以我不止以日本夺我四省为虑，我更以乡间的好男女，因避寇而逃入城市为忧。日本的武力，可以用武力驱除，乡民所染的恶

文人的书案，与美人的妆台，是世上两种最可怕的东西。因为世间的不安，多是由这两件物上造的因。

习，几代也不易去净。

人的名字，不过是一个区别于众人的符号，固然是叫猫称狗，也与本人没有多大关系。但是既择一个名字，总当使人听了见了，不致生起不快或奇异的感想为是。可怪，有人择名，竟有用血、魂、仇、恨、冰、雪、霜、雹、耻、儿、球、剑、刀、战、胆、誓、击等字作材料的。尤可异者姓王的起名，偏多连用国字。譬如王国仁三字，读起来，岂不是等于"亡国人"么。

男子的权是财，女子的权是色。男无钱，女无色，生于今日，不但没有人权，简直就算没有人格。这种不平，是随着文明而增进的。世界愈文明改良，愈没有穷小子与丑女人的活路。

不要轻视穷人，穷人虽穷，或有所不为。不要重视富人，富人虽富，或无所不为。

现今，有钱的人，有儿女，不易教养。无钱的人，有儿女，不能教养。将来，无论有钱无钱，若有儿女，谁也无法教养。

现在，富人是害怕，穷人是着急，不富不穷的人是又害怕又着急。

小人发财，他那俗鄙的样子可怜。人小得势，他那骄满的样子可怕。

婊子若能自认为婊子，强盗如能自认为强盗，则天下太平。

我中国原有君臣、父子、夫妇、兄弟、朋友五伦。自从民国成立，第一伦，已被打倒了。自从非孝主义一出，第二伦，将被打倒了。自从自由离婚兴起，第三伦，快被打倒了。因有财产关系，第四伦，早就不成一伦了。自从某要人娶朋友之妻为妾，第五伦，将来也恐怕保不住了。

中国的小民，肚量最大

报纸的职责，不只是像一个"探子"，专向民众报告消息。最大的本分，是要像一个"义士"，替民众诉冤屈，代民众鸣不平。乃近两三年来，有几家报馆，对于奸诱妇女或遗弃妇女的恶徒，不但不施行攻击，且竟竭力地代为洗刷。更可恨的是将这些恶徒的罪名，强拉胡扯到"环境不良，封建遗毒，吃人礼教"之上。仿佛他们的恶劣行为，是无罪无辜的，是社会应当赞颂的，是政府应当奖励的。我真不明白是什么原因。

据近来几个报纸上的评论，仿佛处女膜是一件阻止文明进化的东西，以为若没有这种东西，男女就可以任意交通苟合。女子若以身体，随时供给男友消遣，中国就能一跃而为地球上第一强国。女子若能打倒羞耻，中国就可打倒一切帝国主义。处女膜不是中国女子独有的，也不是因中国腐化才生的，是天下各国妇女同有的，也是天生的，若因此为女子鸣不平，只有对天实行革命。（我因恐碍及我本书的范围本不愿说到女性，然而因为屡屡有使我不能不说的事故发生，不得不在此里略谈几句。）

没有真正的道德，不配讲社交公开。没有嫁娶的真心，不配谈恋爱自由。

富人得穷人之力，较穷人得富人之力为多。没有富人，穷人还可以生活。没有穷人，富人立时不能动转。

普通小民的悲愤，并非因无高楼，因无汽车，因无美妾，因无银行存款。他们所以悲愤，是因为有人将他们那一点的养生之资强取了去，作为建高楼，买汽车，娶美妾，存银行之费了。欲免小民的悲愤，只有政府严惩贪污的官吏，禁绝非法的捐税。

无道德的商人，假冒别人的牌号，是为谋私利；无道德的坏人，假冒人民的牌号，也是为私利。商人冒牌，不过骗一些主顾；坏人冒牌，是骗全国人民。商店对冒牌的无耻之徒，可以用"假充字号，男盗女娼"八个字作警告。那么，我们人民，对伪造民意的野心之徒，也当加以"伪造民意，男盗女娼"的警告。有人说那些要人早将报应二字，抛到九霄云外；将迷信心理，化为无影无踪。他们对明骂，还无所动心，岂能怕区区八个字的咒词呢。我说："他们虽不信'果报'，然而果报，还是如同影之随形，响之随声。你试看，自民国以来，那些假造民意的人的儿女，有几个能男良女洁的。现在的报应，比以前更加速了。"

不求己而求人，不救己而救人，不知己而欲知人，不治己而欲治人，是目下中国多数青年的传染病。

中国的小民，肚量最大。否则，在今日的中国当百姓，早就当气死了。

·疯话集成·

近几年所发生的许多诱奸或遗弃案中的男主角，若在欧美，必成了社会中深恶痛绝的败类，必无人再肯同他们往来。然而在今日的中国，这些男主角，反因报纸宣传成了大名。甚至有一些摩登女子，给他们写信慰问，或躬亲跑到监狱里探望。这岂不令人莫名其妙。

学说不可滥，主义不可多

中国现在所缺少的，只是任劳任怨，敢作敢为，不怕当恶人，不怕挨明骂的人。中国现在多出几个真小人、真恶人，中国的前途就有希望了。

有人问我："中国为什么总不能安宁？"我说："只因为一些要人，有福不会享，偏要生闲气。"

使小人无法生活的国，必乱；使君子不能生活的国，必亡。

专为别人打算，不为自己打算的人是混蛋；专为自己打算，不为别人打算的人是大混蛋；既不为自己打算又不为别人打算，一味任意而为的人，是最大的混蛋。中国这些年的扰乱，全是这第三种人闹起来的。不但害得自己东藏西躲，家败人亡，更害得别人，心惊胆跳，无法安生。

不新奇，不能动人。不怪异，不能惊人。不能动人，不能惊人，不能享大名。不享大名，不能招集信徒。无信徒，无人代为摇旗呐喊。无人代为摇旗呐喊，成不了"学者"。成不了学者，就成不了首领。成不了首领，则不能攮大权，立大业。

·论民国社会·

因此，新学说、新主义，遂层出不穷。为学者为首领的，前仆后继，人民无所适从大乱就由之而起。所以，学说不可滥，主义不可多。

有人说，中国的阔人，对于拜访的人，多不愿接见，未免是自高身价，实在可恶。这种批评，实在是不体谅他们，不肯为他们设想。中国的阔人，所以不愿见客，是因为客人太不知为别人节省光阴。一些求见的人，与他们会面，多不肯直截了当，干干脆脆将来意说明，偏要先谈一些毫不相干的废话，甚至等到谈完或送至大门，才将请托的题目，半吞半吐地说出来。阔人本来如同名妓，又岂能为一两人花去大半天的功夫。外国的名人会客，常限定谈话的时间，实在可以减去许多不必谈的客气话。

凶狠暴戾，是将要灭亡的先兆

君子怕理而不怕法，小人畏法而不讲理。

人人能自制，一切的法律、监狱、警察，全是无用的。人人不能自制，纵然人人讲法律，人人住监狱，人人用警察监视，也是无效的。

以中国军阀泄私愤的坚心，去报国仇，中国可以称霸于亚东。以不良的军人，对待老百姓的勇气，向外而施，东北四省，不致被日寇"拾"去。

有人说："中国现在，只有能'破坏'的人才，并无能'建设'的人才。"我说："建设固然需要人才，破坏何曾需要人才，只要狗才猪才，就能成就破坏的工作。譬如能工巧匠，费多少年的辛苦与无量的血汗造成一件东西，用一条狗或一头猪，片时之间，就能撞毁了。"

当初英国数学家及物理学家牛顿费了二十年的苦心，作成一部书的底稿，被他的爱犬碰倒了烛台，几分钟的功夫，就将那稿子变成纸灰。由此可见，古圣先贤耗费多少心血，所成的事业，片时之间就可以被一两个混蛋，毁成一个乱七八糟。古语说"数君子成之而不足，一小人毁之而有余"就是这个道理。

我读历朝的史书，看我中国，从来所遭受异族的轻蔑，没有较"九一八"更甚的。一时之间，失地之多，也没有如"九一八"所失之多的。我不知将来作史的人，关于这段痛史，要如何下笔；将来读这篇痛史的人，要有什么样的批评。

军队是为国家保疆土的，不是为司令占地盘的。军人若知为国牺牲是荣誉，是民族的英雄；为司令奋斗是耻辱，是个人的家奴。中国就有望了。

前年我在某司令部为少校处员时，某处长要调某长官，我的同事某甲对我说："我们同是某处长的人，反正我们当追随他。他到什么地方，我们也不要离开他。"我说："你不要擅用'我们'二字，往大了说，我是我中国的人。往小了说，我是我宣家的人。再往小里说，是我'宣永光'自己的人。"

秋后的蚊子与天将亮时的臭虫，咬人格外厉害。可见凶狠暴戾，正是将要灭亡的先兆。不但恶虫如此，恶人与恶国，也是这样。

·论民国社会·

以前的学者，口里不提高农工，然而心中决不忍由他们身上谋利。现今的多数"学者"，口中虽竭力推崇农工，心里却是要用他们为傀儡。我敬告农民工人，凡是对能痛哭流涕而高谈救助你们的人，百人中之九十九，是以为你们的脑筋简单，对你们要施行黄鼠狼给鸡拜年的险毒手段。

自从"不战而退"与"望影而逃"改为"战略作用"与"预定计划"以来，中国再没有"败将"。自从"寡廉鲜耻"与"奸盗邪淫"改为"经济压迫"与"环境不良"以来，中国再没有"坏人"。

非能辨别"是、非、邪、正"，不配谈"改造"；非能"通今知古"不配谈"维新"。由之乎非眼光明了，不能别五色；非耳鼓灵敏，不能定五声。

┃时代是循环的，不必随着它的屁股跑

凡事，有一利就有一害。自从交通发达，为人类往来或运输上增了许多的便利。可是在不知不觉之中，各国各地也输出并流入许多的病症与恶俗。现在，甲国独有的病症，乙国也见了。乙国独有的恶俗，甲国也有了。

弱国学强国，如同贫家学富家，如同乡下人学城市的人，必要先学了坏处。所以乡下毛孩子，一入城市读书或习业，多是先对享乐的地方注意，对消耗的恶习用心。现在，甚至许多乡下的男女学生，进入大城市几天，回到乡里，就主持离婚。至少也要先弄上半截"洋服"，显露显露所学的成绩。

现今有许多人，对留学生表示不满，甚至有人说他们是传播恶俗的媒介，是亡中国的先锋，这全是不肯用心详查的一偏之见。要知中国得留学生的利益也不少，如沟通文化，修整交通或发展实业，多是留学生的成绩。使中国受害的留学生，是那种家富资财的阔少爷与善能奔竞的"人情货"。他们到外国，是为混资格，并非是为求学识，目的与行为既不正大，当然学不来外国的优点。

世界上的事物，是有循环性的。所以已往的优点成了现在的劣点，昨日的缺点成了今日的美点。那么，现今所认作坏的，将来未必不视为好。今日所赞为美的，明日未必不讥为丑。能明白这种情形，才不致是古非今或是今非古。

现在多数的青年男女，全被"捉住时代"四个字或"捉住时代的轮子"七个字毁了。既然将时代看作轮子，当知轮子是会旋转的。时代的轮子，尤其是旋转的速度，你永远也追不上它，你将要捉住它的某一部分的时候，它那一部分，已经是过去了，并且它既不是稳定的，你如何能捉得住。

时代既是循环的，它的某部分转过去，必定还要绕回来。你若是有定见的好小子，你当拿定主意等着它，不必随着它的屁股跑。要知，你跑得纵然"连喘带叫"力尽筋疲，你也不过吃它一些屁灰，反要使你发昏殆死，精神失了作用。

凡事，取乎中，是应付时代与任何事物的良法。中是不偏不倚，不左倾不右斜的。非中则不能正，非正则不能稳，非稳则不能久。

百姓只求安居乐业，不贪高贵的名目

现今，我国整顿一次捐税，小民的血汗，多受一份压榨，官吏的私囊，多增一份收入。目下，小民对于捐税，不求减免，只怕整顿。

整顿捐税，只在剔除中饱，严防舞弊，不在敲骨吸髓，不在竭泽而渔。砸碎了骨头吸髓，固然可以将髓吸得一滴不留，但是下次，连骨头也吸不着了。淘干了水坑拿鱼，固然可以将鱼捉得一条不剩，但是下次，连鱼籽也寻不着了。

自民国成立，二十三年以来，种种捐税，增了不只四十六种。所得的结果，只是四民废业，书不能读，田不能耕，工无人用，买卖无法做。究竟捐税所得的钱，是作何开销了，据理财的人说，十分之八九，是耗于养兵。卫护国土，不能无兵。那么，东北四省为什么又让日本人"白拾"了去了。看起来，捐税的十之三四，只是入了经手人的腰包。十之七八，只是为军阀练了无数祸国扰民的家奴。

现今我民国小民，被民字骗惊了，被民字吓怕了。用民字骗民的时期，早就过去了，不时兴了。我认定，现在若有人想在中国做一番伟大的事业，最好是口中不提一个民字，民字之上，更不可再加一个爱字或救字。果能如此，人民必定箪食壶浆，表示热烈的欢迎，假若再玩弄民字的把戏，未免是自求失败。

现今中国的百姓，只求安居乐业，不贪高贵的名目。你若时代既是循环的,官的某部分转过去,必定还要转回来。你若是有定见的好小子,当拿定主意等着官,不必随着官的屁股跑。

能使他们安居乐业，你纵然呼他们为草木小民，他们对你也是歌功颂德。你若不能使他们安居乐业，你虽然称他们为民国主人，他们也是骂你的八代祖宗。

现在的主义，如同六月里的苍蝇，一天不知要产生多少，真有些使人无法应付，闹得人头昏眼花，意乱心烦。我以为，防止苍蝇的方法，只有扫除污秽，力行清洁。防止主义的方法，只有扫除私欲，力行正心。

《礼记》上说："四十曰强而仕。"那意思是说，男子年到四十，智虑气力强盛，可以做官了。可见做官不是"奶毛"还未去净的人，所可以充数的。各国掌大权的人，也没有二十来岁的人。近几年来，不知是谁，创出一句"打倒四五六"的话。据说，四十、五十、六十的人，思想陈腐，少有勇气，必须痛加铲除，才能文明进化。然而，我以为，进化、退化、文明、野蛮，先不必论，我敢说，中国现在所以还未真亡，就是因为四十以上的人，还未死绝。

《国语》齐语上说："老者之智，少者之决。"可见老少，各有优点，各有缺点。国家用人，理当老少兼用，以收互相辅助之益。

我国的现状，不是疼，是痒

仿学皮毛的洋化，附和外国的新学说，不是救国之道。真正的救国之道，是"存天理，去人欲，守范围，尽本分"。

人失了自信力不能为人，国失了自信力不能立国。

"誓死"与"牺牲"不是可以轻于出口的，不是可以玩笑的。不肯舍命，不配妄谈誓死。不肯舍己，不配浪说牺牲。现今中国人，所以滥用这四个字的原因，是出于不了解这四个字的重大意义。

　　去年说"誓死不弃防地的人"，现今多在一边养尊处优，作威作福去了。去年说"为国牺牲的人"，现今多在一边安享富贵，倚翠偎红去了。可见，所谓誓死者，是让别人誓死；牺牲者，是使别人牺牲。这种言不顾行的人愈多，国耻愈大，国亡愈速。假若自问，没有这种决心，最好是免开尊口，几个人丢脸事小，全中国人，随着丢人事大。

　　中国现今，圣人太多，凡人太少；先生太多，学生太少；好人太多，坏人太少；忧国忧民的人太多，自私自利的人太少。誓死救国的人太多，拼命搂钱的人太少。因为太少，所以将国闹得似亡不亡，将民闹得似活不活。

　　痒的滋味比疼还难受。今日我国的现状，不是疼，只是痒。

　　野心的学者，求名求利，政客军阀，争权夺利，都是利用人人总"希望将来比现在还好"的希望，所以就用种种理想的学说与等等的甜言蜜语，欺哄愚民，谋求将来的幸福。其实，他们所造的学说与所发的言论，更没有好的结果，反使坏人，多存侥幸的心理，不但不能为善，还要引动杀机。

　　前年我的母校，开六十周年纪念会，我送上一块幛子，幛文用孟子说的"正人心，息邪说"。现在我国正可用这六个字为救国方针。假若人心不正，邪说不息，我国亡国灭种之祸，恐怕就在眼前。

我所最感觉痛苦的是，对政军二界，有话不敢说。对教育界，有话不忍说。对青年男女，有话不便说。对我自己的坏处，有话不肯说。

现今若要救国，须从实处着脚，由稳处下手。不是空空洞洞地开会、念佛能够安邦对敌的。若会议可以成功，念佛可以济事，南宋可以不亡，梁武帝可以保命。

轻视自己家族的人，决不是好子弟。轻视自己本国的人，决不是好国民。敬爱家族，才能兴家。尊崇本国，始可救国。

爱国，须先重国文，说国语，穿国服，用国货，依国俗，遵国法。

| 中国坏就坏在这班彻底的明白人身上了

慈善是人类最高超的美德，然而害于一些"慈善虫子"；爱国是国民最高超的义务，然而坏于一些"爱国虫子"；教育是国家最清高的事业，然而毁于一些"教育虫子"。所谓虫子者，是因它们生长于某种物体中，以物质为主，而反大有害于物体。任何物体中，一有它们，只有日趋腐烂而已。

凡是甜香或多油水的东西，最容易生虫子。凡名美利厚的事业，最容易引小人。慈善、爱国、教育，原是有名无利的，而我国人办起来，就能名利兼收，何怪贪名图利之辈，呼朋引类，独霸包办呢。

我虽无半间房产租房居住，我最好种树栽花。但因生虫之故，去年我竟忍心砍倒三棵树，拔了许多花。我以为，凡培植什么东西，若无除虫之法，莫如根本不要，以免给虫子们造饭吃。

君子不得志，道德治化的盛事，不能推行。小人不得志，祸国殃民的手段，不能实现。

国家以社会为基础，社会以道德为基础，道德以人伦为基础，人伦以人格为基础，人格以良心为基础。

世上若没有信谎话的人，就没有说谎话的人。正如世上若没有嫖客，就没有妓女。我中国若欲灭亡则已，否则，人人须先不听谎话。

近几年来，邪说流行，以致多数人格破产，使中国进了亡国灭种的途径。补救的法子，据一些有知识的人说"只有提倡道德"，又据一些人说"道德不是短促的时间所能养成的，实在是缓不济急"。据我的鄙见，道德并不是像什么高深的学理，良心就是道德的根源。一举一动、一言一行，能不背良心，就是合乎道德。提倡道德的秘诀，就是靠赖一些高居民上的要人先不要作忤逆良心事。

有人说："你不搂钱，别人也是搂。有钱的王八大三辈，有钱的人，到处受欢迎。不搂是自愿受罪，不搂是大傻瓜，何苦不搂。"我说："中国就坏在这班彻底的明白人身上了。"

近三四年来，我中国人，对于勉为其难四个字，发明一句新话：跳火坑。据我看，多数"跳火坑"志士，全已腰金衣紫，名显利达。我以为不如将"跳火坑"三字，改为"跳金

·论民国社会·

窖"。如此,则名正言顺,且可免去许多的讥评。

复兴农村,须先使农民可以有法活着,有法可以喘气。

复兴农村,先不可干涉农民的不关国政的习俗。要宽以时日,不可急于求效,要和平劝导,不可雷厉风行。须知官发一分威,吏发千分横,民受万分气。

人格破产,终生难复

害中国的,不是无知识的农工商,乃是一些有知识的官吏与读书人。政府与报馆,若欲挽救中国的危亡,须先由教化指导上中两阶级的人入手,这两类人若不好,农工商,万不能好。

人的善恶邪正,不在读书与不读书。要知善人因读书而更善,恶人因读书而更恶。王莽、秦桧、严嵩等人,若非因读书,决坏不到那般程度。

君子读书,如牛去角;小人读书,如虎生翅。

同是一本书,好人读完,学了许多好处,坏人读完,学了许多坏处。正如同是一棵花,蜜蜂能从中取蜜,黄蜂能从中取毒。

"教育救国"是一句时兴的话。然而据我看,现在的多数学校,所造就的多是能毁灭中国的人物。仅就"皮毛的洋化"与"享乐的本领"而论,足可以灭种有余。

特立独行，是英雄的本色；随波逐流，是匹夫的行为。

学问，不能"躬行实践"不是真学问。文章，不关"国计民生"不是真文章。

若要人犯了罪，就可住优待室，人力车夫犯了罪，就须住铁囚笼，那就不是"平等"。至于"要人"推牌九，运白面，还有卫兵守护，警察站岗位；小民斗纸牌吸鸦片，就得坐狱蹲监，处刑罚金，那更是毁法乱纪，唯我国所独有的怪现象。

将兴之国，严惩官吏；将亡之国，重办小民。换一句话说"欲兴国，治官。欲亡国，治民"。

一国最失民心，最大的原因说是"法律失了平等"。

小民的偷盗行为，是由官吏的贪污手段，学了来的。

家财破败，可以复兴；人格破产，终生难复。

"契约、规则、法律"，一样比一样大

我只见小饭馆生意兴隆座客常满，这大约是因为中国人全想开了。反正，生在这个有朝无夕的时代，"吃一口是赚的"。

"契约、规则、法律"全是本着公意而定的共同遵守的条件，这三样的范围与尊严，一样比一样大。只要有二人合作一件事，必须有契约。一团体合作一件事，必须有规则。全国之人，虽行业不同，也不过如同分工合作一件事，所以必须有法

律。那么，这三样既不是可以由私意而定的，也不能由私意而变更，更不能由私意而破坏。

买卖能否兴隆，专靠货品是否精良。俗语说"人叫人，千声不语；货叫人，点首就来。"只在本着"货真价实，童叟无欺"八个字的老套子作出，自能招来主顾。用不着减价、赠彩、宣传、鼓吹，更用不着修饰门面，搭花牌楼。北平某老药铺，永远不喊牺牲血本，永不改造门面，然而买主永远是拥挤不断，究竟是因为什么？

有人说现在宣传的效力最大，无论做买卖、办政治、倡主意、讲学说，以及一切事业，全仗宣传，才能引人注意。我说："宣传须以事实为本，若没有良好的事实，徒靠巧妙的宣传，虽能引动一时的人心，终究必要露出马脚，较不宣不传的损害尤大，因为受骗只一回。"

现今平津的商店——尤其是绸布铺——也学上海的商店的恶习，离开做买卖的规矩，不重内容，专讲外表，不求实际，专赶虚伪。现在，竟由"减价"而进化到"白送元宝，牺牲血本，含泪减价，忍疼牺牲"等等的奇异宣传。将来还不知要发出什么惊心动魄的吸引顾客之法。负管理之责的，应从速干涉，以免多出笑话。

俗语说："精明不过买卖人。"可见为商，不是糊涂人可以干，他们既不糊涂，焉肯做赔本的生意。不要看"老尺加二"，"买一尺送一尺"，要知俗语所说的"扁担量布，价上取齐"是句至理名言。

不但商店所说的"白送"是胡说，甚至"折扣"也是谎话。新张减价,也是不可靠。去年,我到一家新开张大减价的铺子,买一双一元二角打八扣的手套。同日又到一家永不减价的老商店买东西,见着同样牌号一丝不差的手套,仅售八角,我因一贪,多耗一角六分。事情虽小,也是一个警教。

俗语说:"从南京到北京,买主不如卖主精。"又说:"会买的不如会卖的。"你买东西不要打算占便宜,要知不上当,就是便宜。不要因某商店张灯结彩,唱留声机,雇人化装游街,耍狮子,抓彩,赠奖券,就是牺牲血本的表示。要知那种种的开销,全是由买者担负。

商店除非决心关张歇业,决不能甘心赔着本向外卖,纵或真赔本出卖,也是"便宜不出当行",当行就是同行的人。若真将便宜让给外行的人,那就是不重同行的义气,休想在本行再活动了。

有人说:"商店利用以上种种的手段,吸引顾主,是起于同业者竞争,也是一种商战的办法。"我说:"货真价实是最厉害的商业竞争,物美价廉是最有效的商业战术。"

有人说:"中国商人,日趋虚伪,研求骗术,是环境所迫。因为人多是信假不信真,不得不如此,以维持一时的需要。"我说:"这还是沉不住气,不善应付环境。要知,人愈讲虚伪,你愈讲真实,终究你必得着最后胜利。不但为商是这样,为人也当如此。我以为,处在这时代,商人也当读一读老子,看一看兵法,以免随人乱跑,自陷绝境。"

我对某绸缎商店的东家说:"你将一切宣传费,加以购贷的本钱上,力求精良,少贪利息,要求细水长流,不可想

'一口就吃成一个胖子',然后再竖起一个招牌,写明'顾主不糊涂,小号不疯狂,所以永不减价,决不白送。不赚钱不卖,赔本更不卖。怕上当的,莫进来;求便宜的,别家去。'看一看有什么结果。"

中国人的四大毛病

乡里的人,环境简单,诱惑力小,所以快乐多而烦恼少。城市中人,环境复杂,诱惑力大,所以快乐少而烦恼多。

城市是恶魔制造厂,是毁人炉,是使人脱离自然生活而入于机械生活的诱惑所。城市愈大,罪孽愈多。城市愈繁华,人格愈堕落。人口愈多,人心愈狠。

社会中,将人类分为阶级,只以有钱与无钱而定,并不注意于有德无德,这实在是一件可叹的事。马桶摆在供桌上,仍是马桶。便壶放在宝座里,终是便壶。正如小人,虽居高位,到底不能去净恶味而化为君子。

我中国多数人的大毛病,据我看只有四样:一、私心太重;二、苟且图存;三、不顾公安;四、随地吐痰。

一国的法律,若只能为小民的绳索而不能为大员的羁绊,那一国只有日入于灭亡之途。我国近两三年,所发觉的几件贪污大案中的主谋者,全都逍遥法外安享幸福。何怪效尤者,层出不穷,又何怪小民恨天怨地,更何怪外人讥我为无组织的国家。

在我国的扰乱，不是无衣无食贫贱之人所酿起来的，是少数既富且贵、穿不了、吃不了而偏不知足、不知耻的混蛋们酿起来的。

　　新生活运动，须先铲除一切因袭而成的旧恶习，须先打倒一切盲从而得的新毛病。

　　新生活运动，须先罢免一切尸位素餐的旧官僚，须先严办一切欺师灭祖的新圣人。

　　新生活运动，须先由官吏做起，先由官吏以身作则，认真实行。不可仅认为是等因奉此的公事，更不可将开会演说通电响应，即认为完事大吉，尤不可借题呈报许多的开支，向政府索款而增人民的负担，饱自己的私囊。

　　上求实，下认真；上求贤，下修德；上好货，下贪利；上近色，下行淫。总而言之，上梁不正下梁歪。歪字就是由不正二字积起来的。

　　社会如同一个身体，一部分若感觉痛苦，也必要牵累全身为之不安。损人利己，仿佛是占了便宜，其实正如剜肉补疮。只看我国几个害国殃民的军阀，搅得人民不能安生，究竟他们能得到真正的逍遥快乐么？

▍手续愈多，防范的方法愈精密

　　近几年来，有些报纸上，几乎天天有摩登妇女乘人力车打天秤（翻车）的新闻。每逢记载，必要加上"两足朝天"

或"曲线毕露"等等的描写,仿佛成了公文中的等因奉此,真令人莫名其妙。男子若翻了车,是否就"双脚踏地"或"直线深藏"。

生在这个时代,又不幸又可幸。不幸,是精神上受尽千辛万苦;可幸,是耳目间历尽千奇百怪。

守旧的人,多崇拜神佛仙鬼;维新的人,多崇拜外国政治名人。崇拜前者,就被人讥为迷信腐败;崇拜后者,就被人尊为进步文明。我以为,只要有"崇拜"的心思与行为,全含有几分奴性。大丈夫只崇拜万古不变的真"理",决不崇拜渺茫无凭的物,更不崇拜男女合造的人。

以前的婚姻,多是成于父母之命,媒妁之言,三言两语,一纸庚帖。可是夫妻之间,也未见怎么苦恼,并且多是如胶似漆,白首偕老。现今的婚姻,多是成于亲选自择,直接商定,试而又验,立约定盟,可是也未见如何快活,并且多是你疑我防,中途仳离。

以前,买卖房产,典当地亩,只凭中人说和,立定白字一张,双方各守信用,不必经官过府。现今虽经种种手续,样样定章,条条登记,蓝图白图,也未必能准免纠葛。可见,人事纵然按科学方法,条分缕析,依全理的定章,防前虑后,只能增加纷忧而已,只能使人多研求种种应付的方法而已。

手续愈多,所生的麻烦愈多,防范的方法愈精密,作奸犯科的手法愈奇巧。

战争的原意是抑强扶弱

有求学养志的机会而偏不肯读书用功，是目下我中国多数青年的大毛病。有立名为善的机会而偏要倒行逆施，是现在我中国多数要人的致命伤。一是贪一时的逸乐，误了前途的幸福；一是求一时的私利，毁了千载的名声。这两种人的将来，只用痛悔两字，就可以包括了。

改良是个好名词，然而须在"良"字上注意。进步是个好名词，然而应在"步"字上留神。

无论什么国体，若使安分守己的良善之人无法苟活，使奸险邪恶的僭越之辈高车驷马，土地虽大，人民虽众，出产虽多，也必日趋于国亡民绝。

现今人民所求的不是高升到34层的天堂，而是莫再入19层的地狱。不是想在世界强国间并驾齐驱，而是求再勿失长城内一片国土。

宋朝立功最大的名将曹彬，在冬季不忍拆修墙壁，因为是恐怕伤害地里边的蛰虫。美国内战时的南军司令罗伯特·李将军行军不忍践踏田间的鸟巢。他们能对无罪无辜的小物，还有不忍加害之心，所以他们才能对真正的强敌，有争杀的勇气。因为战争的原意，就是抑强扶弱的。

去年夏天某日，我在东华门一个小饭馆吃饭，忽听外边汽车吼叫和狗哀号的声音，又听有人说"轧死了，轧死了"，

·论民国社会·

少时进来一个凶威的军人笑着坐下。我出门一看，见一只将死的狗还在一辆汽车的轮下压着呢，并且知道那位军人就是凶手。我转头对他说："你将车再倒开一步，那只狗或可以活了。"他怒目横眉，怪我多管闲事，及至他不得已，挪开车之后，那狗早已丧了命了。这事虽小，可以见大。在这连年内争之间，老百姓死得不如那只狗的，还不知有多少呢？

军人是国家的长城，不是私人的鹰犬。警察是民众的护卫，不是私人的家奴。前几年，某派当权之日，许多上级官长逛胡同，竟用卫兵站汽车，守窑门。他们的太太游市场，竟用军警抱孩子，携东西。这全是轻蔑军警的职责，不明白国家设立军警的意义。因为这种缘故，所以才养成不良的军队，才发生为私人战争的内乱。

军人，能占领本国几省土地不算光荣，若失去本国一寸之地才是羞耻。

美国，以汽车的辆数而论，占全世界第一。可是每年被汽车撞死的人数，也占全世界第一。现在造汽车的人，仍然不止地研究速率的增加。将来人类死于汽车的，必较死于瘟疫、刀兵、水火、疾病的，日增月添而岁加多。穷苦的小民一出门，就得预先留下遗嘱处分后事，并须在身上写姓名住址，以便家人领尸。

古人做事，全有万年的计划

现在的人心，慢慢全要变成虚、浮、躁、伪、狠、险、现在的人制造的东西,再求坚实耐久,是妄想了。我看拆毁宣武门的瓮城时,所费的力气与时间,知道古人做事,全有万年的计划。

毒。所以制造的东西，也渐渐表现这种恶劣的现象，再求坚实耐久，是妄想了。我看拆毁北平东安门的石桥与宣武门的瓮城时，所费的力气与时间，知道古人做事，全有万年的计划。

我想现在若将故宫里的三大殿拆成平地，所用的时间，比建筑九大殿的时间还要多。拆毁若反比建筑还费力，那么，耐久不耐久，就可想而知了。

我乍到北京读书时，北京各商店并无华丽的门面与辉煌的电灯。然而内部是充实的，铺伙的穿戴简陋朴素，可是日有存蓄。现在商店的门面，只求壮观，铺伙的衣履只求漂亮，也不过是应了俗语说的"驴粪球儿，外面光"。

年底，有人送我十匣点心，五匣挂面，装潢美不可言，堆积一起足达三尺之高。及至打开瞻仰，点心不足一斤，并且难以入口。挂面不足四两，并且糟不可言。我对我的她说："他们全在外表上注意了。"这大概如同北平丧事所用的"饽饽桌子"，欺人骗鬼，根本就不是为吃的。

| 愈是公众的所在，愈不能有个人的自由

有人问我："中国近几年来，为什么愈文明进步，愈见危亡，究竟有没有补救的方法？"我说："中国所以到了这般地步，是因为一些有势力的要人与学者，合着眼，昏着心，随着洋人胡诌乱跑，跑进了泥塘。现在救亡之术，不是上前猛进，是睁开眼目，先在泥塘里，寻求一条小路。"

中国人中有许多是不能自治的，非由官吏督催认真巡视，决不能有良好的效果。仅以清洁而言，庚子年，洋兵分段治理北京，连贫穷的大杂院中的小孩子，也不敢在门前开拉屎展览会。并且住户不论身份，若不将门前洒扫洁净了，就有挨打受罚的羞辱。经洋老爷管教之后，果然达到了卫生的表现。

我终以为，在我国未亡之前，由各住户将门前自加洒扫，较亡国后由洋鬼子用皮靴督催而施行清洁的运动，体面得多。

使我大感痛苦的，就是我中国多数的人不讲公德。我无论在什么城市居住，我每日必亲身将临近我的门口二三丈岗位洒扫清净了。然而常遇着街坊任意的作践，使孩子们用为厕所。我屡加劝导，他们多用"你管得着么"一句回答。这种陋风，只有将来洋老爷可以管得着。

在中国——尤其是北平与天津——住杂院公寓旅馆，实在能使讲理的人，气破了肚皮。你正要安寝，有人就大唱二簧。你方要合眼，有人就大搓麻将。只顾他们的自由，不顾别人的安宁。他们竟认他们的举动为当然，你的干涉为非礼。至于唱小曲，泼脏水，倒炉灰，光膀子，出怪声，骂大街，还是小焉者。所以中国有一句话说："修八代，修一个好邻居。"

愈是公众的所在，愈不能有个人的自由，更不可将放肆误认为自由。在公共的所在，任意自由就是扰乱公安，在公共的所在，任意放肆就是破坏秩序。

茶楼饭馆戏园以及一切娱乐场所，虽是寻乐开心的地点，然而不能自治，不知礼貌的人，不当容他有放肆的可能。我中国有一部分人，专以为在以上各处，扰乱公安，破坏秩序，为光宗耀祖。你若稍加规劝，他必说"我是花了钱的，碍不着你，你不配过问。"

饭馆是公共吃喝的地方，理应保持相当的安静，若高声谈笑，足能扰乱大众的神经。

在外洋各国，进入这种地点，必低声细步，无异入礼拜堂与神庙。这并非怯懦不敢自由，这正是重己敬人的君子之道。

在饭馆，高声谈笑已经是失礼的蛮行，然而还有人喊破喉咙，拼命似地猜拳，扯开嗓子歌唱。为劝酒起见，小声猜拳还不失为欢宴的一种方法。至于饭馆之内，既非舞台又非旷野，何必大显腔调高唱二簧。要知，正在你山嚷怪叫声震屋瓦之时，正是邻座皱眉蹙额掩耳心烦之候。你固然是花了钱了，别人也不是免费来吃的。

我在饭馆用饭，菜将摆上，常见邻座的饭客，在桌旁拍身上或脚上的灰尘。我将要取菜入口，邻座的饭客，竟在桌旁口吐黄痰。前后有空地方有痰盂，他们竟不肯亲劳玉趾多行几步。我每加干涉，所得的答语，总是"我也是花钱的，你管不着"。我想，中国民族道德之衰亡，多坏在"你管不着"一句话上。

开饭馆的若想生意兴隆，必须饭菜精美，价钱公道，房屋雅洁，器具整齐，伺应周到。一切设备，务要合乎卫生。不在乎刀勺乱响，山摇地动，狂喊助威。可惜北方一些饭馆，皆以为不如此，招不来财神顾客，不这样显不出生意发达。

我虽是中国人，是北方人，我最爱吃南饭馆，吃西餐。因为无论客座多少，多么忙乱，绝听不着堂倌在饭馆练嗓子，更听不着厨师用勺作音乐。

东安市场有一家饭馆，在开张不久我曾去探险一次，饭菜粗劣，价钱奇昂，可是以能喊叫而论，足可列全球第一。堂倌上下楼梯的声音，足可使雷公退避三舍。我对他们的掌柜说："请你们以后多在菜饭上注意，不可仅在喊叫上研究。要知发财，不是由喊叫得来的。"现在那个"喊叫传习所"早就关门大吉了。或者他们的老板，还以为是因为喊叫得未到家呢。

前年我的朋友某甲给我写信，介绍两位新到中国的美国人，请我招待，我请他们在东安市场某饭馆用饭。他们吃到半途，即告辞而去，说："你们中国的菜真好吃，可惜我们的耳朵受不了。"

孔子说"食不语……"他并不是说，见了饭菜就低头猛吃，连话全不肯说。他是说，不可说不当说的话，不可任意喧哗以免扰乱同座的人。外国不论，单以北平的洋饭店说，无论一个饭厅有几十桌客人，绝没有高声谈笑的。并且小孩也知注重公安，保守秩序。对于吃饭的礼仪，应当牢守古化并要仿学洋化。

我中国人中尤其是阔人中，对于宴会，多不肯按时出席。尤可恨者，是以为到得愈晚，愈光荣。到得愈早，愈可耻。因为自己端架子，使别人陪着耗光阴，这是何苦。现在我同朋友约定，有人约请宴会，要提前15分钟到场，宁可候主人，不令主人候客。

十年前正在某派走运之日，某阔人在北平某外国饭店宴客，原定下午六点，九点客才到齐。客寒暄一小时之久，然后让座。让至半个钟头，不能解决，将一座饭厅，几乎变成猪

·论民国社会·

市。饭店洋老板气极,连熄了三次电灯,他们才入了轨道,闹了一个不欢而散,洋老板遂发誓,再不接待中国人。中国固然是个礼仪之邦,但是礼仪应适可而止。并且主人应预先用红纸小条写明诸客座次,以免争执而省光阴。

西半球某国,当初曾用感化的方法,处治撞伤人物和开汽车的。将开汽车的与所撞伤的人物,关在一起,使他看一看残肢断骨的惨状,感化他的良心。岂知释放之后,开汽车的仍不改草菅人命的恶性。可见感化之法,不是慎重人命之道。

在交通发达车辆繁多的城市,行路的人须前瞻后顾,时刻留意。横穿街道时,更要详看左右,不可低头慢行而大迈四方之步。既有行人的便路,不必在马路中,摆摆摇摇。

近几年来,常常发生军用汽车撞人毁物的消息,原因多是开车的仗赖军用二字,开足马力横冲狂驰。军事运输,若在战时固当以速快为是,以免迟误军机。拿破仑因他的炮车出发晚了五分钟,竟致一蹶不振。然而若在平时,为慎重民命起见,军用汽车,若缓开点也误不了军国大事,行路的小民,也就感德无涯了。

弱者之间的专制,过于强者

有勇将,决不能有弱兵;有贤父,决不能有逆子;有爱民的将官,决不能有扰民的士兵。正如有贞洁的婆母,决不能有卖淫的儿妇。

军人是保卫国土的,不是对国民示威的。真正的良好军人，对敌国要威如猛虎，对国民要柔若绵羊。如此，才能使敌国畏服，才能使国民爱护。

岳飞所以能使金人破胆，背地里还称他"岳爷爷"，就是因为他专心对外，纪律严明。他所以得人民的信仰，就是因为他的兵，能冻死不拆屋，饿死不掳掠。某省的军队，所以受敌人的轻蔑，受人民的恨怨，就是因为一部分的官佐士兵，反逆岳飞之道而行。

某省的军队驻在我的故乡滦县时，军中对老百姓，有一种歌："打是饺子，骂是面；不打不骂，小米饭。"军队行有行饷，驻有驻饷，百姓没有直接供给的义务。他们的长官既明征给养，他们又明扰居民。然而他们的司令，深居简出，又焉能知道人民的痛苦。结果，少数的贪将劣兵得了便宜，某司令担了恶名。然而他还不知道呢。

耘田要除害苗，养马须去害马。治国治军，以至办学校，开工厂，设商店，也离不开这种原则。若将其中的坏的去了，才能保全好的，否则就要识破了俗语"一木勺坏一锅"。

民国元年十月，我入武昌陆军学校充当教员。武汉一带的人民，因曾受北兵骚扰，甚至见着北方人，全有愤恨之意。湖北驻防旗人，因平日仗势欺人之故，武昌起义时，不但将旗人杀尽诛绝，且连累一些不是旗人的北方人。那不怪武昌人无礼残酷，是因为少数的北兵与少数的旗人，种下了恶因，使无辜的北方人也受了连累。

为人与立国相同。为人只靠自己要强，不存损人利己的念头。纵然发不了大财，做不了大官，然而也受不了大穷，招

· 论民国社会 ·

不了大祸。立国只靠整理内政，不做侵略的行为，纵不能扩张领土，威镇环球，然而也不致大遭惨败，民乱国亡。

贪人不能长富，贪国不能长强。人因贪而败，国以贪而亡。

人力纵能移山填海，也不过只能移只能填小一部分，终归还是要望山流汗，望洋兴叹，空耗气力达不到目的。那么，利用"阶级斗争，混合贫富"才能发生效力，也不过是"一部分"的，也不过是"一时"的。

劳资之间，并没有什么分界。工人若勤俭耐劳，积有盈余，也可以变成资本家。资本家若奢侈不节，怠惰放肆，也能降为工人。今日被人雇用，明日就能雇佣人。我见这种的实例很多了，所以劳、资不过是个有时间性的名词。

我是由学校出身的，我深知学生头儿管学生，甚于校长教员。我入社会二十余年的经验，更使我知道，工头管工人，甚于资本家。妇女管妇女，甚于坏男子。二房东对房客，甚于大房东。我也当过二房东，我对于催索租金，比大房东还不客气。可见"奴使奴，使死奴"，与英文所说"弱者之间的专制，过于强者"这两句话是至理名言。

肯为别人想，是第一等的学问

朱熹说："肯为别人想，是第一等学问。"现在各国所以不安，中国所以不安，就是坏于不肯为别人想的人太多。

国际之间，甲国若肯为乙国想，就不能侵略乙国的领土。一家之内，父子夫妇兄弟叔侄姐妹姑嫂，若肯互相为别人（对方）想，就不能起家庭革命。社会之中，富贵贫贱老少尊卑，若肯为别人想，就不能有阶级斗争。

肯为别人想，就是《孟子》上所说"不忍之心"。不肯为别人想，就是诗经上说的"忍心"。不忍之心是慈祥的，忍心是狠戾的。不忍之心就是仁。忍心就是不仁，仁就是善，不仁就是恶。

天堂与地狱两个名词，本是人造的、假定的名词，可是人也能将世界造成实在的天堂地狱。自古以来，一些君子，就是造天堂的。一些小人，就是造地狱的。自我民国成立，人民日处于刀山剑树碓捣磨研之间，就是因为造地狱的人太多。

当初乡间的人，卖去三亩田，可以造出一个秀才。现在乡间的人，卖去三亩田，不足给儿子做一身洋服。当初造的一个秀才，至不济还可以慢慢地收回三亩田。现今造出一位学匪，多是把产业也光了，把儿子也毁了。

▎救济穷人，只在小惠，不在大德

各国军队，屯驻防区要塞，对百姓无所需求，且竭尽保护之责。开拔调防之日，百姓也无若何感谢的表示，因为卫国卫民，是军人的天职。百姓既为国尽了纳税的义务，当然应享保护的权利。

在中国当老百姓，最好是不住在"用兵所必争"之地。

近300年以来，只以我滦县而言，连遭吴三桂、李自成、清兵、军阀、外寇、匪军蹂躏，屡屡不得安生。但是滦县的百姓，虽在水深火热之中，仍不愿逃出龙潭虎穴之地别寻乐土，我若有养身之道，仍要转回故乡。可见居住险要之地的人民，并非不怕遭劫，只是故土难离。

各行之中，据我看唯有唱戏与教书最难，因为挑眼的观众最多，决不是可以模糊对付的。唱戏的，若是大草包还可以下降而跑龙套，充扫边。教书的，若是半瓶醋，在学校内决无滥竽充数之余地。我所以竭力跳出教育圈子，就是因为在学校里，不易谋生。

怨天尤人是匹夫匹妇行为，自怨自艾是圣贤英杰的本色。

近两三个月中，我看人力车夫的脾气，多是大改旧日柔顺的常态，而化为凶横的现象。我详细考查，才知道是起于市面枯涩，坐车的人太少。他们劳苦终日，度牛马的生活，除去必交的"车份"之外，几乎得不着一顿饭的余资。所以因饥饿所迫，而化为暴烈。英国格言说"饥人就是凶人"。当局若欲保持和平秩序，应当速谋补救的方法。

救济穷人，只在小惠，不在大德。只在目前的切要之图，不在高远的伟大的计划。

近几年来，一提救济贫民，就有一些聪明过度的人乱喊"设立工厂"，实在是屁话。纵然言顾其行，也不过是收容少数的贫民。最好是重征奢侈品的捐税，对米面煤油等等的苛捐恶税，认真地竭力减除。

现今就北平一处说，没有一辆不纳捐的人力车，可是不纳捐的自用汽车则不知多少。正如少有不出房捐的贫民，可是常有不纳房捐的阔人。我以为，若用征人力车捐与收贫户捐的精神，转移到汽车与巨室上去，每月必可多收十几万元。

我国的汽车，行路有优先权，停放有占地权，有骂人打人（老实人）之权，在街上有警察代为开路之权，有妨碍交通之权。汽车主人愈阔，权威愈大，其致有打骂警察（租界与交民巷的除外）之权。既享得权利多而且大，当然所纳的捐税，应重而且巨。如此才合公理，如此才可平止愤怒。

中国有些阔人，不纳捐税，并非不知应纳，也非无钱可纳。他们是以为，若纳捐税，就失了自己的面子，丧了自己的锐气，减了自己的声望，灭了自己的威风，不但见不起亲友，竟直见不起自己的太太。

用中国自己的药治中国

亡中国的，不啻是洋鬼子，还有中国人。不是中国下层社会，而是中国上等社会与中等社会。尤其是一些读书识字的官僚与有名的学者，他们互争权利，互逞才能，才将中国弄毁了。

救我中国，只靠我中国人，自己寻求自己的病源，自己用自己的药品。徒靠外国人，专吃外国药，是不能"立起沉疴"的。

现在青年人，所痛骂的人，多是将来他们所感念的人。现在青年人，所崇拜的人，多是将来他们所痛恨的人。

·论民国社会·

你不要骂父母腐败,你到做父母的日子,你的儿女还要骂你不合时代呢。你不要自命为新文化先锋,将来,你所生的儿女,还要骂你开倒车呢。因为现在你所认作新化的,到你过了30岁以后,也是腐化了。

欧阳修说:"士不忘身不为忠,言不逆耳不为谏。"现在,有志有胆的明达之士,纵然不避斧钺之诛,愿粉身碎骨对当权者直言劝谏。不但要触当权者的震怒,并且社会间也在说他是个疯子。假若他对国事毫不关心,终日混吃混喝麻木不仁,社会间还说他是识时务的俊杰,人情如此,国事焉得不糟。

某军阀当权之日,浪耗了无数的民脂民膏,毁坏了无数的青年妇女。结果,他白白地被人诛杀,较寻常的小民,还无处诉冤,这本是为恶无不报的循环之理。然而他的母亲,竟对人哭喊着说:"我儿一生,未尝为恶。天之报施太不公了。"她原是一村女乡妇,不能辨别善恶,不必深责。可惜现今,竟有一些饱受教育的人,也缺乏辨别善恶的能力,中国焉得不危不乱。

有人对我说:"故宫盗宝案中的罪魁祸首,至今稳居租界逍遥法外,偷鸡盗狗之辈,反铁锁锒铛坐狱蹲监。这种的不平,真令人气破肚皮。"我说:"他们不过凭借一时的人情势力,得以幸逃国法,然而决不能避免千载的公论。并且他们内受良心的谴责,外受人民的痛骂。纵然苟且偷活,也没有人生的滋味了,你何必为这个不平呢?"

近几年来,北平各坛庙中的古柏,屡次发生监守自盗的恶风。我望有管理北平古柏之责的大员,对于"斩伐枯树"这一条,必须改为"不论死枯,永远不准砍伐"。否则一棵一棵的古树，全要变成枯萎了，人让人死还不为难，何况让树死呢。若嫌枯树有碍观瞻，最好仿中央公园的办法，将枯树全作为藤萝或"爬山虎"的架子。

人说，砍伐老树之后，可以补种小树。我说，老树是经数百年的光阴养起来的。我们对于大的国土，若不能保存还有可说，假若连区区几棵老树，还不能使它们存在，未免太对不起古人了。

▎一国之强弱，视人民之德行

我大胆包办民意，替农工向要人们说："你们老爷们，只要能让我们可以苟活，我们自己就会改良我们的生活与经济。我们也知住洋楼好于住茅屋，吃西餐好于咽粗粮，喝咖啡好于吞凉水，坐汽车好于骑毛驴，穿洋装美于着粗布。我们若能有钱，也知存银行，也不愿藏炕洞。你们老爷们愈讲科学，愈升官发财。我们愈讲科学，愈典妻卖子。由着我们的不科学，我们还可以丰衣足食。顺着你们的科学化，我们立刻魂归天国。"

我只信农工可以救国，因为他们肯低头苦干用力专心。我决不信学者能够救国，因为他们只会舞文弄墨鼓唇摇舌。

现今多数的要人，若肯将考究汽车的心，考究自己的声名，国事决不致大糟特糟。现今多数的学生，若肯将考究洋装的心，考究自己的本领，学问决不致日趋日下。

宋朝苏轼说："国家之所以存亡者，在道德之浅深，不在乎强与弱。历数之所以长短者，在风俗之厚薄，不在乎富与贫。"德国路德说："一国之盛强，不在岁人之繁多，武备之坚利，而在有教育之人特多，有品行之人迭起。"美国爱默生说："一国文化确定之标准，非其户籍之繁稀也，非其市府之大小也，亦非其出产之多寡也，乃其国人之品格耳。"英国斯迈尔说："一国之强弱，视人民之德行。"我们读这几句话，再反照我国的现状，我中国的前途，就可推想而知。

有人问我："现在我国有许多人尤其是许多青年全彻悟了，他们已认清中国所以危弱的原因，是因为外受帝国主义的侵凌，内受封建势力的压迫，与经济制度的不良。他们若有朝一日掌了大权，是否能使中国起死复生，转弱为强。"我说："他们中的大多数，也不过是悟出了一半，不能称之为彻悟。因为那一半，就是他们本身。他们若连自己还认不清楚，他们纵然大权在握，也不过徒唱高调而已。这种不知己反求诸己的恶习不能去净，中国只有走入灭亡之途。"

中国现在是个黑白混淆，是非颠倒，里勾外联，阴错阳差的时代。欲救这个危局，须由知识分子先定一定神，睁开两只眼，用心研究什么是黑白，什么是是非，什么是阴阳。这些若分辨不清，大可不必合着眼睛，争前猛跑乱唱高调。

商人最以谦和为主

自从商战二字流入中国，将我国多数商店的商业道德几乎毁灭了。不独新开的许多小商店不顾信用，甚至有些有名的老商店，也染了欺骗的恶习，专在两片皮（嘴）上研究，而不在货品上留意。

前天我由鲜鱼口西口路东，某有名的老糕点铺，买了20块玫瑰饼。店员的架子不下于法院的法官，我因抱着信仰的心，所以也不敢查看他给我包了些什么东西。到家一看，每块之上全加了一层灰土的装饰，馅子坚硬的程度，至少有两星期的年龄。我虽然用了208枚钱，可是，使我气得身上的体温增到208度，我只好认定上当只一回。

所谓商战者，是与同业的商店，在货品上、价格上而战。不是店员们大端架子，使顾客见了，吓出一身汗。也不是店员们善用花言巧语，哄骗买主，将坏货强充好货卖出去。

买卖人，固然应当先练成一片好嘴，但是更要预备一些好货。端大架子，固然不是生意规矩，假若能像北平同仁堂，货真价实，也能招进买主。买主虽不愿看冰冷骄慢的面目，然而为购货要紧，也能忍气吞声。假若货既不良，架子又大，买主当然望而生畏，不敢登门。

俗语说"和气生财"。做生意的人，当知生意二字是活泼亲切，使人照顾的意思。假若使买主入门，如同进了阎王殿，谁有勇气瞻仰一些鬼脸呢。

有些商店的货品并不精良，可是男女顾客往来不绝。他们那些主顾，所以肯去上当受骗，就是因为店员和蔼可亲。他们那种远接近送，敬烟捧茶的情形，能使买主甘愿上钩。假若他们再能货真价实，更必财源茂盛。

顾客花一分钱，要买一分货，当然要挑剔挑选。这并非要占便宜，多是恐怕吃亏。因为顾客若不是鬼迷心窍，也必知道无论如何精明，决斗不过做生意的人。店员遇着这种顾客，要

· 论民国社会 ·

竭力耐烦忍气，要知能将货卖出去，才是好手。能吵嘴，善打架的店员，确是买卖人中的败类。

在日本，商人最以谦和为主。顾客挑选半天，纵然一物不买，他们也能和声柔气地鞠躬施礼，送到门前。这样态度，能使顾客感发良心，不忍不照顾他们。

最可恨的是有些店员，专对顾客的衣饰与性别注意。要知俗语说"包子有肉不在褶儿上"，穿着好西装的，未必就是好主顾。漂亮的妇人女子，未必就是活财神。

我国当前的急务，不在追着学科的尾巴赛跑，而在设法挽回已失的人心。若仅知在物质上讨论，而不知在精神上考究，纵然将欧美的物质文明，完全搬运过来，也不过如同穷儿学富，自取速亡。并且要知，现今欧美各国因为专在物质上用心，已成骑虎之势了。我以为，凡是现今颂欧美物质文明的人，全是眼光太短。

青年人是喜新厌故的。野心的学者遂利用这种心理，对古的、旧的、老的、陈的大施攻击，青年人以为是得到了知己。于是乎，一倡百合，专以新的、奇的是求。这种习性日长日增，以至不但对本国古书古物，认作不可留的东西。甚至将生身父母，也视为"理应改造"的废物。

君子思不出其位

自从"劳工神圣"一句话传入我国，有些农工，就发生了误会，以为自己就成了神圣。岂知所谓"神圣"者，是指行业而言，表明劳工并不比人卑贱。自从我国有了"恋爱神圣"一句话，也被摩登男女误解了，所谓"恋爱神圣"者，是说恋爱那件事实，若在法律范围之内，不应受人干预强迫，并非男女两人一发生了恋爱，就变成了神圣。

鸟兽虫鱼，可以过独立的生活，人类是以互助而生存。当初，鲁滨孙所以能在一个孤岛上，独处几十年，也是因为先得了许多器具食物，否则，决不能支持长久。我们吃一餐饭，穿一件衣，读一本书，阅一张报，全是经几百或几千士农工商的心思才力而得的成绩。家庭社会邦国，一时一日也离不开这"四民"的合作，这四民正如一个身体的各部，全是彼此相关，互相牵连，部位虽有内外上下左右单双之别，但是并无贵贱尊卑之分，去了任何一部，身体立刻就必受了影响，不能健全。那么，一国就不当专重农工而轻士商，或专重士商而轻农工。

我常说：士农工商，各尽职责，就是救国的唯一之法。俗语说"隔行如隔山"，你是某一行的人，只可专心致志办理某一行的职务，除某一行的事务之外，全不是你所当分心干预的范围。孔子说："君子思不出其位。"你若是读书的，你就好好地埋头读书；你若是务农的，你就好好地努力耕田；你若是做工的，你就好好地低头工作；你若是为商的，你就好好地谨慎经商。行业就是轨道，火车若不遵守轨道，决无安稳的前途。士农工商若存出位之思，也绝没有得意的结果。

女子生来就有制服男子的魔力

世界上，人类虽然众多，以性别言，只有男女；以前后言，只有老少；以职业言，只有士农工商。男女不过是生理上的区分，老少不过是年龄上的不同，士农工商不过是谋生方法上的差异。既然同是人类，其间就没有尊卑的疆界。

男子不专是男子养的，女子也不专是女子生的，老年人不是生来就老，青年人也不是永久长青。士商的祖先，未必全是士商，他们的子孙也未必不改业而为农工。农工的祖先，未必全是农工，他们的子孙也未必不改业而为士商。男女老少士农工商，全是维持人类社会的一分子，谁离开谁也不能度圆满的生活。既然说是"循环互助，更相为命。"何必强分阶级，又怎可彼此排挤？可见中国古时老学究"重男轻女"的习俗是不合理，现今新圣人重幼轻老与重农工轻士商的理论是不应当。

我国古时虽有重男轻女的习俗，并非专是对女子有意摧残，是因为女子生来就有一种制服男子的魔力。古人由种种经验阅历上考究，唯恐养成女权高于一切，才创出重男的言论，消灭女子权势，以求两性平等。在言论上虽是轻女，在事实上，男子多是甘受女子的驰策而心悦诚服。并且，愈是熟读古书，口唱重男轻女的男子，心里愈是对女子甘拜下风。虽有不重视女子的男子，然而也不过如同凤毛麟角，少见得很。

无论想用什么方法推崇男子，也不过是名义的高调。男子纵然翻十万八千个筋斗，也翻不出这"女神"的手掌。你纵然能翻出去，你的"心"还是要留在她的掌握之中，这就是天造地设一物降一物的定例。正如，你无论如何提倡"重鼠轻猫"，结果，鼠还是猫的口中之食。现今，欧美虽名为提高女权，也不过是将女子推入凶险淫狠的社会，使她度那不男子纵然翻十万八千个筋斗，也翻不出这"女神"的手掌。

你纵然能翻出来，你的"心"还是要留在她的掌握之中。

合天性的生活。名义上虽然是提高，实际上反给她们添了无穷的苦恼，将男子爱护女子的天性，渐渐地要变成排挤与一时利用的行为。

若想救国救民，自己必先是一个人

我恨我对去伪的功夫，还未能做到万一。可幸我对不受骗的决心，已然练到了十足。我以为，世上只要不受骗的人数多起来，人类才能有真的解放与真的幸福。

我所最不愿听到的一句话，就是"为人类谋幸福"。我只要一听到耳里，一看到眼中，就仿佛要气炸了肺管。这句话，并非不好，只是唱这种高调的人，据我详查，足有99%以上，全是些"口吐人言，而行为反不如禽兽"的人。现今，人类所以又受了新的专制，添了新的痛苦，全是因为上了这种"嘴甜心苦"的怪物的大当，英国格言说"白的手套，可以遮掩污秽的手指。"人类若肯爱护天然的自由，若愿保住真正的幸福，第一不可仅在白的手套上注意，要知这20世纪，正是"骗子世纪"，中外的骗子们，正在钩心斗角，施展骗人的法术呢。

有人问我："自从前清末年，我中国几乎是每个有名的人就会说'救国救民'的话。为什么国愈救而愈危亡，民愈救而愈无生路？"我说："国，是人立的。民，是人的别名。国与民，也必须用人救，才能转危为安，才能死而复生。那么若真想救国民，自己必得先是一个人。这初步功夫，若办不到，自己先不是'人'，如何配谈救国救民的事。只会说'人'

话，若可做到这种的大事，鹦鹉与猩猩，早就可以造成强盛的帮国了。"

社会间，所以多有纷扰，国际间，所以不能和平，全是因为有些人，自作聪明，不守本分。所以不守本分，所以自作聪明，全是因为利欲熏心，错将别人与别国当作愚昧可欺，以为别人或别国，决不能看出自己的诈伪，岂知国人与别国，早已看透了你的肺肝。这种"掩耳盗铃"的行为，施之于社会，则失自己的人格；施之于国际，则失自己的国誉。人失了人格，虽生而如死；国失了国誉，虽强而无威。

现今我国的军人，是中华民国的卫士，不是一人一系的户下家奴。军人的衣食，是出自全国人民的血汗，并不是出于一人一系的私财。服从全国全民的公意，是军人的光荣。听从一人一系的指使，是军人的羞耻。时至今日若还是"为军长而战，为司令而争"，就是轻视自己的人格，就是污辱军人的名目。若不知前思后想，不知世界大势，不顾国家现状，只听一二要人的一面之词，既认为天经地义，实在不配为20世纪的军人。

俗语说："一子走错满盘皆输"。所以自古作战，全是行动一致，勇者不能独进，怯者不能独退。周处说："军无后继必败，不徒身亡，为国取耻。"岳飞说："勇不足恃，用兵在先定谋。"何承矩说："无虑而易敌者，必擒于人。"古时的战争，尚不可以鲁莽从事，何况今日？

现今的报,现今的史

别的职业可以存偏私的念头,唯独新闻,日日与民众会晤,万不可违反了大公的原则。新闻记者,既不是深居简出的大员,当然对人民的真正情形并不隔阂,既如此就应说人民所要说的话。

我国人民,在这二十余年之中,饱尝内争的滋味,所怕的就是这件事。现今新闻记者的任务,就是对一班军阀政匪,加以猛烈的攻击,使他们不敢为所欲为。

从来野心好乱,篡窃割据之辈,所以敢流毒造祸,倒行逆施,全是因为有人对他们摇旗呐喊,捧场帮忙。王莽若非因为有几十万人的歌颂,他决不敢进行他的奸谋。魏忠贤若非因为有人对他竭力恭维,他决不敢诛杀忠良正士。现今报纸有左右舆论的效能,若以公正为志,足可利国。若以偏私存心,足可丧邦。在这国乱民危的时候,若为个人的关系,或左倾右靠,偏为小私用心,不为大公打算,未免愧对"人民喉舌"四字。

俗语说:"有向东的,有向西的"。私人的事业或可以如此,唯独新闻事业,虽是私人谋生一途,然而所办的是公共事务,无所谓向东向西,只是一个向公。不能因私仇私怨而骂人,也不可因私恩私惠而捧人。

有人说:"现今的报,就是现今的史。"我以为,现今的报不仅是现今的史,更是将来编史的人的资料。古时编史的人，若记载得不确实，今日我们读史，就要受了欺骗。现今作报的人，若编辑得不确实，不但现今的人受了欺骗，更要骗到将来的人。所以，作史贵乎据事直书。惟据事直书的史，方算信史。惟信史，总有阅读的价值。那么报既与史的性质相同，也当以据事直书为贵。编史，须要信今传后，办报也不可违反了这个原则。

作史，是为传信于后。办报，于传信于今之外，更要传信于后。报社的记者，既负双重的责任，对于记载与言论，更当本乎事实，发乎天良，以免蒙了今人，骗了后人。

史，这个字，依篆书写，是𠁼。是用"中"与"又"合起来的，中是正的意义，又作持讲解，表明作史的人，记事发言，须本乎中正。欧美历史的皮面上，时常书着一个手持天平的人，天平是以中正公平为本。作史的人，对于所记载的，也必须本着天平的样子来下笔。天平若有偏左偏右的毛病，就成了无用的废物。作史的人，若有"左倾"、"右倾"的恶习，就失了史的标准。我以为办报的人，在可能范围内，也应当将一个天平的影子，放在心里。固然在纷乱的时代，有权有力者，是不依着天平的。但是天平这种东西，只要有世界，就不能铲除它的存在。所以，报社的记者，记事发言若以天平为法则，纵然受屈于一时，终必伸张于永久。

北齐的魏收，所作的《魏书》，在当时就大遭恶评，人称他所著的魏书，为"秽史"，因为他作史专以他的爱憎为主。对他所喜爱的人，就捧得上天，对他所憎恨的人，就骂得入地。这实在是失了史家的身份。古人说"作史要三长"，三长就是识、才、学。识，必须高超；才，必须深远；学，必须广博。最重要的更须先正自己的心。报纸，既与史的性质类似，办报的人，记事发言，也当本着中正而行，不可以爱憎的私情，颠倒是非。不可受任何人的利用，混淆黑白，以免走入魏收的覆辙。

正史，固然不可不读。野史，更是不可不看。正史是官方所修或奉诏所纂的，野史是私人所暗记的。正史，因为改朝换代，历经修订的缘故，其中难免有造谣或隐讳的缺点。野史，因为作者不为权势所支配，所以内容多是诚实可靠的记录。当初，秦桧所以禁野史，所以保存他妻兄王唤的儿子孙子，为国史修撰，就是恐怕野史或外人所撰的史，不能掩盖他那卖国的事实。我以为《机关报》就如同正史，往往因私害公，可信之处太少。私人所办的报，若无背景，就仿佛野史，往往据事直书，极少隐讳或造谣之处。

周德恭说："史者，公天下后世之是非者也。岂以一人之私，而能灭众人之公论哉？"吕祖廉说："史官，万世是非之权衡。公是公非，举天下莫之能移焉。"报，既与史的性质相同，也必须做到"公天下后世之是非"的标准，时时以众人之公论为依归。报社记者的任务，既与史官类似，也必须与万世是非之权衡。所是所非，不可掺入一毫的私意。所是所非，只要不违背自己的天良就成了公是公非。因为天下虽有17亿人之多，种族虽然差异，而天良并无不同。

外国称新闻记者，为无冕之王。王有生杀予夺之权，新闻记者的一字褒贬，也可关系一人的荣辱生死。王者发号施令，稍有偏私，既要祸及全国，新闻记者发言主事，稍存私见，也可祸及人群。李世民说："王者无私，故能服天下之心。"我以为，新闻记者无私，才能得人民之助。可惜在乱国里，无冕之王的笔，实在是斗不过有冕之王的权。

天下将治，人必尚行

我的老友某甲对我说："现今的人，认假不认真，重言论，不重事实。若说良心话办合理事，反要得到傻瓜或废物的恶评；若说虚伪话办屈心事，且能得到志士或干员的美誉。生在这个是非颠倒、黑白混淆的时代，简直是不容人学好，只催人学坏。"我回答道："你还是胸无主见，只看见一时的现象，未想到将来的归结。譬如，你是一个女子，现今最摩登的女子，多以正式结婚为野蛮的遗俗，以胡滥姘居是进化的标准。那么，你就不为将来打算，而赶紧随便与人宣布同居么？"

现今虽然是以真为假，以假为真，以虚为实，以实为虚，但是，是真的假不了，是假的真不了。实的总是实的，虚的总是虚的。真实与虚假相较，正如香与臭之比。世界上的人，既不能永远喜爱臭的，那么，香的到底还是受人欢迎。一个人，若能牢守真的实的，不被一时的好恶所牵动，至终也不能被人打倒。

颜元说："治世之民愚，愚，正其智也。乱世之民智，智，正其愚也。"国民不怀出位之思，不存非分之想，各守轨道，各尽本份。看起来，这仿佛是国民无知无觉，麻木不仁，不求进化。然而，惟独这种平静无争的生活状态，总可以达到真正国泰民安的途径。你以为他们真糊涂？其实他们是真明白。现今我国的人民，因为受了骗子们的诱惑，几乎人人全有出位之思，全有非分之想。甚至三岁的孩子，也要治国安邦，打爹骂娘。奸盗邪淫之辈，也敢大言救民救国。士农工商，多以低头尽职为羞耻，以高谈阔论为光荣。看起来，这仿佛是民族进化，思想高超。然而事业由此而衰，争端因此而起，你以为他们真明白，其实他们是真糊涂。

《皇极经世书》上说："天下将治，则人必尚行也。天下将乱，则人必尚言也，尚行，则笃实之风行焉。尚言，则诡谲之风行焉。"我中国前途的兴亡，在我国人的尚"行"或尚"言"。

《果斋日记行》里说："盛世之民，不能言而能行。衰世之民，不能行而能言。"自近七八年来，我国事事退化，唯独"说话"是天天进步。尤其是，许多要人和学者的嘴，简直成了铁唇铜舌。什么好听，他们就说什么。什么利己，他们就行什么。将字典里的好字，全用完了，将世间的坏事，全做尽了。我以为，我国的兵力微弱，还不足以亡国，可是我国的嘴力盛强，足可以覆邦。

我对某朋友说："你不必愁'出路'。现今，你只要会投机，再会说好听的话，会找正大的题目，我管保你必能名利双收。譬如，开发文化，救济农村，研究学术，发展教育，整理古物，抗敌救国等等，全是最好的题目。你抓住一个题目之后，若再认识几个要人，立刻就能手到钱来，而名声大振。因为这些题目，既正大而又好听，谁也不敢反对。"

不但人会投机，兽也会投机。据某笔记上说，在前清咸丰末年，四川某外国教堂，势力最大，无人敢惹。某次，一家大闹狐仙，经术士作法，将狐仙收在一个瓶里，那狐仙在内大声喊叫说："我是某教堂的教友，你们若不赶快放我，我就禀告外国神甫，使你们吃官司。"那术士因为不敢得罪外国神甫，立刻就撕开封条，将狐仙放了。我虽不信鬼狐，可是这段笔记，颇有深意。

私德如同根本，公德如同枝叶

现今，有许多报纸里的言论，对于独善其身的人，大加攻击，说这种人没有功德。并且说，一个人纵然私德完备，若没有公德，也是于社会没有利益。说这句话的人，不但是忘了孟子所说那句"穷则独善其身"的"穷"字，也忘了下边那一句"达则兼善天下"的"达"字，并且不明白私德与公德是什么东西。

私德如同根本，公德如同枝叶，公德是由私德而生。若无私德，决不配讲公德。独善其身，就是讲求公德的第一步。独善其身，就是勉强做一个好人。一个人在不得志的日子若不能先做一个好人，到了得志的时候，决不能做一个好官。譬如一位姑娘，在娘家就乱七八糟，嫁到人家，也决不能循规蹈矩。

天良是人类所独有的特点。天良的有无，也就是人类与禽兽所不同的差别。社会由天良而成，邦国由天良而存。天良不失，民族虽弱而可以不灭。天良一去，邦国虽强而不可以长久。对外，若不讲天良，已经是亡国的先兆。对内，若不讲天良，简直是到了灭种的尽头。

我国在满清末年，多数人的天良已经是失了十之七八。自近十几年来，多数人的天良简直是树枯枝焖点滴不存。于是乎，上之对下，下之对上，彼此之间，相互之际，无不以虚

· 论民国社会 ·

伪为是，以真诚为非。只尚口，而不讲心。只趋外表，而不求内容。欧美皮毛的文明，仿学了一个十足。本国固有的精髓，早被摧残了一个罄尽。当前的要务，是先寻找已经失去的天良，寻找天良，并不是耗财费力的事，只要肯扪心自问，天良立刻就返本还原。

六年前，我的一个穷朋友陈某，在某机关当一名小职员。每周，他必陪同一班大人先生，鞠躬三次，我问他："你在静默的当儿，心里想什么？"他回答道："我的内人，现今病在床上，无人做饭，我每天上衙门之前，就蒸上一锅窝窝头。每逢静默三分钟的时候，我就思念我那一锅治饿的宝贝。"我说："你这人真肯说良心话。"去年我那苦朋友，竟因失业忧伤而死，家属也不知去向了。现在，天不保佑说实话的人，假若他能专发违心之言，善装虚伪之貌，或者他可以老而不死，富贵荣华。

国，是人立的。国，是人亡的。邦国兴盛是人的功勋，邦国败亡是人的罪过。邦国的危亡，决不是天意。人民的困苦，决不是劫数。说天意，是委过于天。说劫数，是推罪于命。若不实行人力，若不改正人心，纵然释迦重生，耶稣复活，中山还阳，也是爱莫能助。现今，欧美的牧师与我国的僧道居士，求祷和平，全是耗财误事，白费光阴。我并不反对神鬼，我只是反对专靠神鬼而不尽人事。

《中庸》上说"行远自迩，登高自卑"。人必须先将近小的做到了，然后才可以谈到远大的。舍人事而谈天命，舍事实而谈玄理，舍中国而谈外洋，舍现在而谈未来，全是舍本逐末，倒行逆施。

迷信，认不清而信

现今，使我最莫名其妙的就是一些善男信女，多是有钱修佛像，无钱济穷民。有钱买鸟放生，无钱恤孤怜寡。尤其是一班要人，多是有钱给死的伟人铸像、修坟、立纪念堂、办纪念会，无钱为活的小民保命、救灾、开生路、立工厂，将有用之钱，耗于不急之务。并且，神佛是以救人为心，你果能尽力救人，就是替神佛行道。

现今是拜神佛的人多，学神佛的人少。拜耶稣的人多，学耶稣的人少。拜死伟人的人多，学死伟人的人少。神佛也罢，耶稣也罢，死伟人也罢，全是不愿人跪拜的偶像，是愿得人仿学的标准。你只要按照他们的遗范做人，就是他们真正的信徒。如此，不但他们喜欢你，别人也是敬重你。

见佛就下拜，遇庙则烧香，是愚夫愚妇的行为，也就是真正的迷信。所谓迷信者，是认不清而信。我常见许多村女乡妇，对佛像大磕其头，大烧其香。假若问她们所拜的是谁，是为什么烧香磕头，她们也回答不出。这种行为，不但是迷信，而且是盲从。不但可怜，而且可笑。

在前清朝代，某省有一个盐大使，一日出门拜客，忽然有一个妇人，向他拦舆告状。他接过状子一看，才知道那妇人是告她的丈夫宠妾灭妻。他对那妇人说："本官只管民间吃盐，不管民间吃醋。"这不过是认不清官吏的笑话。我以为，认不清神佛，就加以信奉，正和那妇人相等。

· 论民国社会 ·

不但认不清而信是迷信，不必信而信，不当信而信，不可信而信，也是迷信。不但对神佛是如此，对死的伟人，也是如此。

有心为善，虽善不赏

放生是出于一时的不忍之心，也是我国自古就有的一种善举。善男信女，释放羁禁生物，正是仁慈的行为。然而仅可私自偶而施行，不可定期当众买放。我常见一些善男信女，在庙中定期放生，僧道也在一旁诵经转咒。他们这种举动，不是行好，简直是造孽。

《聊斋志异》上说："有心为善，虽善不赏。无心为恶，虽恶不罚。"古语说："善欲人知，便是假善。恶恐人知，便是大恶。"我以为"定期买鸟放生"这一举动，就含着"有心为善"与"善欲人知"的心意。前者，决不能得神佛的喜悦。后者，且必得神佛的惩罚。买鸟放生，并不是为恶，所可恨的，只在"定期"而放。

定期买鸟放生，不但不是善举，而且是雀鸟的极大劫数。鸟贩一听某善士定于某日放生，必预先用力搜捕鸟类，将数十以至数百小鸟，困于一笼之中，既不喂食，又不给水。等到某善士施德行仁之日，小鸟全已疲惫不堪，放出之后，既无力远飞，又无力速跑，不是便宜了顽童，就是便宜了鹰鹞。假若巢中再有雏儿，则又不知饿死了几多。这种似行善而实为恶的行为，不但僧道不当提倡，官方也应竭力禁止。

一些善男信女，多是有钱修佛像，无钱济穷民；有钱买鸟放生，无钱恤孤怜寡。

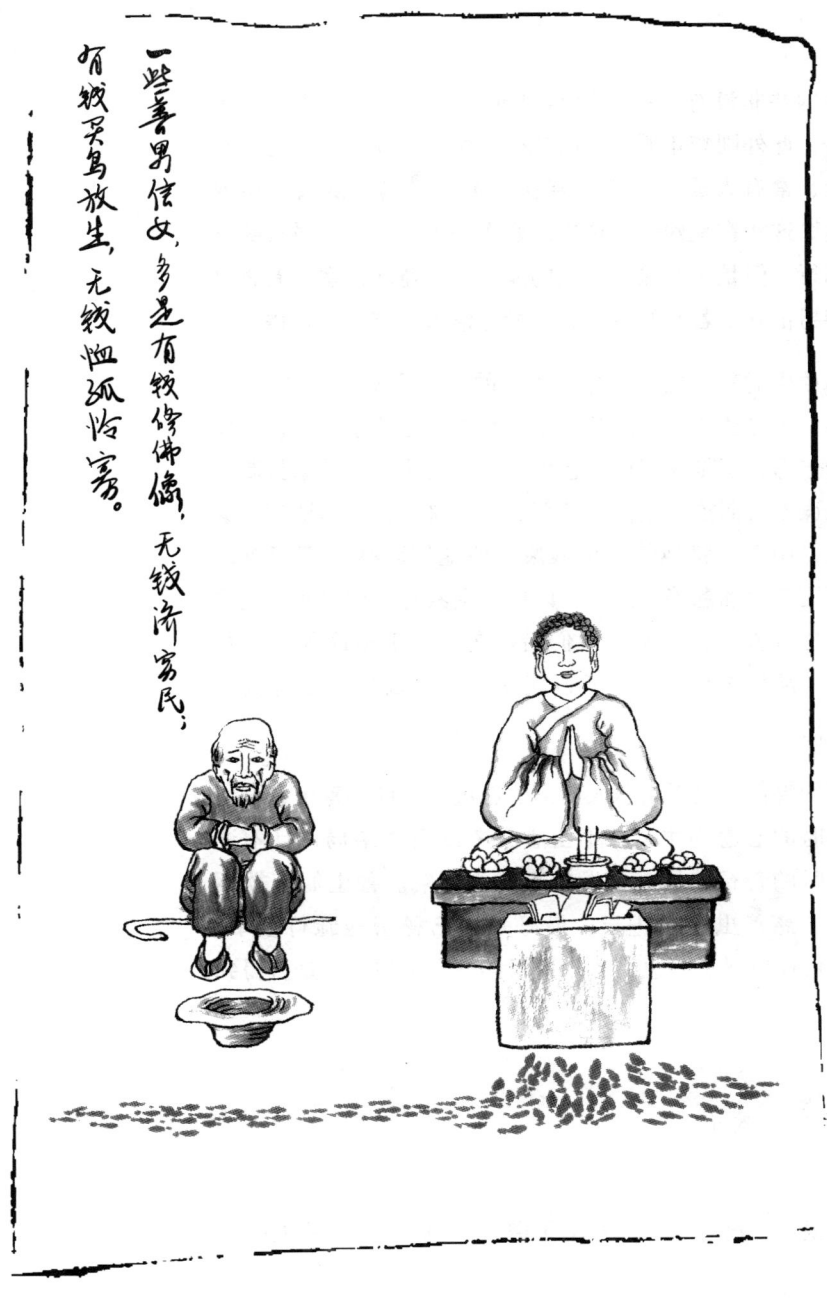

在外国并非没有鸟贩，然而只准售卖美观的鸟类，供人蓄养玩好，此外则禁止贩卖，以免残害生灵。我中国，尤其是平津两处，常有人成大笼售卖麻雀一类的小鸟，供人放生或供人薰食，这实在是残忍的现象。麻雀一类的小鸟，虽有啄食谷麦的恶行，但是颇有除灭害虫的能为，有益之处多，有害之处少。善男信女，若有好生之心，最好请求官方，严禁售卖。

买鸟放生的善士愈多，捕鸟售卖的小贩愈众。这种举动，不是为善，正是奖恶。在前几十年，欧洲的慈善家，最喜欢周济残废的乞丐，于是就有许多乞丐，或懒惰之辈，故意打断了手脚，以谋不劳而得的生活。甚至有这等恶人，专门诱拐人家的小儿女，用人工将他们做成残废，使他们眼瞎口哑臂折足断，以便更能引动慈善家的心。以后各国察觉这种秘密，就将残废的乞丐收养起来，不准他们沿街乞讨。于是这种骗人行善的恶丐，从根本铲除了。所以我认定买鸟放生也不是真正行善的方法。

最好的善行，是不给恶人或骗子造机会。许多善士，只是以尽了当时的心愿为主，并不留心查考以后的结局，且不注意自己一时的善行，是否要发生不良的影响。善士们若欲不白白地给"慈善虫子"进贡，最好是自己秘密地施行善举。否则，不可仅以尽了心愿为止，更当详查穷苦的人，是否得到实惠。

救得了急，救不了穷

俗语说："救得了急，救不了穷。"我们只可周济人的一时之急，不可周济人的永久之穷。济一时之急，如同从坑边救人，用一臂之力，可以将他拉上岸。济永久之穷，正如《论语》上所说的从井中救人。所以，欧美的人，多肯周济乍一落难的穷人，而不肯施舍给职业的乞丐。所谓职业的乞丐，是身无残疾，专以乞讨为生的人。对这种人若一味施舍，不但养他的惰性，且恐误了他的前途。古今中外，有许多乞丐，因受人的激刺，努力要强，而成了名将伟人。

我在山东、河南、湖南等省的名山之上，看见许多以乞讨为生的职业乞丐，他们各据一段地盘，甚至搭盖小房，终日跪在山路一旁，向香客狂呼乱喊，不但以乞讨为职业，且以乞讨为世袭。这种人中，实在埋没了无数的人才，而养成寡廉鲜耻依人为生的天性。不但香客不应施舍，官方也当向香客酌收香捐，设立工厂，使那些"寄生虫"习学一点正当的职业。

东城有一个牛瞎的乞丐，已经讨饭多年。去年，我忽然听不到他那"老爷太太"的哀号了，可是我又常听一个小贩的声音，和那乞丐的韵调如同出于一个琴谱。我出门探查，才知道他已改了行业，贩卖糖果花生。他的面色较前光润，衣服也见整齐了。像这种乞丐，决不是自暴自弃的人，我以为好运就在他的前边，焉知他将来不能由一个小贩，而变成一个富商。

自从"民国"九年，我由京北清河镇，迁入城内之后，屡屡有人到我门口，向我"化棺材钱"。据说，某某人死后，无钱装殓，全家挨饿，说得那种苦况，真使人闻之心酸，听之落泪。最初几次，我曾资助一点。以后我见向我化棺材钱的，总是那一个人，不过他所带的孝子孝女或孝妇，随时更换罢了。我对他说：你真是一位大慈善家，不过，这样替人沿门告帮,也不容易凑棺材钱,我同你到丧家先查看一次,我再向施棺材的善士,为死人领一口棺木。我竭力要去,他竭力阻拦。我不过是假意试探,他竟信以为实。于是向我哀告道:无君子不养小人,您何必对我们认真。说完,抱头鼠窜而去。我对看热闹的说:有钱可以喂狗,决不可以给骗子。

前年,我接到某青年一封告帮并求应事的信,内容详说他如何爱国,如何爱民,如何为国奋斗,如何受了环境的压迫,如何努力的上进,如何被困在故都。我照内开的住址将他找着。我见他全身西服,满脸绿气,手指焦黄,桌边烟头与痰沫甚多,及至接谈之下,他又向我大表功德。我本来痛恨中国人穿洋装,更恨他那怨天尤人的言语,于是对他说:我并无力济人,更无处为人谋事,我们素昧平生,纵然遇事,也不敢贸然推荐。我设或有钱,也不能帮助你吸抽毒品。我自从那次受骗之后,凡遇告帮求事的信,一概置之不理,不是我毫无仁心,我只是不鼓励骗子。

持所当持,为所当为

前几天,一位美国朋友曾对我说:"现今的世界是个 Crazy world(狂妄的世界)。"我回答道:"我很以你这话为然。不过,各国的小民并不狂妄,犯狂妄的,只是各国的一些要人与学者。他们若不狂妄,他们对于政治与学术,决不舍近求远;决不能倒行逆施;决不能牺牲眼前的民命,而求未来的幸福;决不能蔑弃前人万古不易的成规,而考究今人随时改变的空理。并且,若论他们的原心,也并不狂妄,只是要假借这种狂妄的行为，谋权攘利。小民因不肯狂妄而倒霉，他们因善于狂妄而得势。"

人生最大的愚昧，是对于眼前所能看得见的本分不尽力，而对于将来未必靠得住的幸福苦用心。这种毛病，现今全球各国的人，尤其我国的要人与青年多已受了传染。于是乎，一些要人，眼见无数的小民饥馑而不肯立施救济。许多青年，对自己应习求的学业而肯于迁延敷衍。结果，不但当前的要务未办得好，未来的计划也谋不成。所以，我常向学生们说："做你们眼前所当做的，将来才能行到你们所愿得的。"

有些因循畏缩的人，反自以为是老成持重。有些鲁莽浮躁的人，反自以为是奋发有为。前一种人，为患尚少。后一种人，造祸无穷。从来误国殃民之罪，全是由这两种人所做出来的。我中国现今所以国乱民穷，尤其是受了这后一种人害。并且，持重须先能辨轻重，有为须先能考是非，持所当持，为所应为，才是合乎为人处世与救国救民之道。

我看见一位青年所作的文，只要其中有"在这残酷无情的世界里"、"在这组织不健全的现实社会中"等等恨天怨地的话，我就可预断他将来必是个决无成就的废才。这种的人，只可给军阀、买办去卖力，给银行家、大财主去当子孙，坐享幸福。因为真有志气的人，只知刻苦自励，努力自修，决无闲暇在"社会"或"环境"上找毛病，费心思。

我常细想新圣人们，所以提倡"责人"的邪说，正是因为他们看出人类，尤其是青年人的弱点。他们为迎合人心起见，所以故意将种种罪过，向环境或社会上推卸。这种"将自己认作无过"的邪说，入于人心之后，人就认他们为知己，

· 论民国社会 ·

拥他们为圣人，并且承认他为改良环境、改造社会的领袖。于是乎，他不过是利用傻小子们，做他们那"登墙、爬房"的梯子。

《果斋日记》上说"子弟无专长，便是家之累，亦是国之累"。我常对学生说：先不必高谈救国救民的大事，先要将自己养成一个真有实在本领的好儿子、好国民。

现今多数的青年，对于自由平等，愿按新式的；对于依赖父兄，愿守旧式的。

军人所以可贵，在能阻止外洋武力侵略。学者所以可敬，在能传布本国固有的文化。

对活人，万不可捧他过甚，因为不知他将来还要变一个什么东西。对死人，还可以说几句好话，因为他已然失去了为恶的能力。

现今，在街上挽着"爱人"出风头的青年，90%全是将来在僻巷里抱着"瓦盆"哭嚎叫喊的乞丐。

有竞争才有进步？

现今有一句最摩登的话，就是"有竞争，才有进步"。这句话，也能益世，也能乱世。人若能在学识上不肯让人，就能于世有益。人若在权势利禄上不甘落后，就必与世有害。因为在学识道德上竞争，并不妨碍别人。在权势利禄上竞争，别人必将受了损害。你如何损害别人，别人也必设法对待。一还一报，两败俱伤，岂能说是进步？依我看，现在所讲的竞争，全是向死途里猛进的竞争，不但不能进步，且必同归于尽。

报纸万不可包办民意

报纸，固然可以称为民众的喉舌，固然可以称为代表民意的东西。但是任何报社也不能说，我这报是"民众喉舌"，我这报是"代表民意的东西"。因为民众这个名词，是指全国的人民而言，民意这个名词包含全国人民之意。苟有一毫偏私的念头，牵涉到私利、私图、私恩、私仇、私愤、私怨，就不可滥用民众或民意作为题材。

一个报社的编辑，学识无论如何高超，观察无论如何通透，也不配说他的言论就是民意，他的批评就能代表民众。一个编辑，既不能以私意为民意，以自己为民众，那么，也不可以少数人之意为民意，也不可以少数的人为民众。所以一个编辑，每逢要写到"民众"或"民意"的当儿，必须详加考虑，自问天良。否则，就是包办民众，包办民意。

办报的人，若犯了包办民众或包办民意的罪恶，无论靠山如何高大，无论资本如何充足，也决不能支持长久。因为民众就是一个大公，民意就是一个天理，包办民众，就是违背大公，包办民意，即是拗逆天理。天理与大公，岂是可以任意假借的！若是可以随便假借，某某总统，何致贻议千载，某某军阀，何致身死名辱。以威风凛凛的总统，以杀气腾腾的军阀，还以包办民众，包办民意而遭失败，手无寸铁的办报的人，更不应擅违大公，妄逆天理。

孔子说："众恶之，必察焉。众好之，必察焉。"人，若想做一个真正的人，必不可模模糊糊地与众人同好恶。报，若想做一个公平的报，必不可模模糊糊地与众报同好恶。要知，众人或众报所排斥的人，未必不是一个媚世谐俗，欺人惑众的大骗子。

有人说，这20世纪是进化最速的时代。依我看这20世纪，正是一个骗术最精的时代。以前的骗子，只能骗个人骗社会。现今的骗子，专能骗民族骗天下。

有权势的人，可以不顾声名，掩耳盗铃，障目捕雀，包办民众，包办民意。办报的人，即操言论之责，万不可对"民众、民意"等字，强拉硬拉，模模糊糊。譬如，若说"某处的全体民众，欢迎某某要人"，"某处的全体民众赞成某种团体"，办报的人，必须身临其境，亲见某处多数的人民，真有这种举动，才可用"民众"二字；必须人人参加，一个不剩，才可加添"全体"二字，以为形容。

做买卖，为销货起见，或可以夸大其辞。办报的，为报告消息，只可据事直书。譬如，说某要人或某学者之死，参加送殡者，若干万人，只可按执绋者的人数计算，切不可将看热闹的人，也算在其内。这样固可给死者锦上添花，但是就犯了包办民众或包办民意的罪恶。

一个不读书认字的寻常人，无论如何善于言谈，他的话在一时之内，仅能传入几个人耳里，受影响的范围太小。他的话或善或恶，也积不了大德，也作不了大孽。唯独一位学者或一家报社，一动笔墨，一发言论，不仅在一时之间，影响百千万人的心田，并且可以传遗到天下后世，受感应的范围太大。

人的一生，只用"出""入"两个字，就可以包括了。譬如，吃喝是入，拉撒是出；生是入，死是出；娶是入，嫁是出；爱是入，施是出。

若持论公正,就能为人群生无穷的福利;若发言偏邪,即可给人群造无限的罪恶。正所谓,一言兴邦,一言丧邦。学者与报社所负的责任,既然如此之大,发言立论,岂可只顾一时的私利而不详加考虑。

现今,有名的学者与有名的报社,既被人称为群众的"导师",就当顾名思义,尽"指导"的责任。所谓"导师"者,必须自己先能辨清了方向,将群众引导着走入光明正大的坦途,万不可学瞎子引瞎子,一起行进斜曲不平的险路。

皈依一种宗教是一种信仰,尊崇某一个人为导师,也是一种信仰。既是一种信仰,信与不信,仰与不仰,万不可包办民意,强人从己,也不可心无定向,合己从人。况且"信仰自由"四字,是世界国家所主张的,也是我国约法所载入的,你不能强令我信你所信仰的神,我也不能强令你尊崇我所尊崇的人。不但用强力,使人信仰使人尊崇,是侵犯了别人的自由;就是不得着许可、承认而擅自将别人算入信徒以内,也是违犯了民主国家的条例。

人应有分辨是非之心

王嫱那样美,还有人说她不美;黄巢那样恶,还有人说他不恶;岳武穆那样精忠报国,还有人对他斩草除根;魏忠贤那样险恶狠毒,还有人为他修建生祠。一时的颂扬,岂足为凭;一时的诽谤,何足为据。白玉上涂狗粪,不失了玉的本质,至终仍必发出玉的光辉。狗粪上涂抹香粉,不能增了粪的价值,到底还要泄出粪的臭气。所以,知道自爱的人,决不以自己一

· 疯话集成 ·

时的私见或随着少数人的一时之见而捧人，也不以自己一时的私见或随着少数人的一时之见而骂人。

孔子那"万世师表"的尊衔，孟子那"功不在禹下"的美誉，决不是在他们将死之后，就被人喊起来的。全是经过数千百年，经过无数人的考究，才下的断语，才成了无可反驳的定评。在孔子将死之后，孔子的门徒并没有大喊"我们的先师是万世师表"，孟子的朋友也并没有乱喊"我们的孟轲功不在禹下"。

知道自重自爱的人，对于捧人或骂人，对于拥护或排斥一种学说（或主义），自己必先详加精细的考察、缜密的研究。不可仅看一面，而忘却了多方面。不可只顾一时，而忘了永久。不可只为一部分人着想，而不为多数的人关心。只要自己的天良认为是，虽然天下人全骂一个人，全排斥一种学说（或主义），而自己偏要捧他，偏要拥护他。只要自己的天良认为非，虽然天下全捧一个人，全拥护一种学说（或主义），而自己也偏要骂他，偏要排斥他。

现今，我国有一班知识阶级的人，因为失了分辨是非之心，遇事只以名人的言论与观察为标准，只要有几个名人捧谁骂谁，自己也就不问是非，瞎跟着捧，乱随着骂。至于为什么捧，为什么骂，应捧不应捧，该骂不该骂，自己也是莫名其妙。不过以为捧某人的名人多，我若随着捧，我就可以被人认作是名人之一。骂某人的名人多，我若跟着骂，我也就能挤入名人之列。这种人，未当不以为自己聪明绝顶，其实是昏聩已极。

迎合人的心理是发财成名的"不二法门"。做生意的，若善于迎合买主的心理，货物就能畅销。属员若善于迎合上官的心理，职位就可以超升。报纸若善于迎合阅者的心理，销路就可月增日进。著作家若善于迎合读者的心理，作品就能风行一时。专以著作家而言，处于这人欲横流、天良破产的今日，若讲道德，说仁义，不但不能发财成名，反要闹得怨声四起。假若倡人欲，导淫邪，不但可以成名发财，且必可以被人称为文坛健将。

人类中的痛苦，多是起于不知自反、自责的人。国际的战争，全是起于不知自反、自责的国。人，能自反自责，才肯为别人想。国，能自反自责，才肯为别国想。肯为别人想，就不致因为求自己的利益，而扰害别人的安宁。肯为别国想，就不致因谋己国的盛强，而破坏别国的安全。肯为别人想，别人也肯为你想。肯为别国想，别国也肯为你国想。这样才能谋到人类的真幸福，才能谋到国际的真和平。

人，决不能靠打架斗殴求生存；家，决不能靠欺邻霸里求兴旺；社会，决不能靠你排我挤谋进步；国，决不能靠你争我战求富强。人欲谋生存，必须刻苦自励；家欲谋取兴旺，必须各尽职责；社会欲谋进步，必须相爱互助；国欲求富强，必须亲仁善邻。

论民国社会

论民国官场

论民国文化

人心大变，大变人心

《鸿鸾禧》那出戏里的金松，本是一个乞丐头儿，然而嫁他的女儿，竟敢大言不惭地说："要陪象牙床一座，闪缎褥子闪缎被720床。"他的女婿莫稽，本是一个四等乞丐，居然也敢大吹其牛说："备下凤冠一顶，白璧百双。"观戏的人，虽然知道是戏，但是也不能不加讥笑。可叹我国近四五年来，对内对外，也居然鸿鸾禧化了。戏剧中的鸿鸾禧，还可以解决了一个婚姻问题，我不知政治上的鸿鸾禧，要唱到什么结果。

人说小儿爱母是出于天性。其实母亲若不能替他解决饥食问题，他也不爱。母子尚且如此，何况当权的人与小民呢。

当初，孟子在小的时候，问他母亲："邻居为什么杀猪？"他的母亲因他问得心烦，对他说："杀猪给你吃。"后来，她恐怕是对儿子说了谎话，于是特买些猪肉，给孟子吃，以免对儿子失了信用。母子之间尚须如此，假若多数的要人，对于民生，日日大唱高调，几乎没有一点实惠，临到人民身上，何怪人民对他们，失了信仰的心而大加咒骂呢？

不必大骂古人，古人虽不好，他们全死全去了，再没有为恶的机会。不必大捧今人，今人虽好，他们还活着呢，尚有为恶的可能。要知一百个死秦桧，实不如一个活要人可怕。

古圣人的学说，是一愚民政策。新圣人的学说，是一政策愚民。古时是少数的强者，治多数的愚民；现在是多数的愚民，被少数的强者所治。正如《翠屏山》那出戏里，英儿所说的人心大变，就是大变人心，说法虽然不同，其实还是一档子事。

我中国目下，使真守旧的人治理，亡得慢。使假维新的人治理，亡得快。真守旧，人必起而亡我。假维新，我心趋于自亡。

现今我中国，要人也罢，小民也罢，提起国事来，全说没有办法。其实小民的没有办法，是真无办法，"要人"的没有办法，是有法不办。

中国的国事之坏，坏于小官僚随声附和，大官僚刚愎自用。

我中国人，不做官（或失了势）全是好人，正如大姑娘不入娼寮，全是贞女。你若果真从了良，改变了卖淫的念头，才可以提倡贞节。否则，你纵然舌敝唇焦，人也要嗤之以鼻。我中国多数的要人，虽然日日发表通电宣言，仍是被人民视同狼嚎虎啸。其所以得这种结果，就因为他们那些好话，全是一边卖着淫，一边喊出来的。

救国救民的大事，几个电报就算办到了

文字、电报，本是表达思想的东西，也是我国的名人借以骗人的法宝。所以我常说，不但仓颉是中国的罪魁祸首，连摩乐斯也是中国的祸首罪魁。

我中国的要人通电，好说许多不必说的废话，然而独对于发电的日期，偏要用陈腐的韵目替代，以图省一个字的电费。这就应了俗语："大处不计，小处算。大篓撒油，车辙里寻芝麻。"

某洋报讥讽我国为电报国，我乍一见非常愤恨。细一想实在佩服，因为我国许多救国救民的大事，发几个电报，就算办到了。

文字、电报，毕竟是沟通上下联络感情的东西。假若没有这种利器，那么，政客们爱国爱民的好心，与军阀们保国为民的勇气，小百姓们怎么能知道呢。

官场如戏场

现今我国，百业停顿，四民破产。只有"爱国"，"救民"，"抗日"三种生意，无不一本万利，财运大来。不过他们发了财升了官之后，国也亡了，民也绝了，日本也来了。我对他们，无以名之，只好乎之曰"爱国贼"、"救国盗"、"抗日匪"。

宗教中的流氓，假借死后的天堂，骗取资财。政界中的匪徒，利用将来的幸福，攫取政权。名目虽殊，手段虽异，其损人利己的心志，则无不同。不过所生之祸害，有大小轻重之别而已。某学生对我说："我国如同老房屋，全体腐烂了。非经大破坏，不能大建设。"我说："若破坏，须将大家的一起破坏。若建设，须将大家的一起建设。不能先破坏我的，也不能先建设你的。更不可为建设你的而破坏我的。"

某官僚对我说:"官场如戏场,我也不过是随班唱戏而已。"我说:"你说得太言过其实了。戏子无论名角次角,无论生旦净末丑,只要登台,无不怕观众叫倒好,无不大卖气力,大显精神。所以扮演的君臣父子夫妇朋友以及将相卒仆,全能尽其所能。真是装什么,像什么。扮什么角,尽什么职。我国当权的人,若能以戏子为师,我中国这出《大保国》还不至于愈唱愈糟啊。"

《杀狗劝妻》那出戏里的焦氏,将她的婆母,打了一个肉绽皮开,她还大喊着说:"东邻家,西舍家,你们都来瞧啊,婆婆打儿媳妇呢。"这种大背良心的举动,本是泼妇的蛮行。想不到,在国际的舞台上,也有仿学的,可谓焦氏精神不死。

善治国者,治官;不善治国者,治民

亡国之后,仅有一党——亡国奴党,仅有一系——亡国奴系,仅有一派——亡国奴派,仅有一团——亡国奴团。到那时,外国人只认定你们统统是亡国奴,统统一律以亡国奴待遇,绝没有闲心,详分你们的系属。

近几年来,失势的要人,屡屡大骂当权的人,如何摧残民意,如何钳制言论,如何倒行逆施,如何……其实,在他们当权之日,所行所为,也不好于他们所骂的人。正如娼妓,因生恶病,退捐之后,大骂未退捐的姐妹,不守贞操。一旦病愈上捐,重张艳帜,还是依旧地大过皮肉生涯。所以我常说:"唯人民始有说便宜话的权利，我国到了今日这样危亡的地步，凡是掌过大权的人，全不能推卸祸国的罪名。"

一国的要人，分立政府，叫不合作；一家的老少，各怀异心，叫不合作；一对夫妻，同床异梦，叫不合作；一商店的东伙，尔诈我虞，叫不合作。殖民地对宗主国，生叛离心，叫不合作。我国对日本，既没有以上的种种关系，岂可将这三个字作抗日的口号。

天下有无天理良心的官，绝没有无天理良心的民。善治国者，治官；不善治国者，治民。治官则轻而易举，治民则劳而无功。

┃知外而不知内，知古而不知今

从来娼妓多喜欢拜佛烧香，然而不能根本改变卖淫的念头，不能减轻敲竹杠的手段。从来要人也多喜欢诵经受戒，然而不能消灭作弊的恶习，不能去掉刮地皮的劣性。她们烧香愈多，他们念经愈勤，愈使旁观者多生讥笑。

我中国之所以日趋乱亡，并非起于人民不知要强，不守正轨。实在是起于多数掌权者，口甜心苦，缺少正大光明的目标，不能为民众的表率。

有坚强的政府，才有坚固的国防。政府摇摇不定，为政者尔诈我虞，若高谈国防正如病夫妄谈决斗。

以前中国之所以衰弱，多是因为中国的要人，知内而不知外，知古而不知今。现今中国之所以扰乱，多是因为中国的要人，知外而不知内，知今而不知古。

各机关原参议，多是不参不议；顾问多是不顾不问；参事多是不参赞不办事。他们是多虚耗政费的蠹虫，是对付要人的陈设，是真正的冗员。

对外战争，则兵单饷绌，噤若寒蝉。虽有中央的命令督催，也推诿不前，迟迟不进。对内混战，则士饱马腾，摩拳擦掌。虽经中央的命令阻止，也充耳不闻，竞进不已。这就是我们中国的军阀，只知作内争，不知御外侮的特色。

前清末年的亲贵与红候补道，是无所不能。民国以来的要人与他们的亲属，也是无所不能。他们可文可武，可农可商，可邮可电，可海可陆，可学可工。几乎除生儿养女之外，门门全会，样样皆通。可叹无出息的平民，只会吃饭，只能造粪。

治国，如同养鱼，须听其自然，不可频加烦扰

治国并没有什么神秘的妙法，只在掌大权的人，守定"中""正"二字做法而已。"中"则不偏，不偏则人心服。"正"则远邪，远邪则君子亲。人心服，则国靖。君子亲，则小人退。不为人心所怨憎，不被小人所包围，则威令可以施行，国事可以入了轨道。

治国，如同养鱼，必须听其自然，不可频加烦扰。只要除灭其中与鱼有害的东西，不竭泽而渔，鱼类自能繁殖滋长。教

子，如同种树，不可听其自然，必须随时注意。只要斩断旁枝枯节，除净种种害虫，自能长成良才。

掌权的人，招仇敌的骂，是不可免的。权威愈大，招骂愈多。最怕是与你不仇敌的人民，也要骂你。仇敌的骂，是起于妒嫉；人民的骂，是生于憎恨。仇敌的骂，是一时的；人民的骂，是永久的。招仇敌的骂可喜，招人民的骂可怕。历史里所存的好人，全是当时曾招仇敌骂的；所存的坏人，全是当日曾招人民骂的。

同时的人，不认你为同乡、为国人，不是小事。就怕你将来的子孙，不敢认你为祖先。据我推断，在民国以来的要人中，将来有祖先资格的人，实在太少。

古时的好人，类如岳飞、杨继业，未必有后，可是现在仍有人认他们为祖先。古时的坏人，类如秦桧、吴三桂，未必绝种，可是现在就没有人敢认是他们的子孙。可见人生几十年，富贵权势，不过是一时的荣华。若把将来为祖先的资格混丢了，实在是一件可惜可哭的事。

令妖魔现原形，用符咒。使官僚现原形，用颂词。

欲求国家长治久安。须要士不要邪，农不惰，工不猾，商不奸，官不贪。其中尤以官不贪为第一要着。愚民政策实优于扰民政策。愚民政策之下的百姓，还可以苟且安生，扰民政策之下的人民，决难有安生的日子。

法律如同蛛网，它的能力，只能捕住弱小的苍蝇与微细的蚊蠓。强大的黄蜂与凶横的木蜂，虽有时触到网上，网不但捕不住他们，反倒被他们撞几个窟窿。从来一国的法律之破坏，不怨小民，而怨一些有大势力的人。

人人想治己，国虽乱而必治。人人想治人，国虽治而必乱。

| 中国的要人，多以守法为辱

革命出于为公，就是吊民伐罪。所以孙中山先生，首先由《礼记·礼运》篇里，取了一句"天下为公"，使人人存在心中，以免人于私之一途。因为革命若出于为私就是夺取政权。吊民伐罪，是因一部分人，不忍见人民所受的痛苦，对人民有吊慰的心，因而集合一团势力，打倒压迫人民的恶魔。夺取政权，是因一部分人，羡慕权者的富贵，对当权者，欲取而代之，因而纠合一团势力，打倒当权的人，以便为所欲为。

真革命（或为公的革命）之后，人民必有重见天日的欣慰。假革命（或为私的革命）之后，人民必有以暴易暴的痛苦。

革命，须以本国人，施之于本国人。不当有外国人的背景，不可受外国人的蛊惑与利诱，不应受外国政府的指导与驱使，更不可尊外国政府为政府。否则纵能侥幸成功，也不过是将本国的政府，变成为外国的分政府；将本国的土地，变成外国的附属地。这种行为，正与卖国为奴的行为相等。

法律是平等的，是普遍的，不能因人而施，亦不可因人而免。若只能施之于贫贱的人，那就不配为法律，只可呼之为命令。

外国的要人，以守法为荣；中国的要人，多以守法为辱。中国的要人，若不痛改这种劣根性，中国的政治，永远不能上轨道。

某年某要人，在北平大运烟土，大贩白面，大开赌局，终日门庭如市，顾客往来不绝。某要人竟敢在大庭广众之间，大言不惭地说："我就这么办，看谁敢出一口气。"说完洋洋得意真比征服外国、凯旋还朝，还觉得光宗耀祖。这种毁法乱纪的人，竟能高居民上，中国焉得不乱。

统一者，是统一人心，不是统一位置

治国的人，对外须不使刀生锈，对内，须不使犁生锈，更不可使钱生锈。不使刀生锈，是勤于备战；不使犁生锈，是勤于耕种；不使钱生锈，是勤于流通。

对失势的要人加以攻击，是打死老虎。对走背运的平民加以攻击，是"落井下石"。

我中国人讲道德，有许多不合理的。比如对一个要人，不论他当权之日如何倒行逆施，祸国殃民，只要他失了势，下了台，人就对他既往不咎。分期对他加以严厉的批评或正当的攻击，就要被人议为"打死老虎"。因此就养成一班十恶不赦的要人，当大权在手之日，任意胡为，知道失势下台之后，决无人向他重算旧账。我以为：中国若想不亡，百姓若想安宁，全国人民同心合力，非大打死老虎不可。如此才能使一些活老虎们，在当权之日，先存下怕日后挨打的恐惧。他们纵有为恶的野心，也就不敢任性施展了。否则对活老虎，既不敢打，对死老虎，又不忍打，中国的国土，必要亡于虎，小民必要死于虎。

打活老虎是政府的职责，打死老虎是人民的本分。若有强固的政府，决养不成活老虎。若有强横的人民，决不容死老虎复活。

有人问我："中国换了许多派许多系，全要将中国统一，为什么全归失败？不但未能统一全国，反将他们的派或系全毁坏了。"我说："他们根本就不知统一是什么。统一者，是统一人心。可惜他们误解统一是统一位置。以为将一切位置，尽量安插本派本系的人就是统一了。所以得了甲省，就将甲省视为征服地。得了乙省，就将乙省认为殖民区。只知为亲属同乡扩充地盘，不问贤愚邪正，竭力任用；只知我的本派本系本乡本省的人，全是龙生凤养的治人之才，他派他系他乡他省的人，全是驴生狗养的被治之货。所以他们占据一省，一省的人'全要与之偕亡'。安插他们的亲属同乡愈多，愈显露他们的丑点。如此焉能平服人心，焉能使他们的派系不归于崩溃呢？"

修官署，不如用人才，正如修外表，不如修内心。

前几年，我常见要人所发的通电里，有一句"天祸中国"，我实在为天呼冤。天是空虚的，岂有祸国的能力，莫如改为"人"祸中国。若再往实里说，不如换成"我"祸中国。

现在的人民，对当权势人不满意，不是怨人民，是怨当权的人"为人民谋幸福"，太好高骛远，不切实在。目下的中国

· 论民国官场 ·

人民，如同小孩子，陷在泥塘里，受尽鱼鳖虾蟹的钻噬，当然要哭叫喊嚷。你只要将他一把拉出来，他立时就能喜笑颜开，歌功颂德。假若你连一臂之力，还不肯用，反在泥塘边上，对他高谈《封神演义》，他耳里虽然爱听，怎奈他身上的痛苦，是无法可忍呢。你纵然舌敝唇焦，他也要说"你是口甜心苦"啊。

在国中危乱的时候，元首的位置，如同旗杆顶。乍一看，仿佛是高于一切，人人全愿意上去开一开眼界。及到费尽心力，爬上去之后，坐下去既不舒服，站起来又不稳固，稍微不加谨慎，就有跌落丧命的危险。

| 自作聪明的人，是世上最糊涂的人

古时的恶人，未必如传说的那样坏。古时的善人，也未必如传说的那样好。不过经历史学家添枝加叶，描写得放大了几倍而已。正如人夸人之善或讥人之恶，总要过了实在的范围。所以子贡说："纣之不善，不如是之甚也。是以君子恶居下流，天下之恶皆归焉。"可见做一个好人，不但在当时受人的崇敬，将来更必得人加倍或加几十倍的崇敬。当一个恶人，不但在当时受人的咒骂，将来，必更受人加倍或几十倍的咒骂。我常说："人若因无饭吃，当了恶人，还觉值得。然而现在一些要人们，既不少衣缺食，又何苦自往恶人群里瞎钻而取千秋万世的骂名呢？"

一个人尚不易受骗，何况全国的人呢。一时的人还不易受骗，何况千秋万世的人呢。自古以来，那些骗子们，有几个

·疯话集成·

不是骗了自己。

自作聪明的人，是世上最糊涂的人。历史中所载的奸臣大盗，全是当日以为自己最聪明的人。秦桧、严嵩、黄巢、李闯就是凭证。由现在说起，已被刺杀的几个要人与监狱里的囚犯以及已处死刑的盗匪，就是凭证。他们若不自以为聪明，何致做出种种的罪案。再以鸟兽虫鱼而论，凡落入陷阱索套钩网的，也全是自以为聪明的。

治国如同治病，须监症处方，随时用药。若预先拟出许多方子，强使病人按方服用，即是以人命为儿戏。所以古人，将良医与良相并称。

部下的人说你好，是一时的。百姓说你好，是永久的。可惜中国的要人，只顾讨部下一时的欢喜，惹下百姓永久的怨恨。

治家与治国是一个道理。治家，若不能创业，就须能守业。若既不能创，又不能守，这个家决不能不灭。一个国若到既不能创，又不能守的程度，也不能不亡。

又吃鱼，又怕腥，又养汉，又抛清，是自古以来许多小人招痛骂的原因，也是许多要人不能成大事的根由。往史不论，单以某总统而言，他若直直爽爽地做皇帝，免去筹安会的洋把戏，不行三揖三让的假客套，他那称孤道寡的志愿，也就能达到了。只因他半推半就，忸忸怩怩，所以未打住狐狸，反惹了一身臊。

对待人力车夫会的首领，先使他拉一拉车看看；对待工会的首领，先使他用一用斧凿看看；对待商会的首领，先使他卖一卖货看看；对待教职员工会首领，先使他教一教书看看。这样，才不致被人玩弄，才能表示真正的民意，才能谋一个团体的公共利益。假若外行的人，可以代你本行的人，那就是包办民意，强奸民意，以众人为傀儡。

▎本可流芳千古，偏要遗臭万年

陆世仪先生说："天地犹是此天地，日月犹是此日月，山川犹是此山川，城廓犹是此城廓，时移世变，而古之人则不可得而见矣。其间庸愚之辈，汶汶焉，与草木同腐，奸邪之流，遗臭史册。唯有道德文章忠教廉节之圣贤，耿耿焉，有英气常存，人亦何可不自勉也。"这几句话，真可以作人人尤其是目下中国的要人的座右铭。人人每日清晨，若肯诵读一遍，使国家社会，所得的利益，比背诵任何佛经遗嘱的效力还大。如此，不但东北四省可以收回，帝国主义也能不打自倒。

自古至今，我所认为最可惜可哭可叹的，就是有许多的要人，本有流芳千古的能力与机会，偏要遗臭万年。

为好人易，为恶人难；说实话易，说谎话难。为恶人，须大费心机；说谎话，须大打草稿。我以为当一员秦桧，所耗的心血，较比当十个岳飞，所耗的心血尤多。只可惜古今一些要人，多费尽心机，模仿秦桧，多不肯坦坦白白，学法岳飞。

我对要人有两句话。第一，须要知己知彼。若有实力则不必调和，若无实力就不必捣乱。第二，假和平不如真武力。用武力不如正己身。用武力要使敌方无死灰复燃的可能，正己身要于无过中思有过。

国家使无知之辈操持军政之权，如同纵容少儿玩弄快刀，结果不但伤了别人，并且要伤了自己。

最危险的马屁，是属员的马屁；最可怕的批评，是人民的批评。可惜自古以来，一些要人的双耳，全被属员的马屁塞满了。人民的批评，简直达不到他们的尊耳。因此他们就一直走入遗臭万年的路途而不可挽救。

七年前，我在某军的参谋处供职的时候，曾因某军在前线，招得百姓怨声载道，特向某长官商议，请他设法整饬各队，严整纪律。他说："你不明白，军队到了前线，不能管束得太严，否则他们就不肯打了。"我说："肯打不肯打是在平日的教练，不在到临时的纵容。收复一城一填的事小，伤了人民的心事大，要知骄纵的儿子，不但给父母惹祸招灾，终究也必招他反噬。骄纵的军队，也不能例外。"

以前我国，将唱戏的，贬入娼优隶卒之中，将做官的抬到士农工商之上，实在是极大的错误。要知唱戏的，以品行而言，多能高过做官的。仅以他们对于艺术，全有"自知与知人之明"一事而论，足可愧死一些官僚。第一，他们决不敢贸然登台，决不敢演唱自己所不能唱的戏。第二，无论什么名角，决不敢将生、旦、净、末、丑，全由他一人包演，决不敢认定各种角色，全出在他的家里或他的亲友与同乡之中。第三，他们被人喊了倒好，若非在私下，大用苦功，演习好了，决不敢再登舞台。我国官僚，若全能如唱戏的有"自知与知人之明"，这座"中华舞台"决不能有将要倒闭的危险。

有人对我说:"做县长的秘诀,是将县里的绅士维持好了。"我说:"你若将绅士维持好了,县里的小民,可就恼了。"

小心你帽子里的蜂子

消弭祸乱,不必讲什么高超不切实用的外国主义,只在掌权的人,设法"正风俗,辨邪正,别男女"。风俗不正,决生不出好政治;邪正不分,决育不出真人才;男女乱七八糟,决产不出好国民。这三样是一而三,三而一。从着就治,违了就乱。

世界上,只有"官治,"并无"民治",官虽是由民变化而成的,也不过如同由蛹变成蛾,蛹终是蛹,蛾终是蛾。人既不可呼蛹为蛾,又不能称蛾为蛹。那么,就不能称官为民。

英国格言说:"小心你帽子里的蜂子。"那意思是不要防远,先要防近。自古至今,许多做大事掌大权的人,所以闹得身败名裂,遗臭万年,多是被身旁一二小人害了他们。只可惜他们专对小民处处严防,而不知祸患就生于肘腋之间。

世界上五十几国,没有一个国与我国感情深厚的。不但以前是如此,现在更可怕。联日,联俄,联美,联……我中国男子,若有汉子气,要先由本国寻出中国所以衰弱的原因,由自己没法医治,不必借助于人。依人者不久,赖人者难存。好汉子自己跌倒,当由自己爬起。人,不可靠人,国,更不可靠国。

天下本无事，庸人扰之耳

娼妇未见金钱，未必不大喊贞节。学者未入官场，未必不自诩清廉。

现在某要人，屡屡提倡中国旧道德伦常，又翻印《康济录》分发各县，有人说他没有革命的勇气，没有现代政治家的眼光。我以为所谓革命者，是革除恶政，推翻专制。所谓政治家，是因事制宜，随时布政。全以利民为主，不必管什么现代不现代。

有人问我，政治二字怎么讲。我说："政是为政的人'正己'，治是为政的人'治己'。政治家能如此，就能有好的政治。否则，就成了俗语所说'上梁不正下梁歪，中梁不正倒下来'。"

《大学》上所说的"修身齐家治国平天下"，孟子所说的"修其身而天下平"，全是指对国家天下，应先注重个人的修养。书经上所说的"垂拱而天下治"与老子所说的"我无为而民自化"，全是指操政治大权的人，先能正己治己而发生的效果。

用药，须切乎病状。治国，须合乎民情。以人命试药者，是庸医，以国命试洋学说者，是庸人。病遇庸医，宁可不治。国遇庸人，宁可不救。唐朝陆象先说："天下本无事，但庸人扰之耳。"现在洋化的学者、野心的军阀与阴谋的政客，尽是一些庸人。

· 论民国官场 ·

▎戏剧不是一人唱的，政治也不是一个人行的

　　戏剧不是一个人唱的，政治也不是一个人行的。名伶须有好助手，名政治家，也须有好辅佐。自己虽好，用的若没有好人，决不能有好的成绩。

　　以军政二界论，倚势欺人的是小人，依势作德的是君子。诌上骄下的是小人，谏上诚下的是君子。

　　纵容儿女，必招忤逆。与己不利，与人不利，更与儿女不利。纵容部下，必招骂名。与民有害，更与部下有害。

　　捐税愈往上交，愈少。赈款愈往下放，愈少。一则政府担了恶名，小民受了实害；一则政府空耗巨款，小民难得实惠。最得利益的，是经手的官吏与放赈的人员。

　　官吏拥护政府，不在形式上的复电响应，是要在实质上的精诚合作。若仅仅照例行公事，敷衍面子，莫如省下电费，散给贫民。

　　地方政府对中央政府，必须如同太阳系中之八行星。不论自转公转，全要不离断与太阳的关系。否则，不但将太阳系毁了，自己也不能独存。

▎政府少一份开销，小民多受一份实惠

　　报上屡有"开发民智"的论调，我极不赞同。我认为，

我国现今最要紧的是"开发官智"。因为官若有智决不能贪赃枉法，决不能倒行逆施。他们若果有"智"，决不能不顾生前的骂名，决不能不怕死后的史笔。

民无"智"，国必不能强盛；官无"智"，国必趋于灭亡。我读中外史书，只见先有亡国之官，后才有亡国之民。

老子所说的"绝圣弃智，民利百倍"所绝所弃的并非真圣真智。他所说的"绝仁弃义，民复孝慈"所绝所弃者，乃是假仁假义。他说这话，并非要违反人类进化的公例，不过是要彻底打倒那些骗子。

政府少添一份开销，小民多受一份实惠。政府多设一个"为人谋幸福"的机关，小民多入一层敲骨吸髓的地狱。

有人问我，为什么政府迁到南京，还不能铲除贪污。我说："贪官污吏，如同苍蝇，政府如同肥肉，你纵然将它迁到北冰洋，苍蝇也能追了去。再说，你在旷野荒郊，虽见不着一个苍蝇。假若你大便一次，立时就能招集无数的苍蝇。贪官污吏追随政府，也是如此。肉愈腥臭，招得苍蝇愈多。政府愈不清廉，招得贪污愈众。"

政府如同夏天的鱼肉，法律如同冰决。鱼肉若没有冰决的镇慑，立时就能发臭味，变颜色，生蛆虫。政府若想不腐化而保持原来的鲜美，须要时时站在法律之内。

在某系专政的时代，要人吴某打一夜牌，输了 4 万元。我听了，以为是一件奇谈。现今我听说，已卸任的某局长，在某处推牌九，一夜竟输去 18 万元之多。某局长的原薪，连公费在内，每月不出 800 元。我不知他这些浪掷的钱，是不是小民

·论民国官场·

的膏血。唉，难怪人人愿意做官呢。

某要人，前年在南方提倡"紧缩政策"，主张减低官吏的薪俸。我以为他是不明了中国官场的情形。假若他的妙策得以实行，最受影响的就仅是一些下级人员。他不知，官一到了中级就如同当了招待，目的是在小费，决不在工资。

俗语说："儿的生日，娘的苦日。"我以为，长官的生日也是属僚的苦日。因为下级人员的饭，可以不吃，长官的寿，不能不贺。我当小官僚时，一见"福、禄、寿、喜"的"知单"，我立时就出一身汗。我常说"长官多做一次寿，当铺多生几分利"。

人的一生有三个成功

人的一生有三个成功。第一，是对国有功。第二，是对社会有功。第三，是对家族有功。若做不到第一，须做到第二，做不到第二，须做到第三。若一样也做不到就是枉度一生，对不住所耗的粮米。倘再与国有害，更对不住所见的猫狗。只可惜民国以来的要人，不但对不住猫狗，甚多是对不住蝎蛇的，因为这两种小东西，还可以做药材用。

有人驳我说，许多要人积下数百万的家私，安置了无数亲属同乡，岂不是有功于家族和社会么。我说，只因为积下数百万不义之财，才给祖宗招了痛骂，才给子孙造下大孽。只因为安置了无数亲属同乡，才害得他们失了原来的可靠的生活，染成了许多不可挽救的恶习。俗语说"一人得道，鸡犬升贪官污吏，如同苍蝇，政府如同肥肉，好似将它迁到北冰洋，苍蝇也能追了去。

天"。现今是一人失势，鸡犬也随着坠地。坠地之后，欲再为鸡犬而亦不可能了。

有些要人，眼光浅陋脑盘昏聩。他们只顾讨少数的私人一时的欢喜，扩充地盘筹位置。结果，私人全都脑满肠肥饱载而归，自己却留下万代的骂名。要知争利时，有他们分肥；挨骂时，只有自己担过。

得百姓的歌颂易，得私人的感念难。对私人费万般心，不如对百姓施一分惠。私人的感念是一时的，百姓歌颂是永久的。私人受你的好处，以为是分所应当。百姓受你的好处，认为是天高地厚。究竟是哪样合算？

势力与法律，如同白黑不可混淆

文明的国，只讲法律不重势力。纷乱的国，只重势力而不顾法律。换一句话说，国家将兴，法律可以裁制势力。国家将亡，势力必定操纵法律。欲知我国，究竟能亡不能亡，先看一看法律与势力的强弱。

法律与势力，如同白黑不可混淆，薰莸不可同器，是非不可颠倒，正邪不可并立。有法律，决不容势力滋长；有势力，则不容法律进行。

理财，以养民为先；为政，以正己为先；练兵，以训将为先；对外，以调内为先；治民，以治官为先。

前清光绪末年，日本人在中国各处，大售"清快丸"。西太后因那个药名近于清快"完",曾大哭了一次。但因国弱未肯因小事引动外交,竟无法禁止。民国成立,满清退位之后,清快丸也竟随着清运告终不见踪影。这虽近于迷信,也未尝不是先兆示警。古时中外明君贤相,发现凶象,无不惊心动魄,悔罪修省,励精图治。归终,凶象反成吉兆。假若凶象已经现出,反认为迷信,怙恶不悛变本加厉。虽不认为凶象必真成了不祥之兆。古人创出吉兆凶象,不过是勉人作德,阻人为恶而已。若一味认为是阻碍进化的迷信,那么就认定"放荡邪淫"是进化的象征罢。

小民所发的悲声,不害于国的程度,较强敌的枪炮还大。治国的人,若能不使小民发悲声,则可不惧强敌的枪炮。小民的悲声,若不能止息,你纵能兵坚甲锐,善固边防,也无济于事。

政治是什么?政治是以"正"而"治"。用不"正"的方法,决不能达到"治"的结果。

有人说"政治家,须要有手段",这话我极不赞成。因为政治家是治国的人,治国是光明正大的事务,只可本着"中""正"二字做法。治国既不是偷摸鬼祟的行为,用不着一毫手段。以前我国的政治家所以失败,全是因为用手段用坏了。

位高,得人尊敬是一时的。德高,得人尊敬是永久的。位高,只能动小人;德高,始能动君子。人因你的位高尊敬你,是有所为而为之,全是出于假意。人因你的德高尊敬你,是无所为之,全是出于诚心。

·论民国官场·

左手画圆，右手画方，则不两成

在我中国，无论什么事业，只要一经官办必大糟特糟。明明是一种有大利的，反臻大赔本。据我推断，假若邮政与盐务，将洋势力完全铲除，不但没有盈余，简直就要有盐亏、邮亏。这并不是中国人全要不得，是因为多数的中国人，一做了官心就变黑了。

韩非子说："左手画圆，右手画方，则不两成。"就是说，欲将一件事物办理完善，须将全副的精神，用在这一件事上。可惜我中国政府用人，多不明此理，以致施行兼差的恶风。兼差的恶风，由清末起到袁政府时代，一天普于一天。北伐成功之后，这种恶风仍未停息。在易某的热力正盛的日子，他的姑爷竟兼差十三处之多，仅天津某局一处，每月竟坐领纹银一千两。现在身兼六七处差的，一时更无暇详说。他们既是人类，并不异于凡人，我不知他们有什么特长的精神，偏能兼筹并顾。

有人说："兼差是人才问题。为事择人，不得不使他能者多劳，以便事成功举。"我说："既是为事择人，必是非他不可。那么，我见兼差最多的人，死亡之后，他兼的事务，并不发生'人亡政息'。是什么道理？既是人才主义，能者多劳，他们当然能将事办好了。那么，中国事，为什么又愈办愈糟呢？"

有人说："现在兼差并不兼薪，不过领'车马费'以酬劳累而已。"我说："原来如此啊。那就不怪兼差的阔人，家中汽车成队，肥马成群了。"

法国首相克莱孟梭退职之后，两袖清风。竟因无钱，欠下房租，由房主提起诉讼。他在欧战时，操持大权，威震数国，竟未留下养生的费用，真比我国宋朝的名将曹彬还加倍的糊涂。若再与民国以来的官吏相较，更足证他是一个傻小子。

欧美的官吏，多是精于公务而昧于私谋。我国的官吏，多是拙于尽职而巧于刮搂。就为这种原因，所以东北四省，入了日本的掌握；滦东国土，也岌岌可危；内政民情，更不堪问了。

邦有道，危言危行

我以为，天下最可怕的，只是自己的女人。你若得罪了她，她能使你不死不活。归终，你还得奴颜婢膝，亲递降书顺表，心服口服。至于得罪了要人，我认为是一件小事。他们若不辨是非，至多也不过要你的命，给你一个痛快，而无需乎再递顺表降书。到底，心也不服，口也不服。

孔子说："邦有道，危言危行。邦无道，危行言孙。"（孙是逊顺）。又说："宁武子，邦有道，则知。邦无道，则愚。其知，可及也。其愚，不可及也。"我中国现今，只是"言孙"的人多，而"危行"的人少。至于，能学宁武子的官僚，简直没有。不过是如孔子所说"邦有道，杀。邦无道，杀"的人。他们多是在平安的时候，不能行正道，处乱亡的日子，

· 论民国官场 ·

也不能守大节。

中国的事，全坏于一些要人包而不办。现在国民所希望的，就在他们能施行办而不包。包而不办，必致因循误事。办而不包，才能手到功成。

我以为，我中国民穷财尽，外患丛生，还不足忧虑。所可忧可虑的，是一些官居要位的要人中，少有能肩负国家大政的人。纵有一二仿佛能励精图治的要人要负起责任来，又必有一些要人，因妒嫉之念，制造谣言而暗中拆台。

英国大儒赫胥黎说："国家之最不幸，不在贤者居下位的而无由升，而在不肖者居上位而无由降。"这话正是中国现在的写照。在这人民还没有罢免权的时候，欲免去这种不幸，唯在政府能当机立断，对一切不肖之辈，不分亲疏实行罢免，以解人民的痛苦，而救国家的危亡。中国的要人中，有许多是可要可不要的，有许多是要不得的，更有许多是万不可要的。

小婆子，在需要的时候装病，或能得老爷的爱怜。要人，在国难当前的日子，托病辞职，只能招国民恨恶。

下级人员的正邪好坏，全是上级人员养成的。你若喜欢纳谏，他们就能进忠言。你若喜欢恭维，他们就有献谀词。总而言之，你若好谈嫖赌经，他们决不敢向你说忠烈传。

常人不讲信用绝交不着良友，官吏不讲信用绝遇不着良民。

为所欲为，不是真正的自由；为所当为，才是真正的自由。国家最要的职务，是限制国民的野蛮自由。我国之所以国弱民贫不得安静，全是因政府软弱，不能限制少数有势力者的野蛮自由。

前几年冬天，平津提倡清洁运动，仿佛是一件惊人大事。其实，也不过是几个身穿貂皮大氅的要人，由汽车里走出来，扛起一把扫帚，随着参加的民众一起出一出风头。结果，官府多开一种报销，使卖扫帚的多得一点微利，与国与民没有一点的益处。风头出完，街巷之中纵然成了粪坑尿池，那些要人也不肯再加注意。因为出一次风头之后，公事算交代了。

做官如同上梯子，须步步踏稳

做官如同上梯子，须要步步踏稳，才能避免跌落的危险。不可仅知向上爬，要知高处不是可以久恋之地。愈向高里升，固然愈得拍马屁的人喝彩助威。可是明白的旁观者，未免就要讥你，只知进而不知退。正在洋洋得意的时候，或者就是厄运临头的日子。

人一做了官，地位立刻超出平民之上。如同在群众中一个身长体大的人，他的身躯愈高，愈为群众所注意。他的美丑肥瘦、一举一动，愈不容易瞒过了群众的眼目。所以一个不学无术的人，做得官愈高，招得羞耻愈大。

无权无势的平民庸庸碌碌，一生仅以吃、喝、传种三件事为目的。所以生而无闻，死而无名，与一切兽的一生相差不多。留下好名或留下坏名全不容易，唯独做了大官，就有了流芳百代或遗臭万年的资格。

· 论民国官场 ·

做官的，若目光远大见解超俗，以公正的心办公共的事，就能流芳百代；若目光浅小见解卑污，以偏私的心办公共的事，就必遗臭万年。

近二十几年中，中国死去的要人，十个之中有九个半以上是遗臭万年的。不过因他们，或余威尚在，或子孙未绝，国民还不敢为他们"铸铁像"就是了。他们若死而有知，也当在九泉之下愧悔痛哭。因为他们当初执掌大权之日，若稍一转变，未必不可流芳百世。

求治的善法，诛杀千个盗匪，不如罢免一个贪官。

得人民的爱助者，虽弱必兴。失人民的爱助者，虽强必亡。我国历史中，这种先例极多。民国以来，这种例子，更特别地显著。

一国之兴隆，是少数要人的功勋，小民不能分功。一国的衰亡，也是少数要人的过失，小民不能担过。国有亡于内乱的，然而内乱，也是少数的要人逼起来的。国有亡于外寇，然而外寇，也是少数的要人招进来的。无论国兴国亡，小民没有兴亡的责任可负。

一国之中，少数的要人，若存公心，国就可兴，多数的小民，也就随着享安乐。少数的要人，若怀私意，国就必亡，多数的小民，也就随着受痛苦。

中国的百姓，并不求参与政治，并不求官吏保护。只要官吏对他们不敲骨吸髓，他们就心满意足，歌功颂德。

我极愿做官。朋友问我愿做官的理由。我说："在中国千行百业之中，惟做官最容易，并且愈大愈好做。文的，我不敢做书记、传达；武的，我不敢做连长、排长；至于司令什么的，我敢立刻走马上任。因为官愈大，愈用不着学问。"

定国不在奖善，只在去恶

刘邦所以受人民的欢迎，是因他能先除苛法；朱元璋所以得人民的悦服，是因他能先诛贪官。苛税不除，民生无望。贪吏不诛，国命不保。

定国不在奖善，只在去恶。因为去恶，就是奖善。对善者，要听其自然。对恶者，须痛加诛戮。

我中国的政治，所以屡改屡革，永未上了轨道，只是因为掌权的人，对"公私"二字分别不清。其实，事关个人或少数的人，就是私。事关国政或多数的人，就是公。

掌权的人，对私字上用心，不过养成一群胁肩谄笑的小人。对公字上注意，才能助成一些光明正大的君子。日与君子相亲，必定公心日长，私心日退。公则人心归服，私则民心离散。

宋朝名将曲端，为泾原都统的日子，他的叔叔为他部下的将官。因为打了败仗，曲端就不顾叔侄的关系，立刻将他叔叔在军前正法。并且作了一篇祭文说："呜呼，斩副将者，泾原统制也。祭叔者，侄曲端也。尚飨。"他这种办法，既能全公，又不废私，焉能不得全军的敬畏，怎能不受人民的歌颂？

明朝名将戚继光，因为他独生爱子临阵回顾，竟不念父子之情，斩了他的儿子。不怕当了绝户，断了香火。他能不因私害公，所以他才能东平倭寇，北卫边疆。今日掌权的人，多因私废公，不但对亲属力加庇护，甚至因同乡的关系，也能毁法乱纪。何怪东北四省，被岛民白白地拾了去。

外患不足以亡国，内乱不足以亡国，唯国法不能推行必致亡国。并且法律若得推行，国政才能入了轨道。国政入了轨道，自然不能发生内乱。内乱不起，自必不能招起外患。

俗语说"法律本乎人情"。所谓人情者，不是一二要人的私情，是全体国民的公情。以私情行法，必招人心怨愤，以公情行法，必能上下翕服。

名将陈玉成，守安庆时，对部下临阵退缩的将官，不分亲疏，一律用点天灯之法处治。东王杨秀清，对部下败将，全处以凌迟之刑。他们那等行为，固然是惨无人道，但是太平天国所以能支持16年的原因，未尝不是对大员能行法的效力。以后太平天国之所以灭亡，就是因为姑息顾忌，不敢严惩大员，只能在小民身上用法。

我国扰乱，就是因为两个原因。一是操持大权的人，对犯法的文武大员，多讲情面而不忍处治。二是对于犯法的文武大员，多所顾忌而不敢处治。其实若能光明正大认真办理，虽亲友亦不能怨你刻薄；若能将他们的罪状宣布全国，虽大员亦必无法反抗。

严办犯法的人，才能保护守法的人；宽纵犯法的人，必致守法的人也因不平之故，起而犯法。

法律是为讲理而设的，是专对不讲理的人而施的

古人说"家庭之间，只可论情，不可论理"，固然是大有阅历的话。然而只可限于一家人，对一家人之间的私事。只要一关涉家庭以外的人，就只可论理，不可论情。家庭是邦国的基础，若为庇护私情，由家庭先将理字破坏了，一国之人，彼此之间，更不能讲理了。

我常见一些未受过教育的夫妇，因孩子在外招生是非，反因舐犊之念，向被害者大打大骂而惹大祸。全是起于只顾私情，不顾公理所致。假若他们对自己的孩子，只论曲直不加偏袒，不但不致惯坏了自己的孩子，也可以免得招人的愤恨。天下小事大事全是一理。国中若有贪污的官吏，全是因掌大权的人念私情而纵起来的。

用太阳系作比方，太阳与八大星之间的吸力就是情，八大星的轨道，就是理。它们若不能守着一定的轨道走，太阳也就无法施用吸力，宇宙必立时分崩碎裂而化为乌有。人犯了法，就是出了应守的轨道，也就是不循理的举动，是破坏人类的系统，是群众间的败类，所以不可因情牵扯，而将理毁了。

法律是为讲理而设的，是专对不讲理的人而施的。当权的人，若只顾情而不顾法，就是毁法背理，国政不但永远上不了轨道，并且必致民乱国亡。

国际上保护政治犯，是因为政治犯是对一国的政府叛逆的，并不是在一国的社会之间，因为私欲而杀人放火诈欺劫

盗的……

司马迁论商鞅,说他"刻薄寡恩"。其实,若欲使法律推行,决不可"宽厚多恩"。太子犯法,他还敢认真处治,因太子不能加刑,而惩办太子的师傅。商鞅不知有所顾忌,不肯模糊敷衍,所以才能使秦国盛强。中国现今若有商鞅那么一个不避权贵,不徇私情的人,何致贪污的案子层出不穷呢?

前年我问某侦缉队长说:"你们终日缉捕盗贼,假若他们被释出之后,对你们报仇怎么办?"他说:"我们办的是公事,无所偏袒,不贪赃枉法,盗贼并不同我们结仇。"可见按法而施,公事公办,盗贼还知公理而无人可怨。假若当权者用光明正大的手段,重办几个贪污的官吏,将他的罪公布全国,也必招不起私仇与私怨来。

据报载,某省当局,枪决三个见匪攻城弃职潜逃的县长,这真是一个大快人心的事。因为官吏受人民的供养,有守土之责,理当城存俱存,城亡俱亡。然而细一想,未免要为他们呼冤。因为县长多是文人,没有防守的武力。没有武力,因失城逃走,还须处以死刑,那么身拥数万之众的将官,若因敌进攻,轻弃防地该当何罪?

管子说:"草茅弗去,则害禾谷。盗贼弗诛,则伤良民。"唐太宗说:"养稂莠者,害嘉谷。赦有罪者,贼良民。"这两句话,当权的人若顺着走,就能保权位,定国乱。否则,不但害了自己的声名,也要缩短国家的寿命。

操持国中大权,不在乎有什么高明的学识,只在乎能否"除恶"。所谓除恶者,只是"除恶税、除恶法、除恶人、除恶俗、除恶习"。这五恶若不能除，任何好的政策，也不过是谈谈而已。

民变起于争食，官反起于争权。争食因为饿，争权因为贪。民有肚子容易饱，官的欲念永不足。民变常少，官贪常多。

《颜氏家训》上说"夜觉晓非，今悔昨失"。我中国的人——尤其是些高出小民之上的要人——若能施行这句话，国中就可真正统一，东北四省，终究是中国的领土。

"要人"犯了显显然然的大罪，本可立正典刑，偏要另派大员亲临检查，唯恐屈枉了他们。"小民"犯了似实似虚的小罪，本可设法详查，偏要立时捕拿下狱，竟无人代为剖白。专制时代也少有这种现象。岂知要人是人生父母养的，小民也不是猪生狗养的。同为一国的人民，不可有两种的待遇。

舆论所向，天下无敌

"匿名信"本是不敢负责的怯懦之夫的卑鄙行为。寻常人接到这种东西，还认为鸡鸣犬吠置之不理。然而近四五年来，我听说官方竟凭这东西，任意逮捕人民。假若此风一行，人民就无时无刻不在忧惶恐惧中度日子了。

官方对于匿名信，不可认作升官发财的机会，应先设法详细追查投信的人。一方面对于被知发者，慎加调查暗行监视，在无真赃确据之前，万不可轻施逮捕。一则可免无辜者含冤，二则可保官方的名誉。

古语说："国将兴，听于人。国将亡，听于神。"所谓听于"人"者是靠赖一群要人，化除私欲专心国事。所谓听于"神"，是一群要人，尔诈我虞放弃责任，专在他们所拜的神上用心。这两句话并不是指着无官无职的小民说的。

所谓"要人"者，是要办"要事"的人。所谓"要事"者，是需要办的大事。只要"要人"能将"要事"办好了，小民那种种不合科学的陋见，先不必管它。

我听说某省，苛捐恶税层出不穷，土匪遍地。某省的要人竟熟视无睹，偏大用精神，拆毁庙宇，严催放足。这是倒行逆施，这就是轻重不分。

新序上说"圣人不易民而治"。汤武所治的人民，就是桀纣当日所治的百姓。然而前者扰乱，后者安稳。不是人民改良进化了，是当权的人正大光明了。

《汉书》引古谚说：足寒伤心，民怨伤国。自古以来，善治国的人，不惧外患之迭起，而怕民怨之骤兴。民怨之所以起，是起于赋税之繁苛，官吏之贪暴，兵匪之滋扰。能将这几项人民之害，彻底扫除，民怨自息，外患也就无隙可入。

人民说便宜话，是出于心切，是督催政府。要人说便宜话，是妒嫉心深，是要拆政府的台。

一人所表示的意见，或许是妄言。多数人所表示的意见，就是舆论。拿破仑说："随舆论行事，何事不成。舆论所向，天下无敌。"管子说："民别听之则愚，合听之则圣。"法国古语说："人民之言，神言也。"可见舆论是不可抵抗的。

现在我国一些无系无派不受津贴的报纸上所表示的意见，就是代表多数人民的意见。当权的人若能对这种报纸多加注意，以定行止，决不致身败名裂，遗臭万年。

姜子牙（姜尚）说："以天下之目视，则无不见也。以天下之耳听，则无不闻也。以天下之心虑，则无不知也。"天下就是指人民说的。古今中外的伟大的人物，所以能得流芳万代的成绩，就是因为他们能以人民之耳目为耳目，以人民之心为心。

千人之诺诺，不如一士之谔谔

中国百姓全是好的，只是缺少好官。百姓中纵有坏的，也是跟官吏学来的，或被官吏逼出来的。中国兵士全是好的，只是缺少良将。兵士里纵有坏的，也是上梁不正下梁歪。我以为，与其训民，不如先训官，与其练兵，不如先练将。

好主义或好演说，也不过如同千里马。非有千里人，不能得它的效用。

大前年，我因求升官发财，也买一部某书朝夕研究。我的朋友某小"要人"问我说："怎么？你也要投机。"我说："许你们偷狗，还不许我偷鸡（投机）么？你们偷大的，还不许我偷小的么？"

一些要人，若欲替人民谋幸福，只有本着天良，凭着权势，脚踏实地，一步一步地做去。不必大唱高调，乱发宣言，以免再使人民失望，而怀"与汝偕亡"的怨愤。

我的亡妻活着的日子，因缺柴少米，时常愁锁双眉。我劝解着说："你不要因家境忧伤，你耐烦等着，将来总有汽车给你坐。"她说："我受你的欺骗太多了。你有好听的话，不必向我说。我恐怕死了，连寿衣还穿不上呢。"果然，她死去18小时，我才借到朋友的钱，将她身上的旧衣，换下来。对妻应许的太过，还能使她失望而死，使自己的良心抱愧，何况要人对于小民呢。对妻说大话，若办不到或能得她的原谅。对百姓说大话，若办不到只能受他们的咒骂。

《孔子论语》上说："汤武以谔谔而昌，桀纣以唯唯而亡。"当权的人，若欲国事兴隆，不可不广开言路，使人民有敢进直言的可能。若愿国势危亡，只有箝制人口，强使人民歌功颂德。

《史记》上说："千人之诺诺，不如一士之谔谔。"民国以来，一切失败的要人，全是被诺诺之声而毁坏了的。他们部下，虽有时有一二特出的人员，对他们谒尽忠言，怎奈他们听不入耳。不但不肯采纳，且必力加摈弃，使中正之士不能展其所长，尽其所能。

吕坤先生说："庙堂之上，以养正气为先。海宇之内，以养元气为本。能使贤人君子，无郁心之言，则正气培矣。使群黎百姓，无腹非之语，则元气固矣。"庙堂就是政府，海宇就指民间。政府之内，若多为小人霸占，纵有贤人君子，正气也无法发挥。国中的言论，若受无理的拑制，纵有真正的舆论，也无法上达。民意既无法发泄，元气就保不住了。正气不能存，元气不能养，国命就是到了尽头了。

"老实易治"，中国的百姓，全球第一

人民自古就有互助之心，所以容易统一。要人从来就有猜忌之念，所以惯于彼此分立。

"要人"居高位，如同一个人站在高处。他的优点或劣点，最容易被人看出来。他的一举一动，决瞒不了众人的耳目。所以要人留好名或留坏名，全比寻常的人格外容易。寻常的人想留名，如同由深井里向外爬，除非爬到井口，才能被人看见。所以或好或坏，多不为众人所注意。

以"老实易治"四字而论，中国的百姓，可谓全球第一。以"贪赃枉法"四字而论，中国的官吏，可谓环球无二。因为百姓老实，所以容易养成官吏的贪污。因为官官相护，所以官吏的罪恶永远不能除净。

中国的百姓之所以老实易治，是因为怕官怕势。官吏之所以官官相护，是因为朋比为奸。若有严正的政府，自不能容留官官相护的恶风。百姓的痛苦若能有上达的可能，自不能养成怕官怕势的心理。

我读历史得了一个判断。从来伟大的人物，所以招起天怒人怨，身败名裂，多不是他们本身所引出来的，多是因为庇护少数的私人而生出来的。

治田，只能勤于耕耘；治国，只能勤于惩劝。耕，就是疏通上下；耘，就是铲除恶苗。惩，就是诛罚贪污；劝，就是鼓

· 论民国官场 ·

励良善。治田与治国,全是一理。上下之气,若不能流通,民心永不能稳固。贪官污吏,若不能肃清,民生永不能繁荣。

人民服从官吏之心,甚于服从家长;属僚服从上官之心,甚于服从父兄。所以治国,易于治家;驭下,易于训子。

有人说:"古时的人民易治,现在的人民难治。你不可将治民看容易了。"我说:"古今的时代,虽然不同,但是古今的人民,便是一个心念。古时的人民所求的,只是安居乐业。现今人民所求的,也是乐业安居。正如3000年前的人,喜欢吃饭,3000年后的人,也不能喜欢吃屎。"

古时人民,所以易治,是因为骗他们的人少。现今的人民,所以不易治,是因为骗他们的人多。古时为政的人,多是治民。现今为政的人,多是骗民。所谓治民者,是惩治莠民。所谓骗民者,是欺骗良民。人民肯受治,决不愿受骗。若误认骗民之术,为治民之法,当然得不到好的效果。

对穷苦的人尽一份心,比等他们饿死之后施舍花棺彩木好。使悲苦的人民,减轻一份担负,比等他们愁死之后,为他们谋成极大的幸福好。我所以痛恨现在的外国学说,就是因为他们要用现今的人民,做试验的牺牲,专专为未来的人民打算。他们纵或能使未来的世界变为天堂,然而等到那时候,不幸的小民早已化为枯骨了。

▎凡事怨天尤人,一生休想发达

近几年来,我中国人——尤其是一些要人——多养成了一个亡国败政的陋习。凡事怨天尤人，不知痛自反省。纵然亲自将国事毁了一个乱七八糟，反在一边恨天怨地，大骂张三李四，自己不负分毫的责任，而竟昧着良心大说风凉之话。寻常的人有这种恶习，一生休想发达。国中要人有这种恶习，国命决不能持久。

外国对中国所施展的帝国主义固然可怕，中国人对中国人所施展的帝国主义，更加可怕。外国的帝国主义，是强横之国对弱小之国而施。中国的帝国主义，是有权势的人对无权势的人而施。

"有强权，无公理"一句话，自从由外洋传入我国之后，已经被许多人误认为是人生的金科玉律。其实，这句话只可行于禽兽世界，只可行于天下将乱的国际之间。一国之人对于一国之人，万不可施用。中国人对中国人，更不可施用。

在无权位的日子，不可擅骂当权的人。要先自量，你得到权位的时候，你能否好于你所骂的人。在失位下台之后，更不可轻骂当权的人。要先回想，你掌权的日子，你是否好于你所骂的人。平民说便宜话，讥骂要人，还觉情有可原。现今的要人，说便宜话，讥骂要人，未免是不知自反。

"要人"为老婆孩子牺牲声名，还觉值得，若为几个私人败名丧节，未免是愚不可及。可惜我国失败的"要人"之中，十之八九是因为使几个私人的欢喜，而得到全国的骂名。结果，一些私人发了大财做了大官，而自己反无立身之地，岂不可叹。

商人问："顾炎武说'天下兴亡，匹夫有责'。我虽是个匹夫，岂能放弃责任，不管国家的兴亡。"我说："顾先生的意思，并非指定邦国危亡之日，匹夫匹妇全应合弃当尽的本分而去救国。他所以提出匹夫匹妇来，正是激励一班要人。匹夫匹妇尚须负救国救天下责任。至于一班要人，更是责无可卸了。"

猴子穿起蟒服，仍是兽类

富家的主人，若对于家务不关心，必致养成一班恶奴。专以北平一处而言，有一些旧日的富家的主人，现今多已成了乞丐。至于他们的仆役，多已变成了富翁。我详查他们败家的原因，多不是因为他们吃喝嫖赌，多是因为过于信任仆役，以致"太阿倒持，大权旁落。主人日瘦，仆役日肥"。甚至反奴为主，上下颠倒。民国的人民若对于国事不加注意，只容一班公仆们任性而为，将来所得的结局，恐怕还不如北平富家的主人。所以，孙中山才提倡"民权"，以防公仆们的存私作弊。

富家的仆人，并非全是没有良心的。有些主人败家之后，反可领带仆人为生。甚至有些发了财的仆人，不但能维持主人的生活，并且对主人能尽旧日礼节。至于不入轨道的民国的"公仆"，多是高居主人之上，作威作福。平日既不将主人看在眼里，亡国之后，他们必跑在一边安享快乐，更不管主人是死是活。

仆只是私的，并没有公的。愈是一人之仆，或小家庭之仆，愈能尽为仆之责。假若是大众所用的仆人，必然没有专诚的忠心，所以仆字之上，若加一公字，实在是不合情理。

凡事须顾名思义，有其名就当有其实。民国的官吏，既以公仆自居，就当细想仆字是怎么讲。假若信必洋楼，衣必华贵，食必精美，行也必汽车飞机，而对于国事，成则居功，败不认过，未免是名卑实尊。如此，我宁愿生生世世为民国之公仆，决不愿名尊实卑而为民国的主人。

我是求实不求名的。我常说："当犬马之名目若能享祖宗的待遇，我甘愿为犬马；得祖宗的名目，而受犬马的痛苦，我决不当祖宗。"

假若民主国的公仆不肯尽公仆之责，将来公仆二字，就要成了字典里最恶劣的名词。譬如"救国救民"四个字，岂不是可尊、可敬、可钦、可佩的好话。然而为什么，老百姓现在一听这四个字，就要长吁短叹，皱起眉头。

私仆若忘恩负义，营私肥己，就是恶奴。然而，其罪只关系一姓一家。公仆若忘恩负义，假公济私，便是民贼，其罪关系全民全国。前者，仅招一生一世的讥评，后者，则受千秋万代的唾骂。

孔孟纵然披上猴皮，还是圣贤。猴子纵然穿起蟒服，仍是兽类。内心未变，外表的变更，毫无关系。

▎勤于变法，不如勤于正心

法制不过如同器械，徒有精良的器械，而无干练的工匠，

· 论民国官场 ·

也是无济于事；徒有完美的法制，而无公正的人员，也是有害无利。所以，重法制不如重人格。各项的工匠，若仅凭技艺，不讲道德，决不能做出利民的政绩。

怕得罪小人，就是小人；肯扶助君子，就是君子。

中国古时重德化，西国今日重法治。化是温和的，是无形的，是静而不扰的；治是强暴的，是露骨的，是勤而多变的。施德化，则须勤于修己；讲法治，则须劳于防民。德化，是出于情；法治，是生于术。情之用，无尽；术之用，有穷。情能感人内心，术仅可制人外体。

为政的人，勤于变法，不如勤于正心。对于自己的一颗心，若不能将它放在腔子里，而欲使人民的行为，不出轨道，焉得能够。正心二字虽然是腐化的名词。但是无论哪一国的要人，若不能先由二字做起，纵然天天变法，日日改制，也是只能扰民，不能利国。

革命，不只是革除专制者所受的天命，是革除专制者所为的弊政。假若旧弊虽除，又生新弊，就是反革命。如若旧弊未清，又增新弊，那么，连反革命三字，还不配担承。

为政，须防身边小人的"迷汤"

有人问我："在专制的时代，一些圣帝贤王名臣良将多是起自田间，深知人民痛苦，所以能得到民富国强的成绩。我民国的要人，也多是由贫贱出身，为什么竟得到相反的结果。莫非他们全是些毫无知识的坏人么？"我说："其中颇有几个有你若愿瞻仰混蛋是什么形态,对人赞领几声,立时就有一不混蛋,摆在你的眼前。

知识的好人。不过略一得志,就被身边小人用'迷汤'给灌糊涂了。"

小人善能窥察长官的心意。掌权的人,若以公正的心办理国事,小人决不敢以偏私的言语,欺瞒诱惑。小人固然可杀可诛,而以偏私办理国事的要人,更是可耻可恨。就以民国"皇帝总统"袁某而论,他若不想背叛民国,他那身边的几个小人,决不敢假造"顺天时报",助长他的私愿。

小人全是眼光太短,只愿一时的富贵。君子全是目光远大,肯虑千载的荣辱。小人唯恐他的主人,不为莽曹。君子唯恐他的主人,不为尧舜。在俗人的眼光看来,小人未尝不是通达时务的俊杰,君子未尝不是顽梗不化的匹夫。

历史中所载的小人,在当日全是自以为聪明之辈。历史中所载的君子,在当时全是被小人所讥为不达时务的人。小人,在当日权威愈大,到后来挨骂愈多。君子,在当日遭讥辱愈多,到后来受颂赞愈甚。

什么叫随和?自重的人,决不随和。什么叫顽梗?自重的人,必要顽梗。水性杨花最随和,盘石砥柱最顽梗。结果,随和的,乱流乱飞,不知达到什么所在;顽梗的,不摇不动,永远不失固定的根基。

| 感人者,可久;愚人者,不常

若是一国的要人,抱定"许我们任意唱高调,不准你们凭心说实话",就如讳疾忌医的人,永远也不能有身强体健的

希望。病人讳疾忌医，所害者，不过一身一家；要人饰非拒谏，所害者，普及全民全国。

薛瑄说："进将有为，退必自修，君子出处，唯此二事。"近二十余年以来，我国的要人多是进而不思为国家谋福利，退而专想为自己泄私怨。可为之时，不知所应为；可修之时，不知所当修。否则，决不致内乱不止，决不致外患层出。

刘向说："智而用私，不若愚而用公。"有治国之责的人，若能将这话记在心里，我以为，国事并不难办。只怕是"愚而用私"反将别人认作了愚人。

专以要人而言，天良就是公、诚。公则正，诚则实。正可以服人。实，可以感人。若不能服人感人，必是不公不诚。不公不诚，就是私，就是伪。私必偏倚，伪必空虚，偏倚即不能自存，空虚则无所依据。并且私字伪字之音与死字危字之音相近。这虽是有些强拉硬扯，可我以为，私是死征，伪是危兆，私与伪决不能支持长久。民国以来许多的要人，所以不能成事，只是因为缺乏公诚。所以不能公不能诚，只是因为先将天良丧尽了。

《袁子政书》上说："凡有国者，患在壅塞，帮不可以不公。患在虚巧故不可以不实。患在诈伪，故不可以不信。三者明，则国安。三者不明，则国乱。"这"有国者"三字，并非专指帝王而言，只要是执掌一国大权的人。我国虽名为民国，我国的要人，虽自称"公仆"，可是，要人无论如何客气、自谦，我国的命脉，仍是操之于他们之手。自从我民国成立以来，所以一日不如一日，并非百姓不堪造就，怨一些要人们，十之八九，不具尚公，不肯崇实，不肯重信。

· 论民国官场 ·

程颐说:"以诚感人者,人亦以诚而应。以术驭人者,人亦以术而待。"王艺说:"使诈,则能愚人。推诚,则能感人。感人者,可久。愚人者,不常。感人者,动以情。愚人者,用其术。然情之用不竭,而术之用有穷。"某总统因为小有才,目中无人,一生惯用权术。竟不知,权术还不可常常用之于粗鲁的大兵,何况屡屡施之于精明的人士。到底,他的私智用尽,露出马脚,不但未能满足自己的私欲,甚至气愤羞愧而死。他若肯推诚待人,秉公治国,何至身死名辱,留下千秋万代的笑话。

张拭说:"至诚可以回造成化。"造化,在这里,就是"天"。古时以为大乱是有"天意"的。现今还有人说,我国人民所以困苦惊慌,不得安生,是因为遭了"劫数"。劫数,也有人认为是出于天意。这不但是迷信之词,并且是移过于天。大乱是人造成的,劫数也是人造成的。所谓人者,不是小民,及是要人。虚空无知的天不能负祸国殃民的责任。现今要人所应办的要事,不是挽回天意,是要先挽回民心。所谓有挽回民心者,是要先挽回自己的良心。孟子所说的"收放心",也就是指收回自己所固有的良心。若失去了良心,决不能有诚的表现。若无诚意,纵然学尽了科学,用尽了智力,大乱还是不能止息,民生还是无有指望。

败莫败于多私

刘行简说:"天下之事,下合人心,上合天意,中合大道,惟有一言,公而已矣。"公则可免壅塞之患,公则可杜虚巧之谋，公则可消诈伪之机。一国之中，若没有这三种大害，帝国主义虽然狠毒，也必无隙可人。莠民盗匪虽然喜乱，也必化为善良。因为，只要国中的要人能以公为心，国中的一切全能上了轨道。如此，外患也就可以防止了。《孟子》说"国必自伐，而后人伐之"。自伐的原因，也就是因为有一个私字在要人的心中作怪。

专制的兴亡，帝王必须负责。民主国的兴亡，要人必须负责。譬如，你若管理一件事务，不论你出于自愿，或出于推举，你既承担起来，就是责无旁贷。纵然民国的要人，是被"民选"的，人民也不能负成败之责。因为无论哪一个民国，人民也不能强用武力，将一位要人推到台上去。好比你若不肯唱戏，谁也不能拉你玩票。你既上了舞台，披上戏衣，开了尊口，唱得好坏，他人再不能担功担过。假若一个民国的要人，不是出于民选，那么，国若亡了，要人之罪，更无可推卸。

中国圣贤的学说，所以可作万世的典范，就是因为论齐家治国平天下，全是由修己入手，并将责任上推。"三纲"虽然仿佛将为君的为父的、为夫的地位抬高，可是这三项人，须负了"国亡、家败"的责任。地位好听了，担承太重，空空戴上一顶硕大无朋的高帽子。然而，说真了，那挨压挨骂的滋味，并不好受。

我中国"三纲"之说，并不是只责下而不责上，甚至，多是责上而不责下。我只听说"正君心"，并未听说"正臣心"。我只读过"君明臣忠，父慈子孝，夫义妇顺"，"君、父、夫"必先能"明、慈、义"，才能收得"臣、子、妻"的

"忠、孝、顺"。并且，只以《论语》《孟子》两部书而言，孔孟二人，全是对在上的人指明了责任，使他们戒慎恐惧。据一班新圣人所说"中国的书籍，全是颂扬主子的东西"，这是因为他们被欧美的学说先入为主，而不肯对中国古书略加注意。

民国的要人，虽没有"君相"之名，然而也是做君相的事。他们虽客气自谦而取"公仆"之名，可是既办理国中大事，公仆之名虽卑而且低，然而公仆之实则高而且尊。我以为，任何民国，若想国富民安，一班要人，万不可将兴亡之责，向百姓身上推卸。百姓虽不能辩诘诉说，可是千秋万世之后，功罪自有分明之日。我从来未见历史里有责骂百姓的记载。或者外国的新历史是专骂人民的，可惜，我因读书太少，还未看到。

李世民说："王者无私，方能服天下之心。"在古时，王者本被人民视为真龙天子，王者若不大公，还不能安服天下之心。今之要人若尚偏私，岂不是不知"民国"的意义。

《素书》上说"败莫败于多私"。这句话的含意，就是"成莫成于尚公"。多私，则劳而难成。尚公，则轻而易举。我读中外的史书，见许多的小人所以遗臭万年，全是因为上了私的当。许多的伟人，所以流芳千载，全是因为得了公的益。这个定例，不但已往的几千年中是如此，将来再过几百万年后也出不了例外。

私，必有己无人。公，则人己兼顾。有己无人，必将招人的妒恨，人己兼顾，才能得人的同情。妒恨心一生，你的私念愈大，人对你所施的破坏力愈坚。同情心一起，你的公心愈

· 疯话集成 ·

切，人对你所尽的辅助力愈多。

古语说："独力难成，众擎易举"。独就是私，众即是公。私，则势孤力单。公，则势强力厚。古语说"得道者多助，失道者寡助"。所谓得道者，是因为得到了一个公。失道者，是因为失去了一个公。道，也不过是公罢了。

《书经》里称纣王为独夫，就是因为他失了公心，只知有己，不知有人。不但帝王独行己意是独夫，就是民国的要人，若不以公为心，也算独夫。某总统因为欲将全中国人的中国，变成他一人的私产，以致成了一个众叛亲离的独夫，遂闹得身败名裂。

做官都是苦事，为官原是苦人

《冰言》上说："做官都是苦事，为官原是苦人。官职高一步，责任便大一步，忧勤便增一步。"现今的人，十之八九，所以都有竭力向官场里钻挤，只是因为将做官认为乐事，把官认作乐人。并且，以为官职高一步，势力便大一步，欢乐便增一步。这并非因为观察点错误，实在是因为，现在做官愈大，愈可以自由行动，愈可以不负责任。

有人问我："现今我国既然将民尊为'主人'，将官贬为'公仆'，为什么还是愿做官的人多，愿为民的人少？"我说："人全是愿得实惠，不重虚名。做官若能真享幸福，纵然将'官'改称'孙子'，人也是愿当孙子。为民若真受罪，纵然将'民'唤作'祖宗'，人也怕当祖宗。区区名称上的高低，毫无考究的必要。"

在以前，做官做到一个大将军，还不敢为所欲为。到而今，升官升到一个小旅长，大可宣布独立。做官做大了，政府可以不遵，责任可以不负，并且有民意可以任意强奸。成了，是自己的功劳，可以据扰一方，独霸称尊。败了，是人民的主使，可以向外洋一跑，大开眼界。即有这种便宜的勾当，莫怪人人愿向官途里奔跑。

某总统实行帝制的日子，说："我只以民意为从违。人民愿我做皇帝，我就做皇帝。"我曾对朋友说"谁愿他做皇帝？"后来他在取消帝制的时候，又说："我只知民意。人们愿意我做总统，我就做总统。"我对朋友说："谁愿他作总统？"大丈夫做事，只凭天理良心，为公只说为公，为私只说为私，岂不光明磊落？

合天下之私，以成天下之公

《鹿门子》说："古之官人也，以天下为己累，故己忧之。今之官人也，以己为天下累，故人忧之。"己所以忧，是因为要尽职责。人所以忧，是因为怕受刮扰。以天下为己累，是因为尚公。以己为天下累，是因为行私。

陈惕龙说："大智兴邦，不过集众思。大愚误国，不过好自用。"大智所以愿采纳多数人的意见，是因为怕自己的私见妨害了邦国的公务。大愚所以愿施行自己一人的计谋，是因为怕众人的公意阻碍了自己的私图。

做官若能真享幸福，纵然"将官"改称"孙子"，人也愿意当孙子；为民若真受罪，纵然"将民"唤作"祖宗"，人也怕当祖宗。

公是政治的灵魂。由君主专制直到无政府主义，一国无论采用哪一样，若离开了一个公字，也不过如同无根之木，无源之水，决不能支持长久。

高大的山，是一粒一粒的沙土所堆积起来的。深广的海，是一滴一滴的水所团结而成的。可见，合则虽弱可强，分则势难独存。顾炎武说"合天下之私，以成天下之公"，正是公私兼利的方法。黎元洪说"化小团为大团，除私党为公党"，也正是为小团为私党谋长久的利益。"明末那些党派，若不彼此排斥，决不至给清朝造了机会。以后马士英、阮大铖之辈，若不因私害公，明朝的国祚，未必就会一亡到底。

有人问我："何为君子？何为小人？"我答道："简单地说，君子只是尚公，小人只是重私。小人只争一时的私见，不顾邦国的兴亡。君子只重千秋的令名，不顾自己的生死。结果，因私害公的小人，也不能长寿万年。废私存公的君子，则必能流芳百代。看一看，马士英、阮大铖、史可法、黄道周四人的结局，究竟是谁得到了永久的便宜！"

吕坤说："两君子无争，相让故也。一君子一小人无争，有容故也。争者两小人也。"又说："两悔无不释之怨，两求无不合之交，两怒无不成之祸。"常人不明此理，还能家败人亡，要人不明此理，必将民奴国灭。

政治没有绝对好坏之别，执政的人有好坏之分

政治，并没有绝对好坏之别，执政的人则有实在的好坏

之分。孔子说:"其人存,则其政举。其人亡,则其政息。"荀子说:"有治人,无治法。"专制国在名称上听,固然刺耳,可是,有了好的君主,也可以国富民安。民主国,在名称上听,仿佛悦耳,可是,没有好的要人,也能够民穷国乱。正如做中国饭或外国饭,全在乎厨子手艺高低。同是一样的鸡鸭鱼肉,手艺好的厨子做出来,就使吃主适口充肠,手艺坏的厨子做出来,就能使吃主拉稀跑肚。

专制国的"君臣"也罢,民主国的要人也罢,全是如同厨子。百姓也罢,民众也罢,全是等于吃主。厨子做的饭,只合厨子的口味,那还不是厨子的能为。必须使吃主点头咂嘴,那才见出厨子的本领。吃主虽然不能做饭,可是舌头全能分得出苦辣香臭酸甜咸。厨子做得顺口,纵然脾气刚暴,吃主为吃饭起见,也能勉强对付。厨子做得太糟,纵然态度柔媚,吃主为生活打算,也必碍难将就。

专制国,若君主懦弱无能,不理朝政,必要养成权臣。民主国,若人民懦弱无能,不问政事,必致惯成政匪。权臣挟天子之命以弄大权,政匪借人民之名而施大骗。不过,专制国若君主无能,是怨他自己"太阿倒持",有权而不肯用。民主国若人民无能,是怨政匪霸占,人民徒拥虚权而无法可施。

按我国军阀已往的成绩而言,虽然打了一个七出七入,张三并未铲除李四,李四也未打倒张三,所铲除的只是人民的生机。以他们将来的成绩预断,纵然再打一个七入七出,刘五也未必能推翻王六,王六也未必消灭刘五,所推翻的只是邦国命脉。战来战去,张三或与李四结为秦晋,刘五或与王六交了朋友,他们战也不理,和也应当,只是国民该死,国命该亡。

孔子说："始吾于人也，听其言而信其行，今吾于人也，听其言而观其行。"寻常的小百姓，若"言不愿行，行不愿言"，还要招社会的轻视。堂堂的大名将，若竟"食言而肥，说了不算"，岂不要引起各国的议论。百姓言行相违，不过关系一身一家的荣辱。名将言行相反，岂不要牵涉全国全民的成败。

美国方龙说："委员会，任何事也做不出来。譬如，一会中有三名委员，若想有一点成绩，必须其中有一名不到，有一名病假。"他这话与我国俗语所说"一个和尚提水吃，两个和尚抬水吃，三个和尚无水吃"的意思相差不多。人数过了三人，假若没有一个主持的人，永远也不容易将事务办到好处。

天无二日，士无二王

人权虽然不等，事权万不能相同。无论一个家族的私事或一个团体的公事或一个邦国的政事，必须有一个指挥的人，然后才能成得系统。若在事权上，互相争夺，意见庞杂，谁也不服谁，私事或公事或政事，必致闹成一团糟。在欧美，纵然是三四个人组成的旅行团，权限也是分得很清，必公推一个，作为首脑，大家一致服从，决不容自由行动，以免误了公共的事务。

我国自从共和成立，所以闹得家不成家，国不成国，就因为误解了自由平等，将事权当作了人权，于是乎子弟不服从父兄，官吏不服从政府。以家长的管理为压迫，以政府的治权为专制，譬如太阳系中的八个大星，必须向心力与离心力并存，才能有"私转"与"公转"的可能。假若失了向心力而独发展离心力，公转既转不了，私转也转不成，岂不是要将一个宇宙毁灭了？

《左传》上说："一国三公，吾谁适从？"仲长统说"夫任一人则政专，任数人则相倚。政专则和谐，相倚则违戾。和谐则太平之所兴也，违戾则荒乱之所起也。"我国近二十余年，民心所以终日惶惶不安，国势所以"危如累卵"，全是因为我国政治紊乱，事权不专。有专责的人，不肯尽职，遇事互相推倚。无专责的人，偏越俎代庖，甚至设法在暗中拆台。

《礼记》上说，"天无二日，士无二王，家无二主，尊无二上。"说这话的古人，并非生成奴隶骨头。这正是因为他们用长久的经验与普遍的阅历而得出来的定理。假若天上有两个太阳，热度必太强烈，人物全都不能生存。假若一国之中，有两王并立，必定互不相容，国事永远不能太平。假若一家之中，有两个主人，必定时相吵闹，家务永远办不到好处。假若一尊之上，再出一尊，必定彼此争夺权限，永远不能秩然有序。当初，皇帝是一国的至尊，太上皇虽然高于皇帝，但是主事之大权还是归皇帝一人所有。《文子》说："一渊无两蛟。有，必争。"也是这个道理。

凡是成群的动物，必得尊奉一个首领。团体愈大，行动愈得服从一个首领的指挥。蜂群的分子最多，所以只有一个蜂王。古人"师蜂蚁，立君臣。师蜘蛛，立纲罟。师拱鼠，制礼。师战蚁，置兵"。可见古人能由微小的东西上，得到一些有用的教训。

君也罢，王也罢，皇帝也罢，大总统也罢，政府主席也罢，人民政府委员长也罢，名称虽然不同，可是全是一国的元首。国体不同，元首的名称，自然不能一致。"元"是"第一"的意思，"首"作"头脑"并解，只能有一，不能有二。一人不能有两个头颅，一国也不能有两个元首。一个人，长得头颅愈多，愈不能生活。一个国，愿为元首的人愈多，灭亡得愈速快。我国以先扰乱，是因为屡屡有人要做皇帝。近二十余年的争夺，是因为常常有人要当总统。我常说："在民主国，人人虽然有做总统的希望，可是，人人全不可存做总统的欲念。"

"君"字是"群"的意思。一国的人民也不过是个大群。群为谋全群的统一，所以必特意喂出一个蜂王。古人为谋全国的统一，所以特意公举一个君长。蜂群有了蜂王，才可以有了秩序。有了秩序，才可以合谋全群的利益。人群立君的原因，也是如此。在蜂群里，并非是一个蜂，就可以为王。在人群里，并非是一个人，就可以为君。在民国里，也并非是一个人就可以为总统。

以前，君主政体所以愈行愈糟，是因为君位常为一人所霸占，成了一家的私产。一家的子孙，既不能人人全好，所以治日常少，乱日常多。现今的民主政体，所以好于君主政体，是因为总统出于选举，正和古时公举君长的用意相同。足证，由根本上说，非才识道德出类拔萃的人物，不配为一国的元首。

古时所以尊君，并不是古人生来下贱。因为尊君，才可以使国中少生篡夺的危险，才能使人民有安居乐业的可能。所以尊君正是爱群，爱群也就是爱国。蜂群既不可屡屡更换蜂王，人群也不可常使君长的位置摇动。至于历史学家，常将开国帝王，说得神乎其神，常说帝王降生的时候，有何等的祥瑞，并非是提倡迷信，也非是有拍马，乃是为使人对君位不敢有侥幸尝试之心。假若人人以为一国的元首是人人可做的，国中必永远也没有安宁的日子，百姓必永远成了垫马脚的东西。可见这正是古人用意深远，想出种种的计划，如此才能避免扰乱的祸根。

一个地方，若仅有一只猛虎，总胜于一个地方有许多饥狼。一只猛虎虽然可怕，但是害人的能力是有限的。许多饥狼害人的范围是普遍的。人防备一只虎或攻击一只虎，并不甚为难。人防备许多饥狼或击许多饥狼，则不易成功。一只猛虎势孤，许多饥狼势众。一只猛虎出没有常，许多饥狼踪迹无定。所以，一人专政，人民受害还小。多人专政，人民受害最大。在这25年之中，我国人民所以不得安生，只是因为赛猛虎的皇帝，虽然被打倒了，可是赛饥狼的要人，竟产生了无数。

一盘磨，更换一个轴心，就得停止工作一二小时；一个国，更换一个政府，决非一二月所能稳定。磨不应时常更换轴心，正如国不可时常改组政府。欲使磨不停顿，应在最初就拣选好了轴心，万不可用朽坏的材料，苟且对付。欲使国不受害，当在起首就组织好了政府，切不可用不良的人员模糊敷衍。任何事物若到中途胡改滥更，决不是正当的办法。何况改组政府，与国命民生大有关系呢。

· 论民国官场 ·

自从我国进步改良以来，"组织小家庭"的风气，已经普遍了全国。摩登男女，所以要分家别过独树一帜，多是因为不愿受父母的指导，不愿尽晨昏定省的天责。那么，分立政府的人，所以要另辟门户，也不过是为避免中央的监督，以便独霸称尊，为所欲为。至于摩登的男女所说，组织小家庭是为维护天赋的人权；野心的要人所说，另设政府是为实行民主政治。全是掩耳盗铃，掩目捕雀，瞒不住人，骗不了鸟。

在四川未统一的时候，该省的军阀到处皆是，个个被首领欲的思想所迷，互争尊长，人人欲为全省的第一人。甚至一个小小团长也敢割据一二县，独霸一方，招兵买马，要坐全省第一把交椅。于是乎，凡有一两营的人，就可征田赋，擅委县长。有些地方，田赋预征到"民国"七十六年。人民典妻卖子之后，还得敲骨吸髓，滴血不容存留。一省足可代表一国。一省不统一的害处，已可使人民家破人亡。全国不能统一的害处，更不必详说。

英雄与美人，实在是可少不可多的害物

英雄美人，正如猛兽毒蛇，实在是可少不可多的害物，所以天道限制他们的繁衍。春秋战国以及三国的时代，所以扰攘不休，全是因为那时英雄美人最多。单以现今我国而言，所以祸乱日多也就是因为一些英雄美人在里边作怪。尤其几乎是一个受过两天教育的男子，就以英雄自居。几乎是一个有鼻有眼的女子，就以美人自命。真英雄真美人，还乱邦国毁人群，何况是假充的英雄，何况是冒牌的美人？我只求女同胞

们，多养愚人，多生丑女，但愿她们所生的男子比我还愚，所养的女子比鬼还丑。

曹操说："使天下无孤，不知几人称王，几人称帝。"他这话，实在合乎当时的情形。本来，天下是一治一乱，由分而合，由合而分。当初，天下所以治所以分，是因为小"私"发达，所以治所以合，是因为大"私"专政。小私发达，各据一方，百姓就不得安生。大私专政，混合一统，百姓才可以喘气。曹操是一个大私，吞灭了许多小私，正是"以毒攻毒，用贼捉贼"。在民国中，若再能以在"公"灭小"私"，更可手到功成。

在云贵深山的苗族，善于制造一种毒药，叫做"蛊"。若涂在箭头或枪尖之上，伤了人立刻发狂，或顿时丧命。制蛊的方法，是将各种毒虫放在一器之中，使它们彼此吞食，所剩下的最后一个，就成了最毒的药品。我以为，一国之中若想达到统一，使内安外静，也必得使"英雄们"彼此吞食。去一个"英雄"，少一个乱源。看各国历史，所以能得到国泰民安的原因，也全是因为一个"英雄"吞尽了一切的"小英雄"。

弄混了池水，好摸鱼

自从民国成立以来，"救国"二字是最好听的名词。然而须当知道，只要你那救国的行为，是发于你的天良，你虽不说是民意，人民也自认是真正的民意。假若你利用时机，争权泄愤，那就是违反你的天良，你虽说是出于人民的要求，人民也知道，你据说的民意是出于伪造。要知人民并不是全瞎全聋，

·论民国官场·

人民只能装糊涂,并有真糊涂。

以先我国的人民仿佛糊涂,自从受了二十多年的欺骗,现今全都精明了。凡是一位要人,若有什么举动,最好坦坦白白,直出直入。你若要争权,你就痛痛快快地说"我要争权"。你若要谋利,你就千干脆脆地说"我要谋利"。这样,成功,也光明磊落;失败,也磊落光明。

我敢决断,专以我中国而言,以后无论是谁,若愿意在中国做一件惊天动地的事,千万不可再用"国"字"民"字作招牌。你的心志,纵然是为国为民,只可存之于心,不可发之于口。否则,我管保你绝没有成功的希望。

俗语说"弄混了池水,好摸鱼"。每逢我国将要有统一的指望,必有外人设法在我国挑拨是非,弄起风波,以便施行瓜分的计划……

非中正廉明人员,不能组成强固有力的政府;非强固有力的政府,不能制止地方当局专横跋扈;非地方当局专横跋扈,一国决不能四分五裂;非四分五裂,决不能给外人造成瓜分零吞的机会。现今,我国已到千钧一发的时期。正是我国上自政府的要人,下至地方的当局,各自悔过的时候。百姓不向你们清算旧账,你们也当问心知愧。

春秋战国的时代,一国的面积,不过等于现今一两省之大,所用的武器也不过是些拙笨的干戈。然而,管子还说"计先定于内,而后兵出于境"。就以兵法之祖孙武而言,对于用兵,也认为"国之大事"。他的《十三篇》,且将"始计"列为第一,先谋之于朝廷的庙堂之上,而后用兵于四境之内。庙堂为朝廷最尊严之地,谋于朝堂,表示尊重戒备。一切计划定于庙堂,如水之发于一源,以免有滥流枯竭之患。

我国近二十余年所以内争最多,第一是因为权势多入了军阀的掌握。在专制的时代,大权若归了军阀,还要发生篡夺的祸乱,何况在这"自由平等"的民国。试看古时所谓的创业之王,有几个不是军阀出身?第二是因为组织政府的分子不良,偏私狭隘、倒行逆施,不能表率群伦而做全国的模范。试问历来的政府所以不能稳固,有几个不是物必有腐,而后虫生?

人达到高位,就如同上了飞机

人在崎岖的路上行走,滑脚的少;人在平坦的路上走,失足的多。一个人处得意日子,较处屈辱的时候,更容易发生危险。要知,顺境未必不是祸,逆境未必不是福。

《通鉴纲目》上说:"与国之君,乐闻其过。荒乱之王,乐闻其誉。闻其过者,过日消而福臻。闻其誉者,誉日损而祸日至。"民国之中,虽没有君,然而掌大权的要人,也就是处于君的地位,他们在言语上,虽然自轻自贱,可是在事实上,权威并不少于古时的君王。在掌大权的人的心里,最喜欢造成清一色的势力。其实,这种志愿若能达到十之五六,耳中就仅能闻到其誉,决不能闻到其过。甚至外边的公论,全主张刨你的祖坟,而身边的群小,反要说人民正要给你建立铜像。

范缜说:"集群议为耳目,以除壅蔽之奸。任成为心腹,

· 论民国官场 ·

以养和平之福。"《身世金箴》里说:"用一己之聪明,虽圣脸不能智。用六合之耳目,虽众人能愚。"集群议为耳目与用六合为耳目,命民不过就是依纵天下的公是公非。所谓有老成者,就是中正刚直,谨慎持重,不甘随声附和,不肯轻举妄动之辈。也可以说,就是不肯向你拍马屁、灌迷汤的人。

曾国藩说:"位愈高,则誉言日增,箴言日少。位望愈重,则责之者多,怒之者少。"本来,人达到高位,就如同上了飞机,升得愈高,愈听不着下边的人言。只有那"推进机"的嗡嗡之声,不断地送到耳鼓。人执掌了大权,就如同在戏台上做了主角,愈是重要,愈被台上台下所注意。简直是只许好,不许坏。观众对于配角,还肯模糊原谅,唯独对于主角,专好吹毛求疵。

从来,民气之通与不通,民情之达与不达,最关系邦国的兴亡。民气不得上通,民情不能上达,就如同得了一个"下痿"的病。人,得了这个病,就仿佛半死人。国,得了这个病,就成了半亡国。所以,古时的明君贤臣,无不主张"开放言路"。现今的文明邦国,无不提倡"言论自由"。

薛碹说:"为政,通下情为急。"又说:"天下大患,惟下情不通为可虑。昔人所谓,危亡之势,而上不知也。"现今,我国的民怨,所以不能消弭,只是因为在上的人与人民之间,起了许多隔膜,上下之气不能通达,以至在上者的设施,与人民的心愿毫不相干。这种毛病若在专制时代,还不可说。因为帝王日处深宫,不易知晓民间的疾苦。现今民国的要人,既是由人民出身,又有各处报纸所登民间的情形可做参考。在上者的所作所为,岂不能与人民的心愿趋于一致。

姜尚说:"以天下之目视,则无不见也。以天下之耳听,则无不闻也。以天下之心虑,则无不知也。"陆贽说:"统天下之智,以助聪明。顺天下之心,以施政令。"现今,中正的报纸就是天下之目、天下之耳、天下之心。在上的人,若肯对这种报纸多加注意,足以统天下之智,而不被身边的群小所惑。所施的政令,足可顺合天下之心,而不致与人民作成两截。固然,报纸上的言论记载,不是治理国事的金科玉律。但是中正的报纸,较比亲信的人的报告,还觉妥实可靠。当初,某总统,若不是专听身边几个亲信人的话,决不致在史书里留下一个极大的污点。

张居正说:"自古顺耳之言易从,逆耳之言难听。于逆耳之言,难听之言,能曲容之,乃为盛德。"唐尧本是完全无疵的人物,然而还怕听不着他的过错,所以特意安设"敢谏之鼓",使人民声述他的过失;安设"诽谤之木",使人民记载他的短处。可见他是专能领受逆耳难听之言,所以成了自古以来的帝王中的模范典型。商纣既不肯容纳逆耳难听之言,并且善能饰非拒谏,所以成了自古以来帝王的罪魁祸首。

当初,舜尊为天子,富有四海,还能忘了自己的权位,而向小百姓探问民间的情形。他的设施,当然不能违反了民意。现今的官吏,差不多做到司长,就要自命不凡,决不肯向人民有所垂询,唯恐失了身份。他们的设施,当然不能与民意恰相吻合。

《龙溪子》说:"乐闻过,而后直者亲。"寻常的人,若肯乐闻己过,才能结交正直的朋友。当了一个要人,若专好誉言,岂不要将属下养成一班小人。

▎挑剔是买主，喝彩是闲人

《淮南子》说"刺我行者，欲与我交。訾我货者，欲与我市。"从来劝人纳谏的言语，惟这两句最可使人猛醒。前一句，用后一句作陪衬，更觉贴切明了。俗语说"挑剔是买主，喝彩是闲人"。你每逢遇着人指责你的过错，就如同商人，遇着好挑剔的主顾。不过，商人对于货物，因为巧于辩护，或能将劣货出手。你对于过错，若善于遮掩，必致将大过养成。

《春秋繁露》上说"匿病者，不得良医"。我冒昧附加一句："讳过者，难交益友。"

献誉辞，固然能受人的欢迎，但是，君子决不欺昧天良苟且求容。进忠言，固然易招人的厌恶，但是，君子必行心之所安一吐为快。

当初西西里岛的王，本来没有学识，可是偏爱作诗，并且好得人的夸赞。所以每逢他作完一首，他的群臣，全都高呼万岁，认为是空前绝后的诗。那时，在国里有一位极著名的学者，王以为若得到他的好评，定然更觉光荣。可是那位学者，见了王的大作，连连摇头，大喊"不通"。王听了顿时大怒，将那学者押在地牢之中。过了许久，王将他提出来，说道："你再细读一遍，究竟我的诗好不好"。那学者读完，对禁卒说："还是将我送回地牢去罢"。王问他是什么缘故，他回答道："还是不通。"我以为，这种因说良心话而蹲监坐狱的人，较比因拍人马屁而升官发财的人，更觉光宗耀祖。

宣誓，决不只是嘴皮的一开一合

前几年，北平举行选举，有人劝我登记。我回答说："我是天生被治的人，决不想争选权，更不想得被选权。并且，我所要选的人，未必就有被选的资格。我既无财产，又无声望，也绝没有半个选我。既是如此，我何不低头教书，安分作稿。至于宣誓，我更不愿做。因为大丈夫办理关于国政的事，决不在乎两片嘴皮的一开一合。"

自从我国成立以来，宣誓就成了官吏就职和选民登记的例行公事。近七八年来宣誓更是应时当令。它的重要性，几乎与敬拜某伟人的仪式相同。简直有此一举，就是奉公；无此一举，就算犯私。甚至反叛政府的英雄就职，也必须宣誓，总算是名正言顺。其实，一切贪官污吏以及叛逆之徒，全是曾经宣过"清廉尽职，服从政府"的大誓的人物，可见宣誓不能防止官吏的违法贪污。

贪官污吏所以敢违背他们的誓词，只是因为他们宣誓，仅是给别人听，并未向自己心里去。只是将誓词认为一种虚伪的仪式，并未认为是一种最庄严的契约。我以为，若要避免官吏的贪赃枉法祸国殃民，最好是他们在就职之日，仿照古人，对天宣誓，并且学法村女乡妇的口吻，说："我若违背誓词，叫我世世代代，养儿做贼，养女为娼。"固然，现今的贪官污吏，全都有进化了，决不信天。可是，他们多是野蛮退化的人养的，多少总有一点遗传性。纵然他们不肯如此办理，我们小百姓，为求国得民福起见，也当有暗中替他们代宣。

· 论民国官场 ·

《琐语》上说:"为上者行达乎言,则民作实。言过乎行,则民作伪。"欲使人民忠实,为上者必须在事实上着力。欲免人民虚伪,为上者,不可在言语上骗人。李固说:"表曲者,影必斜。源清者,流必洁。"戴德说:"上者,民之表也。表正,何物不正?"若欲避免利口覆邦的危险,必须由政府中的要人起,先对人民,对同僚说实话。

选举与保荐大体相同

自古以来,有名的男子中,好人太少,有名的女子中,好人更少。因为循规蹈矩的男女,只是安分守己,所以不易使人知晓。奸盗邪淫的男女,专好滥出风头,所以最易惹有注意。

我所以对现今的选举制,抱悲观的态度,就是因为我中国的好人,向来不肯出头;肯出头的人,又多不是好人。这并非因为我国的好人,全都是冷血动物。是因为好人纵然愿意出头,也必要大受小人的排挤。好人既然势孤力单,只有小人,可以声应气求。选举之权,若落在他们手里,经他们包办垄断,那么,所选取出来的人物的好坏,也就不问可知。

单以我中国而言,若想使选举制有良好的效果,必须施行"连坐"的办法。假若所选的某甲,全要受某甲所应受的处罚。寻常保荐一个学徒或一个仆役,若发生窃盗的行为,保人尚须担负赔偿之责。何况选举的好坏,关系邦国的兴亡。要知,选举与保荐,不过是名称上的不同。保荐既须负责,选举更当负责。

一国不过是一个大群。无论实行什么政体,全是要为这一个大群的全体,谋利益求幸福。自己既是这一个大群里的一个分子,自己若先不好,而想为全群谋幸福求利益,正是舍本逐末,倒行逆施。最使人气愤恼怒的,就是谈公德的人多,修私德的人少。换一句话说,高唱兼善天下的人多,实行独善其身的人少。

天下自有定评,史家自有公断

祭祀祖先,所以合乎人情,是因为祖先是人的根本。无论何人,若非得着祖先的抚养教育,谁也不能存立生活。正如木自根生,水由源发。不敬祖先,正是忘了身所从出。崇拜伟人,必须该人生前,有功于全国,有功于全民。更必须是全国民众,所公认的伟人。假若该人,只于少数的人有功,只是少数人所私认的伟人,而竟强令全国的民众一体崇拜,就是少数人所无关系的闲事琐务。

俗语说"卖什么吆唤什么,干什么说什么"。那么,要人办理国政,也只是办理邦国的要政,不必加杂一些与要政毫无关系的闲事琐务。

专以崇拜死的伟人而言,他们生前若果真有功全国,真有德于全民,国民自然而然地要崇拜他们。在这民贫国弱的日子,纵然将他们箔卷席埋了,千秋万世的人,也必能崇德报功,为它们修坟立庙。否则,纵然将坟修成了天宫,将像铸遍了全国,后世的人,也必要报怨愤,起而拆毁掘挖。岳武穆的墓,自从秦桧死后直到如今,年年有人接修;而那拉氏的陵,在她死后，不出20年，就已被人炸毁，究竟是什么原因？现今，若有人拆毁了岳墓，全中国的人必对他群起而攻；假若有人发现秦桧的坟，将他的骸髅作成便壶，全中国的人反要对他同声感谢，这又是什么原因？

一个要人死后，盖棺论定，他是伟人或是小人，天下自有定评，史家自有公断。他若没有实功实德，一时的少数人，虽然竭力地捧他，也是捧不起来。并且一时捧得愈高，将来跌得愈重。他若真有实功实德，一时的少数人，虽然竭力地贬他，也是贬不下去。并且一时贬得愈甚，将来获得愈高。正如，一女子若生得奇丑，少数的人强说她极美，是不行的；一个女子若生得极美，少数的人强说她奇丑，也是不行的。

包办民意最易，附和民意最难

在无论施行什么政体的国里，全是官吏少，人民多。以少数官吏要欺骗多数的人民，岂不是自找败露。败露之后，若还继续行骗，岂不是恬不知耻。俗语说"好贼不偷二回"，官吏骗术，既经人民发觉之后，官吏若不痛自改革，他们的知识，岂不是在盗贼之下。

治病须临时处方，不可预先拟下若干方案。治国也是如此，不必预先订下几年的计划。与其以后乱加改动，使人民增加许多的纷扰，遭受许多的损失，不如到一个时候，办一个时候的当务之急。

包办民意最易，附和民意最难。因为，前者为利己，后者是为利民。利己的事,虽禽兽也能办得到;利民的事,非圣贤不能做得成。

一种政治若失了人民的信仰,就如同行尸走肉,只能令人躲避,不能令人亲近。

有好民,无好官;有好兵,无好将。如同有好的身体,没有好的脸面,也能使全身体受了挂累。

赌博与战争,全是赔本的举动

目下欧美各国的现状,正如目下平津的商店。欧美的各国,已经失去了治国的正道而讲究竞争。平津的商店,已然失去了营商的旧规而注意比赛。欧美比赛对外的设备,使人民的脂膏日枯。平津商店忙于外表的装设,使自家的血本日亏。欧美各国如此竞争下去,不待敌国动手,自己必先要民乱国亡。平津商店这样比赛不停,不等同业排挤,自己必先要关张倒闭。

邦国若真知"竞争"之道,须先在人民上注意;商店若真知"比赛"之术,须先在货品上用心。人民富庶,国势自张;货品清良,利源自广。军备的扩充,不能防止真正敌国的野心;外表的装备,不能吸引真正买主的光顾。

以武力谋国的富强,正如以赌博谋家的兴旺。俗语说久赌必输,所以好赌的人,到底必倾家荡产。赌得愈凶,败得愈猛。刘向说"好战必亡",所以好战的国,到终必民乱国亡。战得愈狠,亡得愈快。好赌的人,若能有好的结局,我就信好战的国，能有好的归宿。

好赌的人，若是到了自以为手术精巧，来者不拒的时候，就是到了他的末日。好战的国，若是到了自以为军备充足，天下无敌的日子，就是到了他的尽头。好赌的人与好战的国，若一现出骄气，决不是好的预兆。我在"民国"十八年，著了一本《治兵箴言》（分十五章），第二章就以"戒慎"二字为题，对于骄字，痛下针砭。不但赌与战不可骄满逞强，人生一世，谁不是因戒慎恐惧而成功，谁不是因骄满逞强而失败？

赌博与战争，全是赔本的举动。好赌者，虽有时侥幸可以赢些钱财，然而所耗的精神，决是钱财所买不回来的。好战者，虽有时侥幸得些土地，然而所耗的元气，决是土地所挽不回来的。可见赌博不仅是输者吃亏，战争不只是败者受害。何况是输者还要捞本，败者还要复仇，因果相乘，循环不绝，任何一方，也没有便宜可占。

古语说："善保国者，戒用兵。善居家者，戒争讼。"我们远考历史，好战的国，有几个不遭惨败的？近查社会，好讼的人，有几个不归破产的？因战争而得利的，只是军火商人。因诉讼而生财的，仅有律师讼棍。英谚说："律师的房屋，全是建筑在愚人的头上。"我以为，军火商的宝库，全是创设在愚国的领域。然而，鼓动战争的军火商与挑词架的大律师，又有谁能得到好的结果？反正，无论如何高谈进化，也不能除灭了循环果报之理。

治水者，顺其性；治民者，顺其情

我国人民现在所怕的不是水旱，也不是害虫，所怕的只是贪官污吏。水旱与害虫，并不年年发生，贪官与污吏，时时能吸人民的膏血。设些机关用科学方法，固然能调解水旱，捕灭害虫。但是若不能用你们那科学方法，诛除贪污，纵然连人民拉屎撒尿，全设一个机关，也是仅能替人民增害，而不能与人民有益。

朱元璋说："治民犹治水也。治水者，顺其性。治民者，顺其情。"在上者的设施，岂可不与民情相连。

凡不宜于中国之现状，不合于中国人民之设施，不妨从缓举办。否则，就是多事，多事就是扰民。现今救国救民之道，不在机关的增添，而在官吏天良之发现。

有人说："民意二字，最无凭证，最无把握。顺合民意而为，究竟由何处下手？"我说："人人全有一天良，天良就是民意。一国的官吏，虽然高居人民之上，但是他们还未曾出了人类的范围。只要是人，就有天良。本着天良办国家的事，就能合乎民意。并且，我国的官吏，多是由寒贱出身，他们在寒贱的时候，希望官吏如何尽职，如何为民想，他们高贵起来之后，对于所做所为，若还能照他们当日所想望的施行，就不致与民意做成两截。"

官吏是由人民转变而成的。人民是本，官吏是末；人民是源，官吏是流。有世世代代为民的民，无世世代代为官的官。为官是一时的,为民是永久的。民有为官的日子,官有为民的时候。官的祖先未必不是民,民的子孙也未必不为官。官与民既是一体,一旦做了官,若不念人民的痛苦,岂不是舍源忘本。水与源断绝,必日趋干涸。木与本隔离,必日渐萎枯。官不与民一致,岂不是自入绝境。

扬雄说:"政之本,身也。身立,则政立矣。"郑康成说:"政,正也。政,所以正不正也。"《盐铁论》上说:"善为人者,能自为者也。善治人者,能自治者也。"使我气破肚皮的是,就我国的为政者,多不能立身,不能自正,不能自治,而偏在法上考究,而偏在民上注意。譬如,自己已经生了满身的杨梅大疮,仍不停止宿娼行为,而偏在药方子上讲求医治之法,岂不是南辕北辙。自己已"杨梅升天",臭气扑人,而偏在路人身上找毛病,岂不是舍近求远。

| 后人强与不强,与先人的坟墓没关系

凡事,急则治标,缓则治本,不急不缓,才可标本兼治。目下我国,命在呼吸之间,还谈不到治本,也顾不及标本兼治。当前的问题,只有从治标下手。凡不是关切国民生死的当务之急,一钱不可枉费。譬如一家,已经无米为炊,无衣遮体,苟且点钱,须当治饿御寒,万不可先买脂粉,先置陈设。可惜,专以我国近几年的建设而言,多是等于乞婆买脂粉,花子置陈设。涂上脂粉,不但治不了肚子的真饿,反而令人多起疑心。摆上陈设,不但掩不住自己的真穷,且招人多加讥笑。

朱熹说:"足国之道,在务本而节用。"又说:"国家财

宁可开倒车不可开狂车，
宁可落伍不可盲从。

用,皆出于民。如有不节而用度有阙,横征暴敛,必有及地民者。虽有爱民之心,而民不被其泽矣。是以将爱民者,必先节用。此不易之理也。"李邦献说:"用不节,财何以丰?民不苏,国何以安?"现今我国当前的急务,不是要聚合一些专家,研究如何增加国家的收入,而是在一些要人,用心计算,如何缩减国家的支出。假若不能在节字上考核,纵然将全球最新的经济学家,统统地请了来,也是不能救国救民。

有人问我:"现今某省用三十万元培修黄帝陵。你有什么感想?"我说:"我中国人谁不是黄帝的子孙。黄帝既是中国人的共祖。为这大家的祖先修陵,凡是个中国人,当然表示同意……

又问:"黄帝死去已经四千多年,连骨头渣滓也没有了。给他培修坟陵,与国计民生有什么益处?"我说:"我国的国土日缩,我国的国民日困,只是因为我们这伙子遗孙,实在不知给祖先争气,不能武先人,并且也是因为大家将这位露脸的祖宗忘在脑后了。假若将他老人家的陵培修起来,一些有钱到西北去逛的人,看见这座光荣的祖坟,因而发愤图强,不再自私自利。我中国的前途,岂不是有后望焉。"

当初,太甲不曾做王,伊尹就想一个方法,在太甲他爸爸坟墓地里,建了一座宫殿,请太甲去住了三年。太甲天天见着先人的埋骨之所,因而想起先人创业的艰难,果然改过自新,成了商朝的好王。这次将黄帝陵重修起来,我中国的要人,每逢到西北去,看见黄帝的陵,若追念他老人家的文治武功,因而励精图治,清廉自矢,未尝不可变成好官。并且,我中国现在,名虽民治,其实还是官治。假若这班治国的人,于谒中山陵之后,再谒黄帝陵。谒黄帝陵之后,复谒中山陵,每谒一次，就追怀先人的功德，就反躬自思一次，我中国的前途，岂不是更"大有后望焉"。不过，我以为，假若修了等于不修，谒完如同不谒，未免是多此一举……

后人要强与不要强，发达与不发达，和先人并无关系，和先人的坟墓，更无关系。若因为先人有功有德，自己才肯要强，若因修饰了先人的坟墓，自己才肯学好，实在不是真有志之士。真正有志之士，决不管先人是个什么东西，决不管先人的坟墓修与不修，自己总要先努力争求上进，自己总要先在举动行为上耀祖光宗。

纵然有孔孟那样的先人，自己若只能误国殃民，不但不能给自己遮罪，反要给先人丢尽了脸皮。纵然将先人的坟墓修饰得赛天宫，自己的先人假若鬼魂有知，也是要在里头气得乱蹦乱跳。

先人若果然有功有德，后人纵然不好，别人追德念功，还不致骂及他的先人，只有替他的先人悲叹。假若先人原来就无功无德，后人又是变本加厉，别人必然连活的带死的一起骂。这样，将先人的坟墓修饰得愈好，挨得骂愈多。费得钱愈多，将来的人，刨得越凶。我以为，后人若想不挨骂，若想使先人的尸骨得平安，只有自己在自己的品行上用功夫，不可专在先人的坟墓上费财力。

曹操与秦桧，毕竟还能自知其恶。他们的子孙，也真有先见之明。因为曹秦两人的坟墓，隐隐秘秘的直到今日，还未确实被人发现。假若在当时就辉煌美备，恐怕早就和魏忠贤的生祠，走了同样的命运。我以为，人生一世，只要光明正大，死了纵然箔卷席埋，躺在九泉之下，也是坦坦然然。假若一生

·论民国官场·

只是祸国殃民,死了纵然金井玉葬,躺在九泉之下,也是心惊胆战。

现今,在我国这危机四伏、民穷财尽的日子,用一个钱,当得一个钱的实用。不但对于修陵、铸像、立纪念碑、修纪念堂一些不急之务可以停止,至于重修杨贵妃墓与薛涛井一类的工作,更可以缓而又缓。固然有些工作之费,是出于要人的"捐廉",然而有这笔款项,不如移作紧急国防或贫民教育的费用。修黄帝陵,还可以说是培植民族精神,修杨妃墓与薛涛井,不过只能供有钱的人去逛。杨薛两人,固然是最有名的美人,但是这美人,只能祸国,只能迷人,有何功德值得我们纪念?

推崇前贤,不在乎形式上的敬拜与物质上的表扬,只在精神上追随,天良上的效法。他们在史书里已占了万古流芳的位置,用不着我们一时的锦上添花。死人果有真功在国,实德在民,自有千秋万世的人,替我们花钱修坟、铸像、立纪念碑、修纪念堂,用不着我们现今费钱费力,我们何必急不能待?试问一些名贤名宦的纪念物,是当时修筑的么?

▎家败出不了一个奢字,国亡也出不了一个奢字

俗语说:"吃不穷,穿不穷,打算不到才受穷"。歌德说:"生财之道,与其注意小利,不如注意小费。"一家用度费于柴米油盐者,并不甚多,只是不会打算,才能倾家败产。若以为任意支出一些小费,无关紧要。其实,积少成多,足以家败人亡。家与国的情形相同。若以为这里用 10 万,那里费 20 万

是小事一段，不足计议。然而若用之不止，也足可以使民乱国亡。只要稍读史书，就可以知道各朝乱亡的最大原因，就是取之于民，一毫一厘不松；用之于官，成千成万随手去。

吕坤说："今之用人，每恨无去处，而不知其病根在来处。今之理财，每患无来处，而不知其病根在去处。"他这"来、去"二字，将明朝以及前朝后代，所以亡国的总原因，说了一个罄尽。

古语说"量入为出"虽然是一句陈腐的话，但是足可行于万代而无弊。最新经济学纵然说了一个天花乱坠，著的书销了虽然数万册，也出不了这四字的范围。可惜，现今的人多是从外国的经济学上找方法，专靠一些经济学者寻门路。

韩非子说："与死人同病者，不可生。与亡国同事者，不可存。"我读宋元明几朝将亡的时候的情形，再一反观我国的现状，我真怕亡国奴的罪名不久要临到我国人的头上。时至今日，我国的要人，若不愿负亡国之责，我国的富人，若不愿尝乱亡之苦，最要紧的就是将有用多钱，用于有用之地。

国家的岁入，全是人民的脂膏；外债的抵借，全是人民的担负。天下各国，无不如此。名而既取之于民，就当用之于民。譬如用之于国防的设备，用之于生产的建设，一则可以使人民得保障，一则可以使人民增利益，人民当然表示同意。假若取之于民，而用之于不急之务，用之于消耗之品，人民当然大生反应。有治国之责的人，对这种的支出，若不详加考虑，就是显然与民意为敌。与民意为敌，不是促短自己在政治上的寿命，也是要促成国家的灭亡。

横征暴敛是亡国的根源，滥用轻支是亡国的引钱。既然横征暴敛，而又滥用轻支，就是到了国命的尽头。《穀梁传》上说："财尽则怨，力尽则封。"人民一生怨愤之心，就必丧其乐生之念。人民若不以生为乐，国家绝没有还可以存立的道理。

不只家败出不了一个奢字，国亡也出不了一个奢字。

家败，多因购买不急需的物品，多因讲求无益的应酬。国亡，多因滥施不急需的建设，多因耗于无谓虚文。

李绘先生说："家贫而结豪贵，无钱而喜多事，速败之道也。"不独居家如此，是速败的原因，立国如此，更是速亡的定理。

李球说："俭之自下，则涓滴。俭之自上，则邱山。"假若在上者"成大篓地撒油而向车辙里捡芝麻"，财政永远是要入不敷出。

官吏用自己的钱，如同抽筋剥皮。用国家的钱，等于扬沙撒土。一有这种现象，纵然没有敌国外患，也必民穷财尽，民乱国亡。

在我国现今这危急的日子，决无办理"颂扬死人"的余力，若在这民不聊生的当儿，大耗财力，表扬死人，非但不能振起民族的精神，反要惹动人民的怨愤。要知，人民的怨愤，较敌人的攻击更为可怕。并且，纵然将死伟人的铜像碑祠，立遍了全国，外人也不能因我国伟人众多，肃然起敬，而奉表称臣。纵然将死伟人的坟墓遗迹，全都修整一新，外人也不会因我国建筑辉煌，诚加保爱，而不忍摧毁。总之，国土若保持不住，连一切现代化的建设，也是徒为外人耗财费力。

国是全国人的国，如同家是全家人的家，家长以血统之尊严，还不能任意妄用家资。要人不过为一国的"公仆"，岂可滥支国币。前者，某大学校长本来穷得无米下锅，他领到薪水之后，竟敢买了一个紫檀的书桌，闹得全家向他起了冲突。不但他低头认罪，邻居也派了他一身不是，他用自己的心血换来的钱，还不能购买不急的东西，何况国家的钱财，全是出于人民的血汗。

论民国社会

论民国官场

论民国文化

▎人与国一样，全是各有所长，各有所短

男子要竭力地男化，女子要竭力地女化，才是真正文化。男子趋于女化，女子趋于男化，才是真正的野化。

人与人不相同，国与国不一样，人与国全是各有所长，各有所短，各有所能，各有所不能（这是因为有种种的原因，一时无法详说）。无论如何，不能化为一律。一国的民性，南北还不能相同，东西也不能类似。山地的居民，决不能长于捕鱼。沿海的居民，决不能长于猎兽。各保原性，各守所长，才能与己有益，与人无害。中国不当弃其所长而强学外国，犹之乎外国也不当弃其所长而强学中国。

图强，要学赵武灵王的胡服骑射，切莫学魏孝文帝的移风易俗。国民性一失，就入了亡国灭种的路途。我见一些青年男女，穿必洋服，说必洋话，吃必洋饭，动必洋习，爱必洋物，我不禁为中国民族的前途，抱无限的哀痛。

人，失了个性不能挺立于人群。国，失了国民性，不能争存于世界。

有人问我说："中国人事事仿学外国人，若变成洋人，不好么？"我说："将中国变成洋国，将中国人变成洋人，固然是文明进化，但是世上若再找中国与中国人，就找不着了。"

有人问我："你既读过英文，教过英文，为什么不爱说英语，不喜穿西服？"我说："我读英文是为得知识，教英文是为骗饭吃。中国虽弱，中国话还能表达思想，衣服也能遮盖身体。假若中国亡了，非说英语非穿西服不可，我自然不敢不努力效颦。"

人穷了，他说的话全是不合理的，办的事全是不合法的，他生的儿女，全不是人养的。国弱了，她的语言，是不合逻辑的；她的文字，是不利于传播文化的；她的文化，是野蛮落后的；她的国民是排外的，是应当受惩的，是不会亲善的，是无视条约的。总而言之，人穷了，无处可以申冤。国弱了，无处可以讲理。

古圣人所以能得多数的好人崇拜，是因古圣人的学说，能使人减少兽性，使人入了正轨。新圣人所以能得少数的混蛋崇拜，是因新圣人的学说，能使人发展兽欲，使人走入歧途。

良好的教育，是降龙伏虎，化解恶性，使之与人有益。不良的教育，是为虎增翼，是教猱升木，不但不能化解恶性，反使之增加害人的能力。

信仰是内心的事情，不在外表

迷信是人类自然而然养成的一种心理。迷信与人有利，也与人有害。一味的迷信，固然不可，一点不迷信，实在可怕。一味的迷信，容易害误自己，一点不迷信，容易损害别人。

我们不应当反对任何宗教。我们应当反对那些假借宗教之名而欺骗民众的人。我们不必反对任何学说（或主义）的人，以及贩卖学说（或主义）的人。

信仰宗教或信仰已死的伟人，要在内心，不在外表。只要内心坚定，不在表面随和。我在教会读书九年，因为不能牢守宗教的仪式，曾经记过两次。我对外国牧师说："我心里还没有尊崇上帝的心，我若瞒心昧己，做出种种仪式来，专为人看，与娼妓的行为，有什么分别。"宗教所以不能发达，何尝不是仅仅在仪式上追求。

信仰宗教或信仰主义，全是一种清高纯洁的行为，万不可演成饭碗化。湖北某处，称奉为吃教，他们所信仰的宗教，就可想而知了。现在，人称研究主义为吃主义，他们所研究的主义，也就可想而知了。某牧师说："中国若想图强，若想真正统一，非全国的人，信耶稣基督不可。"我说："真照耶稣基督的道理实行，中国当然要统一，要强盛。否则，口传耶稣之道，而行撒旦之行，非但不能统一，且要分裂。非但不能盛强，且要灭亡。你们若自命为耶稣的信徒，请你做出一个异于魔鬼的榜样，让人见识见识。"某牧师说："你怎么样呢？"我说："我还未离开撒旦的势力范围，我是一个魔鬼。"

▍儿女小，父母管儿女；儿女大，儿女管父母

现今，不使儿女入学校读书是误儿女，使儿女入学校读

书是毁儿女。若是要不误不毁,必须将他们送入肯教书、能念书的学校。

救国不忘读书是诚心诚意。实地实行当前的职务,一面抽暇寻隙,以读书培养真正的学识,以免被不良的外务所诱,而减少救国的志愿。

读书不忘救国是将救国的志愿,牢牢地存在心里,埋头苦读,养成真正有益于国的学识,以备遇机实行真正的救国工作。

现在有些人,张口就说贵族或平民化。其实现今的教育,真是贵族化,以前的教育,真是平民化。现今非中产阶级的人,无力使儿女受充足的教育。若使一儿一女,受得中等教育之后,全家的养生之资,就一扫而空了。

不要看一个青年学生,穿着一身漂亮的西服,而生羡慕之心,要知他父母,为他那身衣服,未尝没有去了二亩田地。不要看他跳舞打球快乐逍遥,要知他的父母,为他筹快乐之资,未尝不正在抱头痛哭呢。

现在学校的课本改变得太快了。哥哥姐姐所用过的,弟弟妹妹不能再用。上季用的,这季便不能用。同级学校,这校用的,他校不能用。同一学校,甲教员用的,乙教员不肯用。换来换去,改进改出,只有卖书的商人,对这种改良的办法歌功颂德而已。

我的朋友某甲,来信说:"小儿今已十岁,入学三年,所识之字,不及二百,除善开会外,别无所能……"我回信说:"……外人讥我为无组织之国家,汝儿既能开会,必善组织,将来欲救中国，雪此奇辱，非此种人才不可。学问之有无，有何关系……"

　　研究科学是要明白它的理论，并非要研究外国语。既有译本，且又经过审定，决不致有极大的误谬之处。然而有些教员，为使学生高看起见，必要选用洋文原本，而不顾学生的外国文的程度。结果，学生读一章书，须翻字典三小时。虚耗宝贵的光阴而得似明白似不明白的知识。可是学生还是以得读洋文原本为荣，教员不过如同讲文学读本，不用做多少实验。钟点一到，薪水就入了教员的口袋。

　　欲为学生节省宝贵的光阴，免除教员使用洋文原本的毛病，应由教育部，采定最好的洋文课本，设立专局，聘请有名且懂国文的学者，分门译出，交书局印行，按最廉的价钱责成学校采用。如此，非但使学生节省购买洋文原本的费用，更可免中国的金钱流入外洋。

　　学校的等级愈低，教职员的威风愈大，学生的服从性愈深，所学的愈实在。学校的等级愈高，教职员的势力愈小，学生的威风愈大，所学的愈懈松。这就如同儿女小，父母管儿女；儿女大，儿女管父母。

　　小学教员，对学生如同严厉尊亲。中学教员，对学生如同和善的朋友。大学教员，对学生如同驯顺的雇工。

　　在野蛮的古时，教员坐着讲书，学生站着听；在文明的现在，教员站着说书，学生坐着看；到进化的将来，教员跪着背书，学生躺着"睡"。因为愈文明进化，教员的程度愈低，学生的知识愈高。

不要看不青年学生，穿着漂亮的衣服，跳舞打球快乐逍遥。要知他的父母，为他寻快乐之资，未尝不正在抱头痛哭呢。

饮食是为养肉体，读书是为养心灵

读书时，不可有己见，读书后，不可失己见。

我读书向来不存门户之见，尝将儒佛老庄回耶，合在一起研究。朋友对我说："你这样滥读，永远成不了专家。"我回答说："我因怕养成一派的信徒，所以不愿学成专家。到了专家的程度，就是一派的奴隶了。"

饮食是为养肉体，读书是为养心灵。饮食若专牢守一种，必要生病。读书若牢守一派，必要发颠。晋人的清谈，宋儒的顽梗，全是偏于一派的病症。

贩卖骗人的洋货，则被人呼为奸商。贩卖骗人的洋主义，则被人尊为学者。奸商仅图利而得恶名，学者名利兼收而获荣誉。我为奸商鸣冤，我替学者庆幸。

有人说："学者研究某种主义（或学说）是为做学理的研究，并非是为谋利。"我说："这也不尽然，他们正如小贩，研究什么样的马桶，可受妇女的欢迎，什么式的便壶，可供男子的需要。小贩是为求利，学者不仅为求利而且为求名。"

古时的宗教拜神，现在的宗教拜人。古人拜神求福寿，今人拜人求位置。神虽未必能使它的信徒得福得寿，可是人实在能使他的信徒得福行寿。可是人实在能使他的信徒升官发财。

士农工商四民之中，唯读书的人最阴险最可怕。农工商，若不得志或失了业，尚无大害。读书的人，若不得志或失了业，贻祸无穷。我以为学校所造人才，若一时无法安插，莫如竭力缩减学校的数目。因为人才如商品，若无销场，其害较任何出产过剩远大。

学问愈博大，愈不易统一

学问愈博大，思想愈精密的人，愈不易统一。就以大学教员与报界中的人而论，他们愈开会，意见愈多。人数愈众，隔膜愈大。议论愈久，嫉妒愈深。简直如一群美妇人，永远不能相亲相爱。

什么是"学者"？学者，是不愿务农，不肯做工，不能为商，不敢当兵，肩不能担担，手不能提篮，善说大话欺人，最能妖言惑众，自命远能治天下，其实，近不能治一身的废物。

前年，我对某学院的学生说："你们若学农，须实入农田，向老农讨教；若学工，须实入工厂，向工人学习；若学商，须实入商店，向店伙追求。不可专向书本里钻寻，不可专听教授们的高论。要知纸上谈兵既不合于实用，那么，书本里种田，书本里制器，与书本里开铺子，也不能达到成功。高深的理论，往往不能合于实用，不过是教员谋生的工具而已。"

中国多数的学者，对春秋战国的情形，明明白白，对民国以来的经过，反模模糊糊。外国多数的学者，对希腊罗马的往事，清清楚楚，对欧美现今的实在情形，反隔隔膜膜。这种知古不知今，知远不知近的现象，真令人莫名其妙。

以前的教育，多是将人练成唾面自干的顺民。现今的教育，多是将人练成大言不惭的土匪。

能开口大骂古人（中国的），就有人说你是文明巨子，文化先锋。能作文标榜几个今人（外国人），就有人说你是学贯中西，文坛健将。

▎好文章，使人长精神，增毅力，奋志气

中国文字，具有世界各种文字的特长。无论平行直行，左行右行，均无不可。中国字，一字一音，所以组成文章，不但几段整齐，并且和声押韵。看几行名家的字，读一篇名家的文，真能增人美感，提人精神。无论什么国的文字，也没有这种特色。

我以为文章不论古今，读完了，使人或长精神，或增毅力，或奋志气，或去贪鄙，或减邪心，或发悲悯，或生羞愧，或动哀矜，或起美感，全是好的。读完了，或生愤怨，或起杀机，或生懈怠，或动淫心，全是坏的。

你的文章不论如何不通，不论如何下流，只要入了文选或读本里，就有人对你另眼看待。譬如一个破便壶或一个破马桶，若摆在供桌上或陈列所里，参观的人，虽知道是盛尿装粪的东西，也必以为是大有来历的非凡出众之品。因为这个缘故，所以现代的"作家"们，对有关系书局与无聊的编辑，拼命地运动，将他们的大作，胡乱编入文选或学校课本。读者阅后，虽觉臊臭刺鼻，然而还是莫名其妙，不敢下肯定的批评。因此，所谓现代的作家们，一登龙门，声价十倍，饭碗问题，就容易解决了。

报纸是民众的喉舌，是政府的良友。当为民众宣纾抑郁，指导明路，对政府要竭尽忠言，规正过失。不可为少数人宣传，不可替少数人泄愤，不可为吸引阅者而登肉感小说或新闻，不可贪图津贴而变作留声机或应声虫，不可被威势所慑而颠倒黑白，不可为求新奇而大造谣言。永远要超然特立，使之成为完全的"营业化"。

英国格言说："父母之心，永与儿女同在"，意思就是父母的心，时时刻刻忘不下儿女。我们观察猫狗以及一切禽兽，对儿女亲爱的情形，也当想起父母的辛苦，答报父母的恩惠。对父母不忘恩负义，就是孝。

物质文明发达，只可增加世界的纷扰

"精神文明"是根本的，是稳静的；"物质文明"是皮毛的，是争较的。精神文明发达，可以减少世界的乱源；物质文明发达，只可能增加世界的纷扰。求精神文明，既安且逸；追物质文明，劳而不济。

轻视本国固有文化的国必亡。吸收别国的文化，填补本国文化的国必强。东邻岛国，能吸收中国与欧洲各国的文化，补益本国文化的不足，所以能成为亚洲最强的国。非洲与亚洲的小国，只知吸收别国的文化，所以不能振兴。

"教育救国"四个字，我极赞成。然而要知道，中国的教育是要造就合于中国目下需要的人才，不是造就一些合于外国的人才。是要造就一些能为中国谋利的人才，不是造就一些善为外国推销洋货的先锋。现在中国学生，入了学校，学级高一层，为外国人销货的能力增一倍。全国若全受了教育，中国货就无人肯用了。

按公平的办法，对仇敌必须报复。然而仇敌若有好处，也应当效法。英国格言说："聪明人能由仇人身上得益，糊涂人能由朋友身上受害。"日本人对中国，不念同文同种、唇亡齿寒的关系，利用中国混蛋们闹内乱的时机，占我四省的仇恨，是不可忘的。可是日本人长处，是应当学的。第一，日本人的坏，是对外而施。甚至军人，也不肯向本国人发横。第二，日本人非本国货不用，甚至留学生，也不以用外国货为荣。他虽多穿西服不穿和服，然而也非本国货不穿，一根纸烟，也非本国货不吸。仅以"有威不向本国施展，用物不向外国求"，就是我中国人所应取为模范的。

不打倒古圣人，显不出新圣人。不排斥古文学，抬不高新文学。现今的许多学者并非对古圣先贤，有何深仇大恨，也非对古人的文学，深恶痛绝。不过，他们因为求名图利起见，不得不昧着天良，立异标奇。这个锦囊妙计施用之后，果然，新文圣，新作家，新文坛巨子，就如大雨后的雷蘑，一个一个地全钻出来了。他们或彼此标榜，或互相攻击，闹得乌烟瘴气，鬼哭神号。于是盲从之辈，心目中只知有他们，不知前有古人，后有来者。因此他们的新愚民政策就达到成功了。

现在是是非混淆，黑白颠倒的时期。所以作的文，愈令人不知所云，愈是合于时代的好文。作的诗，愈令人莫名其妙，愈是合于时代的好诗。画的画，愈令人认不出是什么东西，愈是合于时代的好画。穿的衣服，愈不中不外，不男不女，愈是合于时代的新人物。你若稍加批评指正，就有人说你是没有欣赏文学的天才，缺乏审美的眼光，是时代的落伍者。

所谓良好的教育，不是增加学生的优点，是使他们知道自己的缺点。不是造就一些妄自尊大的圣人，是造就一些真有实用的凡人。

北平的老住户，是最讲究说话的

真正的北平人，有一样大毛病。人若没有学问，没有技能，他们并不讥笑。假若人不会说北平话，他们反以为是莫大的缺点，必要加以怯口或有口音等等无意识的讥评。

北平的老住户，是最讲究说话的。可惜他们有时候说的话极无道理，太不客气。比如，说起自己的父母，总是说"我们老太爷"（或老爷子）"我们老太太"。说起自己的兄弟姐妹嫂嫂弟媳，总是说"我们的大爷，二爷，姑奶奶，大奶奶，二奶奶"，说起自己的女人，也称"我们大奶奶"。最无道理的是，说到自己的儿子、儿媳，竟敢自称"我们少爷，我们少奶奶"。并不细想，这种种称呼，全是尊敬之词，理应发之于别人之口，不可自尊号。

我中国上流社会的人，说客气话，也时常不加思索，不合文法。比如，说起自己家庭的人，总是说"我们"家父（或家严），"我们"家母（或家慈），"我们"家兄，"我们"家嫂,"我们"家姐(或家姊),"我们"舍弟,"我们"舍妹。殊不知,"我们"二字是表多数的代名词。对人说话,若用"我们",就要将对谈的人,包含在一起了……

在远古的时候,并没有钱这种东西。人需要什么,全是用物换物。古时的聪明人,为求方便起见,才造出钱来。可见钱不是坏东西。然而因为一些爱钱如命与用钱为恶的人,将钱污辱妄用了。所以好讲面子的人对钱字,多不肯发之于口,行之于文。欧美人,在大庭广众之间,更以钱字为忌。这岂是钱的罪呢。

未读透中国的古书,不配批评中国的古书。未深知外国人的优点,不配仿学外国人。

古人读书,一年之中,除我三节与"歇伏"外,并无所谓休息。可是那些读书的人,也未全学了颜回,短命而死。他们的学识,也并不劣于今人。今人读书,除去星期、寒假、暑假、春假、例假与种种纪念日,种种运动日,一年几乎读不到三个月的书。可是这些读书的人,也未全学了彭祖,得享高年。他们的学识,也并未超过古人。

"有枪阶级"实在不如"有笔阶级"可怕

读书愈少,愈将自己认为圣人。读书愈多,愈把自己认成混蛋。

历史是已往的新闻,新闻是现今的历史。不过,历史与新闻,全是因坏人而起的。世上若全是好人,也就没有历史,也就没有新闻。纵有历史，纵有新闻，也必如同忠臣孝子烈女节妇的传记，枯燥无味。人读一二句，就要睡着了。因为，有奸盗邪淫，才能使读者发生兴趣。

依着我的小人之心推测。不可用花枝招展、扭扭捏捏的女教员教授血气未定的男生，更不可用油头粉面、洋装革履的青年教授指导待嫁的女生。不论这种教员是由什么国留学而回，也要防微杜渐，拒恶于始。

以前女校，全有烹调与缝纫两门功课。近几年来，有人说那种功课是污辱女权，学成也不过是预备做家庭的奴隶，所以多被取消了。可是对于音乐唱歌跳舞，反大加提倡。我不知，衣服破了，唱一唱就能补上么。肚子饿了，跳一跳就能充饥么。做饭缝衣，若算污辱女性，那么给人唱着听，被人搂着跳，就是尊重女性么？

学校里许多的学科，不是为学生将来入社会谋生的利器，不过是学校中的教员在学校里混饭吃的饭碗。学生学成之后，也不过是再入学校，将那种饭碗，传授与别的学生。所以讲台上讲说的人才日多，社会里需要的人才日少。

据一些文明的学者说"中国是时代落伍的国家"。中国既是如此，那么，他们为什么又将超越时代，连文明的外国还用不着的高深学理，教授给中国学生呢？学生纵然学成了，也不过如荀子所说的屠龙之技高而无用。杀龙的把戏，既永无实现的可能，那么，他们那高深的学理，又有何处可用。

黑猫白猫，能捕鼠的是好猫。中国学问、外国学问，能换饭的是好学问。

·论民国文化·

按进化论，人是由猴类进化而成的。猴类既是兽类，人多少必要含有一点兽性。古圣先贤，知道这种情形，所以就创出道德、伦常、宗教作束缚兽性的载形利器，正如将野兽装入樊笼里，以免它们出来为害，使社会少生纷扰。现在有一些自命为新文化分子的人，不了解古人的苦心，以为道德伦常宗教，是妨碍文明进步的东西，竭力主张打倒推翻。这种恶风若不速加制止，将来的人类，就要日趋"兽化"而变成真正的野兽了。这岂是文明进步，简直是归本还原。

老学究喜欢恭维古人而轻视今人，说古人善而今人恶。岂知古人并不良于今人，今人也并不劣于古人。古人所以觉得比今人好，是因为古人有种种的限制，不能任意胡行，如同笼里的虎豹，并非不能吃人，是因为有笼的阻碍，使它们无法施展它们的原性。

军阀祸国殃民，是一时的，至多 20 年可以恢复原状。"学者"乱国毁民，是长久的，至少 100 年不能恢复元气。军阀死了，祸患就完了，学者死了，遗毒去不净。所以"有枪阶级"，实在不如"有笔阶级"可怕。

中国以维新而弱，日本以维新而强

在留学生里，已死的，我最佩服辜鸿铭。现存的，我最佩服潘敬。辜先生，精通几国的文字，他居然不将洋人看作圣人。并且敢当面作文，指责洋人的过错，提倡中国的文化。他虽戴着大辫，穿着光绪元年的陈旧中服，外人对他，全都表示敬意。潘先生虽留欧多年，娶了外国太太，还能不染盲从式的洋化，还能不忘国语国文。并且能用国文著书，将中外的好坏，分得清清楚楚。

我中国所以衰弱，并非因为不识字的文盲太多，是因为半瓶醋式的文匪太众。

我对某校学生说："你们须用心读书，要知中国的前途，全寄托在你们的身上。焉知你们之中，将来有出一位主席呢？"他们立刻眉开眼笑。我又对他们说："你们若不专诚用功，中国的将来，就许亡在你们的手里，并且焉知你们之中，不出几个人力车夫呢？"他们登时丧气垂头。可见许多学生的嚣张傲慢之恶习，全是教职员平日惯拍学生的马屁养起来的。

以前那"打戏"式的教育，固不易养成伟大人格。现在这"哄少爷"式的教育，极容易造就夸大的土匪。

日本原是自己没有文化的国，她所以能成为世界六大强国之一，是因为她能吸收中国的精神文明，做她的筋骨，利用欧美的物质文明，做她的皮肉。

中国以维新而弱，日本以维新而强，是因为日本学得别国的长处，中国学来别国的短处。正如两个贫贱的人，同学富贵人。一个学得富贵人所以达到富贵的原因，一个学了富贵人所显露出来的富贵外表。

古学说是"调解"的，是使男女老幼贫富尊卑，相亲互助的。新学说是"挑拨"的，是使男女老幼贫富尊卑，相仇互嫉的。古学说若达于实现，必能使普世的人，和衷共济，大家全沾福利，和乐太平。新演说若果见诸施行，只能使少数的坏人得益，使多数的好人遭殃，并且你争我夺，大家同入于灭

·论民国文化·

亡之途。

现在中国的教育愈发达,洋货推销愈广远。由小学校起,学级高一年,所用的洋货增一倍。照这种情形推演下去,不用等待教育普及,中国就要宣告经济破产了。要知现在许多的教员就是提倡洋货的功臣。

| 地球上没有新鲜事,全是旧事重提

有人问我:"某有名的新圣人说'四子书贻害中国',你对他这句话,有什么感想?"我说:"他是要使一些青年,将古圣先贤所遗下的书,认为破铜烂铁。将他的伤口,当作美玉精金。从心里,若不崇拜古圣人,他那新圣人的荣衔,就可实授了。他所行的,正是一种新发明的'愚民政策'。好在他还没有秦始皇的威权,不配将一切古书付之一炬。并且他所以反对四书,是因为他当时未曾将四书读明白了。假若他肯将四书细读几遍,再请一位先生,为他讲解三年,他就不敢讥评中国的古书了。"

某新学家说:"《聊斋志异》那部书,文笔芜杂,取材鄙陋,谈狐说怪,不合现代潮流,没有一读的价值。"我说:"蒲松龄是现代人么?阁下这种批评,如同说:'岳飞当日不该班师,应当先打一个电报或派一架飞机,去问一问宋高宗,那些金牌,是不是高宗亲自发的'。并且阁下若嫌蒲松龄的文笔不好,那么,就请阁下著一部比《聊斋志异》更好的,使我开一开茅塞,使新文坛也发出一点学彩。"

· 疯话集成 ·

凡是一种学术，若没有存立的真理，绝没有存的可能。中国医术，我虽不敢断定是起于黄帝，然而我确信中国的医术，是集合四千余年以来，无数的古人的经验而成的。若说中国的医术不高明，可是中国人的死亡率也并不超过于外国人之上。若说中国的医术不科学，可是许多洋医，所不能治的病，竟被中医治好了。医术是为治病的，以治好为主。何必用科学二字吓人。

　　食物，不认精粗，不论中西，吃了之后，能解饿，能养人，就是好食物。学术，不论古今，不论中西，学了之后，能有实用，能换饭吃，能不害人，能不骗人，就是好学术。

　　世界上最有实用的，就是经验。最无实用的，就是理论。我朋友家里，有一个仆人，无论什么电灯电话无线电等等，全能安装拆卸改造，他并没有读过一天书。他所能做的，全是由经验得来的。我朋友的儿子，是理科出身，学了三年电学，对那仆人竟甘拜下风。假若他们两人，同时出去换饭吃，一个必能入工厂服务，一个只能站讲台教书。

　　地球上没有新鲜事，全是旧事重提。历史中也没不新鲜的事，全是旧戏重演。换一句话说，人事是仿学，历史是抄袭。我愈默察世事，愈翻阅史书，愈知人事不过如此。

　　古时，书少而精，所以能养成许多学者。现今，书多而泛，所以养成许多混虫。古时的书重克己，所以学者多正士。现在的书重责人，所以学者多恶徒。

　　外国人可以说"中国文化落后"，中国人万不可以视。外国人可以说"中国人是弱小民族"，中国人万不可自居为弱小民族。

科学并不是万能的

我不提倡宗教，我不反对宗教。可是我以为，有宗教，终胜于无宗教。科学发达，固然可以减缩宗教的势力。然而科学发达到了极点，宗教的势力，就渐次地翻转回来。这话，读一读几个有名的科学家临终所说的话，就可以明白了。

宗教的好处是能使人心有所归宿，精神有所寄托，能于苦恼中得着无形的安，能于愤恨中，消减许多的杀机。它的坏处，据说是"愚民政策"，阻人进步。其实，全不是宗教本身的错处。

有人问我说："某要人主张打倒宗教，用美术代替宗教。你以为怎么样？"我说："我只知宗教是正人心灵的，美术是悦人耳目的。无耳目的人，也可受宗教的感化，然而决不能有美术的欣赏。许多的美术，固然是由宗教发生出来的，但是两样并不是一件事。假若说美术可以代宗教，那么，就可以说，吃屎可以代吃饭。"

一双混蛋夫妇，不费任何思想，就能攒成一个"活人"。聚一万名的科学家，费一百年的劳苦，也造不出一只"死狗"。大混蛋所以也能造活人，科学家所以竟不能造死狗，一是出于天，一是出于人。天，说一句新话，就是自然（或天然）。人力无论如何，决胜不过天力。

科学只能由有中造有，不能从无中造有。由无中造有是创造，从有中造无不是改造。科学家口中所说的创造，不过是改造而已。

现今有一句流行话"改造自然",我并不反对,因为我教历史地理两种功课,也常用这句话吓学生,替人类吹牛。然而人类改造自然,也不过是只能改造一部分,改造一时期,决不能根本地改造,更不能永久地改造。

中国女人虽能将两足改造,成为圆锥形,她们所生的孩子,仍不是尖脚。非洲的妇女,虽能将头顶改造,成为斜坡式,她们所生的儿女,仍不是扁头。人工虽能掘地成河,多年膛修,仍必淤为平地。人工虽能训练使猫鼠同眠,猫若饿了,仍必将与它宣布同居的伴侣,作为食料。

认命二字能化解人的恶心

占卜与相面,虽有引人入于迷信的坏,可是很有提人精神或安慰人心的好处。因为占卜或看相的人,多是说一个人的将来,要比现在好。如此,就能使听信的人,于失望之间,增加许多前进的勇气,于苦闷烦恼之时,增添许多忍耐的决心。可见古人发明一种学术,也是大有用意的。

自从我国提倡打倒迷信以来,最可惜的是将认命二字推翻了。岂知这两字的效力,比一切法律与命令还大。能使富贵贫贱,尊卑上下,各阶级之间,免去许多嫉恨与杀机;能使夫妇安乐和平,不致以离婚为儿戏;能使坏人不存侥幸之心,而生非分之想;在无形中,使社会的秩序与国家的安宁,增加许多的保障。

有人说："认命是迷信，是阻碍进步的。"请问不认命不迷信，所生的利益，在何处呢？我以为往刑场里去的强盗与争风妒奸的凶徒，全是不知认命的。有人说，"这是因为社会组织不良才发生的恶果"。然而我认定，社会组织不论多良，也不如认命二字能化解人的恶心。

迷信中，最误人最害人的就是"风水"。有许多矿产，许多道路，因风水的缘故，不容人开采，不容人修筑。许多的阳宅阴宅，因迷信风水的缘故，被人修改得乱七八糟。某风水先生对我说："你所以不发达，是因为你祖上的墓地不好。你应将先人的坟墓，掉换掉换方向。"我说："我不能升官发财，是怨我一人不好，并非因我先人葬的方向不对。"

▎任青年男女胡读乱读，即是戕害他们的心灵

我在某教会女高中教英文时，曾对英文主任美国某女士说："我国学生习英文，是要造就些融汇中英知识的学者，不是造就一些美国化或英国化的中国人，是要造就一些于中国有用的中国人。"

你先将古书古史读通透了，然后再评议古人。你先将时人时事察清楚了，然后再附和今人。你先将中国人的风俗人情认明白了，然后再追随在外国人的屁股后边跑。

青年男女，是国家的"后望"。中国前途的兴亡，全担负在他们的身上。父母师长，不但要对他们应读的功课注意，更要加倍地对他们不应读的书报注意。要知青年男女，对于书

报,如同小儿对于食物,多不知选择。父母若容小儿胡吃乱吃,即是戕害他们的身体。父母师长若任青年男女胡读乱读,即是戕害他们的心灵。

穿西服,原不觉怎么讨厌。最讨厌的是一些人,穿上西服,立刻就自以为高人一等。

有些中国人穿上洋服,若有人说他像洋人,他立刻精神十倍,几乎连他的爸爸也不肯认了。假若有人说他穿上洋服,还像中国人,他顿时丧气垂头,仿佛是辱及祖宗。但是外国人穿中服,则反是。我不知这是什么心理。我只好谥之曰"忘国奴"。

我中国,原以丝、茶、瓷为出产大宗。可是现今经营这三项的人,几乎全歇业破产了。第一,是因丝的销路,被法国、日本所夺;茶的销路,被印度、日本所夺;瓷的销路,被法国、瑞典、日本所夺。第二,我中国所谓知识分子或文化先锋,多不肯穿中国绸缎,多不肯用中国瓷器;摩登男女,甚至以喝中国茶为腐化,以为非饮咖啡不算维新。这种恶风不改,中国就不用等到外国人来瓜分,中国自己就会亡了。这皮毛忘本的维新就是中国的催命符。

日本人穿西服,必用日本货。我中国人穿西服,必要西洋货。日本男子穿西服,只取黑白褐灰四色。我中国男子穿西服,必求五光十色,领带尤其漂亮。

习俗易人，甚于法律

有人问我，对"国历"有什么意见。我说："我只知有阳历阴历新历旧历。阳历是以太阳（日）为主体，所以称阳历。阴历是以太阴（月）为主体，所以称阴历。自'中华民国'成立，议定以阳历为我国通行的历，遂有人称阳历为国历。阳历是全球多数的邦国所通用的历，不是我中国原有或独有的，自然不能与'国民'、'国语'、'国文'并称。因之在中国而言，非中国人（或入了中国籍的外国人），不能称为'国民'；非中国独有的语言，不能称为'国语'；非中国人独有的文字，不能称为'国文'；非中国独有的历，不能称为'国历'。"

又问，阳历起于什么时候。我说："若追本溯源，非几分钟所能列举。我只知在我国汉元帝初元四年，西历纪元前四十五年，罗马统帅凯撒创太阳历，直至明神宗万历十年，西历1582年，罗马教皇葛瑞格利第十三世又修正一次，沿用至今。现今欧洲一些学者，又高谈葛瑞格所改的历，也不精当，且要定一年为十三个月，等等的提议。可见阳历，也并不是一成不变，完善无疵的。将来改成的时候，我国自然不甘落后，必将遵奉后改的阳历为'国历'，将现在的阳历，又贬废历了。"

又问，我国采用阳历为通行的历，有什么好处。我说："阳历比较阴历精确一点，并且是全球通行的。我国因国际的关系，不能不与各国一致，而将原有的国历（阴历）作废了。至于富国强兵的希望，决非因为改了历，就可以如愿以偿的。

当初洪秀全占了南京（咸丰三年），也曾改用阳历（那时人称之为鬼子历），强令人民遵从，且认为是一件极大而不肯通融的要政。可是洪氏定鼎南京十一年的功夫就灭了的原因，是因为他手下的人，彼此争权攘利，给清军造成机会，决非因阳历未得通行。我以为改历如同改生日。人的富贵贫贱，只在个人勤惰善恶，并不关生日所占的时日前后。假若一个人，能立志要强，必能光宗耀祖，名显利达，他的生日，纵然在八月十五日（兔节），又有什么影响呢？"

又问，你究竟赞成阳历年或阴历年呢？我说："我是无可无不可。不论阳历阴历，我全认为无关紧要。不过，我是以当教员当小官僚为本业，以作稿骗人为副业的。多有一个年，多放几天假，只要不扣薪水，我以为过年过节愈多愈好，多多益善。我所认为最重要的是，东北四省，不知何年何月，才能复归我国所有。"

又问，近二三年来，阴历年又有复兴的兆头，甚至一些事事学洋人的摩登男女，也受了潜移默化而大买大吃。连日鞭炮的声音，又阳奉阴违的，大放特放。究竟是否应当严加禁止。我说："我国的农工商，终日终月终年地勤劳，忙了365日，也理当趁着新年休息几天，得一点娱乐。至于不能将这休息娱乐的日子，移到阳历年，是因为有种种习惯上的原因，一时不易革除的。要知'习俗移人，甚于法律'。'政以便民为主'，当权的人，要向大处着眼。若说阴历年，增加人民的耗费，那么欧美到了'耶稣圣诞'，彼此送礼，又何当不是耗费呢。"

又问，你是过阳历年呢，是过春节呢？我说："我是避名求实，依从多数。过春节就是过阴历年。若说过阴历年，在公事上就说不下去。说春节就是名正言顺，冠冕堂皇。在阴历年前，卖食品，卖神像与新年用物的，填街塞巷。若为推行阳历起见，本可将那些东西，付之一炬，对卖的买的，严加取缔，以为玩忽国法者戒。然而一些好心的当局，为调剂金融，繁荣市面起见，就可以不闻不问。正如现在各市，大卖裸体书。假若卖的买的，明目张胆说'买卖春宫'，立时就要受警察干涉。假如说是提倡健美，或研究人体美，警察因爱护艺术关系，也就不加干涉了。反正中国事，是'告示烂，官事散'，难以认真，不易彻底。只要你先定出一个堂堂正正的名目，谁对你也是模模糊糊，不加深求。"

贺年的礼俗，各国全有，究竟始于什么时候，还没有确实的证据。依我推想，决非始于浑噩之世。因为上古的人，还没有分年计月的知识。只知遇食喜乐趋前，见灾悲哭逃避，并不有相贺的礼节。他们在草堆土穴里住宿，最怕的除了容易防备的猛兽之外，还有隐藏在草里的毒虫。所以他们见面，彼此相问"无它乎"（没有毒蛇么）或问"无恙乎"（没有毒虫么）。那全是发于人类的同情并非出于假客气。

老太婆照镜子，一年不如一年

世界一天比一天进化，虽然天灾一天比一天减少，可是人祸一日比一日加多。天良日缩，人欲日长；诈伪日兴，为恶日甚。令人防不胜防，避不胜避，时时刻刻，月月年年，只在苦恼忧惧中度光阴。人类所以才希望，一年比一年减少点痛苦。每逢度到新年，总盼着比旧年好。因此，新年的时候，人才彼此贺年。贺年的意义，就是预祝今年不要再像去年那样倒霉。不过人心一天比一天险恶虚泛，现今中外的贺年，简直成了例行的公事。真诚心少，应酬心多。若与上古的人，互问"无它乎"的情形相较，可就有实虚诚伪之别了。

世界一日比一日进化，人口一天比一天增多，物质一日比一日文明，奢华一天比一天猛进，物价一日比一日高涨，生活一年比一年艰难。再加以机器日精，用的人力愈少，失业者自然逐日逐天地激增，人生愈难维持，人格愈无法顾全，只有日趋于为恶之一途。法律虽然日渐精密，也不能防止已崩溃的天良。所以，我只见一年比一年可怕，毫无可贺的理由。可贺，是贺旧年居然混过去了。可怕，是新年还不知是什么滋味。

我国虽然处在这举世恐慌的时代，以我国土地广大，物产之丰多，人民之勤良，一切要人与一切"学者"，若能趁时猛醒，稍减贪污，不为身后留骂名；稍存廉耻，不为外国做宣传。我国虽不能逃免世界的大劫，也可不致与各文明国同陷于不可挽救的绝境。否则我国将如老太婆照镜子，一年不如一年。若再打算回复往日的容颜，只有徒劳梦想了。

我以为，天下的事，除了夫妻某种行为以外，没有不可公开的。清初，大理学家李某，作日记居然将"昨夜与老妻敦伦一次"也记入里边。有人说："李某不顾廉耻。"我说："你若顾廉耻，就当永远不娶妻。"李某既能将闺房的秘事，笔之于书，足见他一切的言行，没有不可告人的了。可知他的思想，比司马光的思想，还格外彻底。可惜我们学不到。

古今圣贤，全在一个"行"字上注意

以言语劝人，以文字化人，终抵不住以行为动人。古今中外的圣贤，全都一个"行"上注意。可见言语文字，是靠不住的。有人因我常在报上投稿，指斥奸盗邪淫，以为我必是一个好人。其实，是大错特错。我并非不是坏人，我不过是愿坏而坏不起来。要知，有许多坏人，因为没有为恶的能力与机会，竟侥幸被人错认为好人。

我认识几个专门损人利己、贪污诡诈、见钱就使的人，每日拜佛烧香，祷告上帝。他们的行为，还欺骗不了凡人，竟敢愚弄神佛。我以为并无神佛这种灵物。否则，早就不容他们装模作样假充善人了。

人类的不平是与生俱来的，人类的私心是生来就有的。世上只要有人类，就不能没有这两种缺点。这缺点既是天生的（或自然而有的），如毒虫蚊蚤，无论如何凭人力也不能彻底消除。

我中国人是爱和平的。火药是由中国人发明，仅仅用火药制供人玩戏的鞭炮。火药的制法，被外国学去，就造成杀人的利器。

天道忌杀，所以鸷禽猛兽，决不能繁殖。好战的民族，决不能常存（天道就是自然之理，万不可视为迷信）。

中国古人的作品，我所以喜欢研究，是因为他们无论说些什么，归终不离"和平劝解"与"引人向善"的范围。甚至一些淫书艳史，我看过的最多，里边也含着"劝善"的用意。你乍一看，纵然眉飞色舞心动神摇。细一想，就令你如冷水浇背心惊胆落。

现今许多的书报，"诲淫"，只能引人纵欲，"挑拨"只能动人愤争，并没有"开导化解"的笔力。正如不良的学说，只能破坏不能建设，只能顾及一面，不能顾到全体。

研究学说（或主义）如同购买食物，须要用心考查是否与身体有害，不当专取新奇。

▎自由与放肆的分别，如同狗与狼的分别

天道奖善。所以中国人，若不变良善的国民性，终必能普遍全球，管领世界。正如一切驯良的生物，不但不能使鸷禽猛兽灭绝，反可滋生不已历久而存。

中国人占全球人类 1/4。若能不自相残杀，不彻底洋化，终必为全世界之主人。我并非替中国人自颂自夸。欧美有知识的学者，早就料到了。

有人问我，现在小学，全将"修身"一门功课取消，作为"公民"，你以为怎样。我说："这就是舍本逐末，倒行逆施。不能修身，决不能成良好的公民。在幼小时代，应先当将古人的嘉言懿行，灌人脑筋，然后谈什么"开会，组织，自治"等等的大问题。先要使儿童学成循规蹈矩的好孩儿，不可先将他们练成大言不惭的假圣人。"

现今中国所需要的知识,是"能在中国使用"的。可惜现今留学生,到外洋留学,如同猴子与狗熊,被人捉了去,教给一些"翻筋斗、戴鬼脸、扛木枷、玩铁叉"等等的把戏。一旦回到山林,所学来的技能,不合猴子与狗熊实际上的生活。

现今,校长和职教员是靠学生为生的。因为人浮于事,谋生艰难,潮流所趋,校长和职教员,不能不将学生视同饭碗,认作饭东。既成这种情形,学生敢就以饭碗饭东自居,自尊自傲而不服管教了。这不怨学生不服训导,是怨校长和职教员不敢认真。学生在学校,愈无拘无束安乐逍遥,毕业后愈无门无路,痛哭流涕。我是由学校出身的,这种实例我见得太多了。

我在学校受的是严酷的教育。我曾发誓说:"我有朝一日,当了教员,我必反其道而行。"岂知因此一念之差,我教书18年,连陆军在内,竟误了害了青年男女,不下4000人。他们现在见面对我虽无恶感,可是更使我的良心不安。不但对不住学生,更对不住他们的家长。可见宽容学生,不是正当的教育方法。

自由与放肆的分别,如同狗与狼的分别。外形固然仿佛,性质则大不相似。一个是有拘束,守范围的。一个是不爱拘束不守范围的。

有人问我"自由的解释"。我说合乎理法(或礼仪)而不妨害(或扰乱)别人的行动是自由。譬如你自己一人,独居在一个围墙之内,你纵然不穿裤子,也必无人穿裤子,也必无人干涉,那就是你的自由。只要另有一人与你同居,你若再不穿裤子，那就不是自由，而是放肆。再譬如你走进厕所，寻到尿桶，你尽量地便溺，那是你的自由。你在大街小巷，无论白昼黑夜，不论有人无人，你若略行便溺，不但不是自由，并且是违法。

自由有文明与野蛮之分，文明的自由是本乎"人道"的，野蛮的自由是近乎"兽欲"的。中国古书所说的"慎独"与"主敬"全是真正由根本讲起的文明自由。慎独，是虽独居孤处也不敢放肆；主敬，是一时一刻也不能放肆。

轨道就是自由之路。八大星，遵循自己的轨道，绕着太阳走，各不相犯，那是八大星的真正自由。因为他们个个遵守着真正自由，所以走了几万万年，还未失了秩序，也未碰到一起。否则，早就没有宇宙或世界了。

个人的真正自由，如同火车电车的铁轨，是不容人任意侵占的。火车电车的司机，撞死人物所以不按杀人罪抵偿，是因为他们遵守一定的铁轨。人物入了它的铁轨，就是阻妨它们的真正自由，遇有伤害是咎由自取。假若司机将火车电车开出铁轨，伤害铁轨以外的人，就当以杀人论，因为他们出了真正自由之路。

在公共团体之内，不能容个人的自由发展。所以政府、局所、军队、党派、商店与家庭，万不可有个人的自由。学校是养成守法的人格、造就合用的人才之处，更当限制自由，以免染成放肆的恶习。

电影使人受影响的能力,远驾乎一切书报之上

有人问我,为什么现在出了教育破产一句评语。我说:破产是失了存立的资格,无法维持。教育坏到这步田地,由根本上说不怪学生,而怪办教育的人。现在国立的学校多是官僚化,私立的学校多是商业化,统而言之,多是"分赃化",焉能不大糟特糟。

外国人在中国设学校,多是含着文化侵略的用意。在别国,对这种学校多加以严苛的限制。而在我中国,外人所办的学校,反格外的发达的原因,就是外国人所办的学校,能使学生少有务外与旷课的可能。家长所以肯使儿女入外人的学校,并非出于媚外,不过是使儿女多念一点书而已。

我的电影嗜好已经成了癖。有时,饭可以不吃,电影则不能不看。可是对于国产的片子——尤其是合于时代的——我宁可害一场大病,也不肯开一开眼福。因为那明星99%是东施效颦、沐猴而冠、邯郸学步、婢学夫人,简直是一味地追在外国人屁股后边,捡拾洋人的唾馀,一点"国民性"全都没有。我以为不如看"琳丁丁"(美国演电影名犬)或看耍猴的,因为多少还有一点天然的个性与猴习。

许多的所谓中国电影明星,是应受外国政府奖励的。因为他们是传布外国恶欲的功臣,是推销洋货的媒介,是间接麻醉中国青年男女的先锋。我认为检查电影片子的重要,要过于审定教科书。电影使人受影响的能力,远驾乎一切书报

之上。仅以现今的青年男女而言，不肯读书的太多，不爱看电影的太少。

洋人看中国文化，处处有些优点

科学家所说的"人类征服自然"就是人对天革命。老子所说的"天地不仁，以万物为刍狗"就是天对人革命。人对天革命，不过是一时的，是片段的。天对人革命，是永久的，是普遍的。人类不论如何机巧能干，终不能脱离天地（自然）的玩弄。

我的亲属的小女孩，欢喜烫头发。她有一天问我说："怎么，我的发，烫得弯弯的，过几日又直了呢。"我说："那因为你的父母是直发种。假若他们是卷发种，你虽将发烫直了，不久也必曲过来。这是人种的关系无法改良。你若未读过人种学，也可以先看一看人文地理。"

据一些受洋毒的中国人观察，中国处处全是劣点，没有一样好的。据一些有知识的外国人观察，中国处处有些优点，是外国人所学不到的。

我中国的文化，已有三四千年的历史。所有古人传下来的学问艺术的优点，现在我国的洋化之辈，竟看不出来。不但不知勉力研求，发扬光大，反要随在一些新圣人之后，对古人的学术大加盲目的讥评。及至洋人指出某种学术的优点，他们又大惊失色，起而盲从，研究讨论。这种没有自信力的流行病，足可亡国灭种而有余。

我恨不能连中几个航空券的头奖，使我有几百万元，去运动一些外国的无聊学者，令他们竭力推崇赞扬中国的经史子集。果能达到我的志愿，我中国的洋式圣人，也就不至于"数典忘祖"，时时追在外国人的屁股后边，捡拾人的干屎橛，而一味地贩运不合乎民情国势的洋学术了。

现今，日日给中国丢脸的，不是三家村里的老学究，也不是穷乡僻壤的缠足女子，正是一些洋装革履、不懂外国习俗、忘了中国礼仪的男子与一些不明白家政、不服务社会、专能串饭店进舞场的摩登女子。他们在外国人中间，摆来摆去，以为是莫大的光荣。其实，外国人对他们这些不中不外、沐猴而冠的人，何尝看在眼里。不过拿他们耍戏着解闷而已。最大的国耻，尤其是他们愈当着外国人，愈不肯对中国人说中国话。

我认识几位留学多年，学贯中西，现在大学充当教授的留学生。他们不但没有洋习，并且外表好像三十年前的买卖人。我常对他们说："你们这样的留学生，才是中国所需要的。"

┃中国缺乏的，不是高等的教育，是高等的人格

现在中国所缺乏的，不是高等的教育，而是高等的人格，现在中国所需要的，不是能高谈阔论的博士硕士，而是肯实践力行的凡夫匹夫。

三年前，我在北大误人子弟时，第一次上堂，曾对学生说：……教育的主要目的，是修养人格，学问还其次。在小

学，须养成初等人格；在中学，须养成中等人格；在大学，须养成高等人格。学级升一步，人格须要进一级。我们入学校，一面修养人格，一面勤求学问。那么，出了大学的日子，不但学问要高出人上，品格也必超人一等。要知，有高超的品格，学问纵然稍差，也能立足于社会。学问纵能超出凡众，若无超人的品格作为基础，也不能幸存于人群。

有人问我："为什么国立大学的学生，反较任何私立学校的学生，穿洋装的少，并且俭朴得多？"我说："国立学校，学费少而考取严，一些少爷小姐，不易钻进去。无论什么学校，只要成了少爷小姐的俱乐部，那个学校的学生，唯有日趋于皮毛的洋化。至于学问与品格，更必趋日下了。"

男学生，将来未必全当老爷。女学生，将来未必全做太太。可惜他们所受的多是"贵族化"，或"老爷式、太太式"的教育。我以为，教育当注重"平民化"或"劳苦化"才能养成有益于家有益于国的人才。

我对某学生说："你的享用与西服，足可惊乎外国的贵族。你的学识与品格，简直不如外国的乡农。你要知，外表的衣饰，只能动无知的男女，不足以动有思想的人物。洋服革履，若是凭自己的本领换得来的，也未尝不可趾高气扬。假若是用吵闹打架，以父兄的血汗而得的成绩，未免是害己祸人。当学生时如此阔绰，将来毕业之后，谋生之日，若'难乎为继'，我看你怎见乡中父老。"

我当日到北京读书，校中并无夫役。一切洗衣服、补裤子、擦地板、净玻璃、扫院子等等的事，全由学生亲自动手。每日仅吃粗米黑面，非到星期日，菜里见不着一个油花。见校长畏若上帝,对教员敬如天神。那虽是"奴隶式"的野蛮教育,然而我与一切同学,能养成劳动的精神,到如今不改。所得的知识也并不弱于今日受文明教育的学生。

现在多数的公寓,实在是"魔窟",是使青年男女,入于放纵、趋于堕落的"传习所"。种种现象,我真不忍详说。住宅若近公寓,几乎难得一时的安静。外乡的学生,到城市读书,住在不良的公寓,简直如同将白布送入染缸。

我以为,学校应具有足用的宿舍。否则,当由教育机关限制该校招收外乡的学生的额数。纵然有充足的宿舍,学校当局也不可专知收学费、讲义费以及其他种种的费,更要注意学生的德育。要知,人家的儿女的前途是交给你们了。警察检查公寓,须当严于检查小店。要知,小店固然容易窝藏小贼。学生所住的公寓,若不善良,极容易养成大盗。

现今的青年学生,分为两派。一是痨病式的呻吟派,一是疯癫式的激烈派。这两种不良的现象的成因,不怪脑筋薄弱血气未定的学生,而怪多数的当局,用人只重"文凭",不查真伪;只问人情,不别贤愚。我以为,不打倒"文凭制"的虚套,学生不能用心求学;不铲除"人情制"的恶风,学生不肯甘心求学。

文凭不过是一张含有"魔性"的废物,实学才是一件具有"神力"的武器。

有真正技能的工人,对国还是有益的。有名无实的大学毕业生,对国家是有百害无一利的。

物质文明是使人感觉缺乏的

在白种人未到非洲之先,非洲人并无需要;自白种人到了以后,非洲人的需要一天比一天增加。可见物质文明是使人感觉缺乏的。

自从世界发明文字以来,人生就减少了许多快乐;自从有书籍以来,人生就增了无数苦恼。据说,仓颉造字而鬼夜哭,戈登堡发明印机而妖争辩。这虽是近于怪诞的老话,然而实在是古人的先见之明。

武人骗人,只能骗乡愚;文人骗人,且能骗学者。武人为害是一时的,至大不过亡国。文人为害则是长久的,甚至足可灭种。

对内,要学日本人;对外,也要学日本人。对内若能团结一气兵精械足,对外就可以横行逆施不顾一切。要知本国人,全是同气连枝休戚相关,只要开诚布公终无不可解之仇。国际间,尽是势同冰炭欺软怕硬,虽是唇齿之邦,也必严防密备。

以前,愚昧的人以为拜佛求神,死后就可升天堂。现今愚昧的人以为仿学外国,人生就可得幸福。其实,全是妄想胡猜。果有天堂,升天堂的,未必是拜佛求神的人。果成外国,享幸福的,未必是老实安分的人。

读书的人,才知道读书人的苦况;为农的人,才知道农民的苦况；做工的人，才知道工人的苦况；为商的人，才知道商人的苦况。所以本行的人，描写本行的苦况，才能合乎实情；本行的人，谋求本行的幸福，才能得到实在；外行的人，若要替他们描写苦况或代他们谋求幸福，就是有野心，就是要包办。

英文短篇故事中有一段记载：一个小儿，一天读书愈读愈不会。他的母亲问他是什么原因。他说一个酱油瓶将我害了。他的母亲听完更觉莫名其妙。他说：我因你将那个东西，误放在我的书桌上。我读书时，不断地有它在我心里扰乱我，我如何能读得好。可见读书是最忌分心的。一个酱油瓶，还有那么大的牵引力，何况比酱油瓶更有魔力的呢。

现今多数的青年，所以不能安心求学，不全是他们不知要强。是因为薄弱的心灵，抵不住强大的诱惑。在学校以外，有种种动人情欲的娱乐。在学校以内，又常有花枝招展的女生。他们既是血肉之躯，焉能不受影响。

据现今许多书报的记载，以前的人类，不是人类；以前的生活，不是生活；以前的男女，不是男女；以前的夫妻，不是夫妻；以前的社会，不是社会；以前的国家，不是国家；以前的幸福，不是幸福；以前的学问，不是学问；以前的艺术，不是艺术。总而言之，统而言之，简直干脆，古人全是极品的混蛋；今人——尤其是受过新文化洗礼的人——全是超等的圣人。

不要羡恨富人，他们的钱，若不由正道得来的，他的子孙就能给他"散"。不必羡恨贵人，他们的权若不是用正道得来，他的妻女就能给他"脱"。

文章与书法,决不可随着人的鼻孔出气

作文写字,意到笔随,写将下去,不必拘守成法,不必顾及体式,只要令人看得懂,使人认得出,就可说是文,就可说是字。何必效颦古人,更何必学步今人。

我劝我的学生某甲,多读古人的文章,少看今人的作品。他说:古文思想陈旧,不合现代潮流。我说:文章只论香臭好坏,不论今文古文,文章含有道德劝戒的成分,就是香的,就是好的。文章含有淫邪挑拨的成分,就是臭的,就是坏的。譬如珠玉在古时的宝物,现今仍不失为珍品。古时的瓦砾是弃材,现在仍然是废料。更要知,古时的狗屎虽臭,若以臭的程度而论,还抵不住新狗屎呢。

古人的臭文章坏文章,多经不起后人的淘汰而灭绝了。所余下的,香的多,臭的少,好的多,坏的少,所以可读。今人的臭文章坏文章,还处灾梨祸枣的期间,大行其道的日子,无人敢惹的当儿,层出不穷的时候,所以不可读。

对于字,我最爱草书。对于画,我最爱写意。至于小楷、工笔,我以为仿佛是涂脂抹粉的乡女村妇,远看无神近观无韵,愈端相愈不耐端相。

物质文明,本可增人类的便利。可惜人心日恶,偏将与人有益的发明,变为杀人的利器。譬如飞机,原可增加人类输运的范围,减少旅行的时日。然而狠心的人,竟将飞机用为轰城灭敌的东西,使无辜人民,添了一种"正在家中坐,祸从天

上来"的危险。

欧美人说:"人是能笑的动物","人是能用的动物","人是能群的动物"与"人是政治的动物"。其实,以上几样特点,在别的动物中,也有能表现出来的,不必详说。我以为,人不过是能进步改良的动物而已。譬如,一万年前的什么鸟筑什么样的巢,吃什么物,什么兽掘什么洞,吃什么食,到一万年后,它们也必不能有改变的思想。人类独能变古易常,对衣食住行四件事,永是研究改革的。

人类因为能知进步改良,人类的苦恼,也就因此而增。别的动物,因为不知进步改良,它们的苦恼,也就因此而减。我终以为"茹毛饮血,穴居野处"那时代的人,较这20世纪的人,多有快乐。

不但为人应当有个性。作文写字,也应当有个性。没有个性的文,纵然作得好,也不能成名。没有个性的字,纵然写得精,也不能传世。

文章与书法,决不可随着人的鼻孔出气。固然,在初学乍练的时候,须以一二名家为模范,然而到了相近的程度,必须冲出范围去。

韩愈、柳宗元、欧阳修、三苏(苏洵,苏轼,苏辙)、王安石、曾巩,所以能经人公认为唐宋八大文家,就是因为各有个性。老苏、大苏、小苏,虽是父子兄弟,而文章的气派,各具特点。他们八位,虽各有所宗学,各有所摹仿,而能跳出墙垣,使所得者与己同化,不露偷窃的痕迹。

作文写字,须自成一家。欲自成一家,不可专学一人或一派。否则纵然学得一丝不差，也不过成一人一派的奴隶。受了麻醉，终生不能表显个性。

文章或书法，也须用人格作护卫

教育的目的，是为发展良好正派的个性，消灭恶劣邪曲的个性。

以书法而论，专以清朝说，王铎学柳，刘墉与何绍基学颜。然而人不能称王的字为柳，不能呼刘字何字为颜。必说"这是王，是刘，是何"。朱家宝学黄，虽学得登堂入室，而仍不过是黄庭坚的忠仆，不能取消奴籍，被人称之为"朱"。钱南国学颜，露的形迹虽多，然而所能以传，是因为人格，并不是因为书法。

将文章作好了或把字写好了，虽不署名，而能令人一见，就认出是谁的文，是谁的字，那才算到了名家的程度。不但文章与字是这样，一切艺术，若想成名也当如此。

文章或一切艺术，纵然好到绝顶，也须用人格作护卫，作先锋，才能经人宝爱传流久远。曹操、秦桧、严嵩等人，全是文章能手，书法大家。他们并非不爱作文，不好写字，然而竟不能流传的原因，全是被当时或后世的人毁灭的了。王安石虽被一些学者所恨恶，他的文章竟能传流至今，原因是他那顽固不肯随和的个性，至死不改，他的文章，又非三苏所及。

文章本是自由的，是一时兴到随手记出来的，不必分析什么派别。可恨我国现在所自命为文坛健将之辈，竟吃洋人一万年前为什么与我什么样的策,吃什么物,到一万年后,它们也必之能有改变的思想。人类独特变去易常,对衣食住行四件事,永远研究改革的。

的屁灰，将文又分为什么"浪漫主义、象征主义、表现主义"。尤奇怪的是"未来主义"。愈分愈乱，令人或读或作，全要加上桎梏。

青年正是不小不老的人，应当守定中道而行。不顽固、不趋新，顺中正之路，谋求将来应世的学识。可惜他们多被两种极端派的人——老顽固与新野化——害了。老顽固既不能对青年加以正当的指导，青年遂不由得被新野化吸收了去。青年人如同鱼鸟，新野化如同钓翁与猎者。老顽固就是驱鱼上钩，驱鸟入网的人。

有人问我："为什么在前几年的一些新圣人，现在竟被一些青年，讥为落伍了。"我说："因为那些新圣人，又多活了几年，思想慢慢地入了轨道。并且回国了的日子多，作的文也可以使人懂了。思想若入了轨道，作文若令人可懂，这不是落伍么？"

北平是"新旧朝代的陈列所"

我中国现在的男女老少，所以不能相安共济，是因为守旧的太旧，维新的太新。双方分道扬镳，各趋极端，中间断了联系。并且缺少不旧不新的折中派沟通新旧两派的隔膜，调停两派的偏见。

日本维新，在中国之前，可是日本摩登男女，摩登的程度远在中国之后。日本到现在还不准演接吻的电影。我中国的摩登男女，在公众的地点，就敢亲嘴抱腰。日本国民现今还主张保留古代的遗风，我中国摩登男女，竟提倡打倒旧日的伦理。日本的阁员，尚肯乘坐电车，我中国官至司长，就以为不乘汽车是不合身份。何怪日本岛民日强，何怪中华民族日弱。

人说"新加坡是各种民族的展览会。"我看我中国，仅就北平一处而言，是一个"新朝旧代的陈列所"。北平有三寸金莲的姑娘，有烫发光腿的小姐；有讲三从知四德的女子，有破伦常灭宗教的"密斯（Miss）"；有18世纪的土房，有立体式的洋楼；有康熙元年式的轿车，有一九三四式的汽车；甚至一个家庭的人口，以思想新旧而论，相差足有三百多年。

用马车与汽车作比方，足可证明守旧与维新的现象。守旧的人维新，才达到马车程度。维新的人进化，已超过汽车的速率。一个太慢，一个太快，中间接不上气。

中国人学外国人，必先染了恶习

小学教科书的良否，关系人一生的成败。在小学若打不好根基，入了中学大学，也不能有良好的希望。

现在中国所需要的人才，是知己知彼的。若不先将真正知己的知识，灌入脑中，决不能追求真正知彼的学问。我国许多的留学生，回到中国之后，竟不能使中国得着他们的利益，就是因为他们多能知彼，不能知己，对外国的事明白，对本国的事模糊。

日本的留学生，回国之后仍不改国民性，仍是日本人。我国的留学生，回国之后多失了国民性，多变成外国人。日本的

·论民国文化·

留学生回国，多服务社会。中国的留学生回国，多钻入官场。看一看我国的文职大员小员，有几个不是挂着英美大学博士硕士的头衔。

现今"学校商业化"已经成了一个普遍的名词。我的朋友某校长认为是奇耻大辱，打算作文驳辩。我说："你不必辩。办学校若果能真正商业化，教育就不致愈办愈糟了。"因为商业是以公平交易为正轨的。学生花一份钱，必要设法使他得一份真货。他们虽年轻，不识货，也必要他们换了真的走，万不可用劣货蒙骗他们而行奸商化。

教书是好汉子不做、赖汉子做不了的一种行业。人当了教员如同钻了牛犄角。愈往前钻，愈没有光明的前途。人说教书是清高，我以为教书是昏暗。

有人问我："为什么书呆子的性质多方正，不合时宜？"我说："书全是'方'的，你看见过'圆'的书么？"

中国当初用的制钱，全是圆的，中间有一个方孔，颇与我国古人处世要"外圆内方"的学说相合。可见古人做事，虽小的东西，也颇能给人一个"教训"。

中国人学外国人，或外国人学中国人，决学不到其中美点，必先要染成了坏习。所以久居中国的洋人，回到本国多不受人欢迎。中国人留洋几年，回到中国得了权势，作弊的技能更特别的精巧。要知近三四年内，贪污大案中的罪犯，全是由外洋学来的。

某女士留学数国，通晓四国文字，对于政治法律，极有研究。外国女子对她也甘拜下风。论她所受的教育不为不深，知识不是不大。然而她得了权位不久，贪赃枉法的程度，竟超乎一切旧日的官僚。可见无论男女，若心术不正，纵然有天大的学问，只能与人群有害。

中国现在所以衰危，是因为未曾学到外国的美点，反将中国原有的美点失去了。正如庄子所说的"寿陵余子，学行于邯郸。未得国能，又失其故行矣，直匍匐而归耳"。

有一个笑话说：一个乡下人，娶了城市的姑娘。某日他进城给他岳父贺寿。得了他女人的命令，一举一动，仿学同席人。同席的某甲，见他那事事学人的举动，大笑一声，立刻从鼻中喷出一根面条。乡下人连忙仿学，不但未曾喷出面条，竟喷了满桌鼻涕。他回乡之后，说城市中的人，全容易学，只是学不到他们那喷面条的技术。我中国人学洋人，也不过将将学到乱喷鼻涕的程度⋯⋯

前年某洋报，议评中国人，如同无知无识的微生物。我以为这并不是恶意的。不过该报并不知中国人不但如同微生物，而且如同病菌，孳生之能力极大。任用什么科学方法，也不能使之灭绝。他们那科学之力穷极之日，就是中国人布满全球，吐气扬眉之时。

守古朴，心安意闲；尚新奇，心劳力拙

乍读几天书，最容易将自己信为圣人。多读几年书，才知道自己是个愚人。

读书愈少，对环境愈不满意。读书愈多，对自己愈不满

意。现今,大骂环境的人,一天比一天多,就是因为真读书的人,一天比一天少。

古为今之基,旧为新之本。老是新之趋向,陈是新之归宿。古有成规,新无准则。古,朴实而少改革。新,奇巧而多变化。守古朴,身安意闲;尚新奇,心劳力拙。

有人问我什么是"摩登"二字最好的解释,我说最好的解释,就是俗语所说的"老赶"二字。因为摩登与新奇相等。你若专意追求新奇,你永远也追赶不上。你今天所认为新奇的,明天就许不摩登了。你若以为非求新奇不可,我管保你终生也没有有宁静安闲的时候。

在我小的日子,我的先母还可以穿她出嫁的衣裳。从先母出嫁时,到我能记事,已经有20余年的光景。足见那时妇女,衣饰的改革,是很缓慢的。所以,经济可以不感觉怎样的缺乏。现今,因为文明进化之故,妇女的衣裳,恐不能应用到20个星期之久。如此,焉能不使摩登女感觉经济的压迫。

现今,以妇女的衣服而言,足可使中产阶级的人,趋于破产的途径。据当商所谈,十元所置的旗袍,每件至多值钱两角。并非当商故意与摩登衣服作对,只是因为尺寸窄小,无法拆改。材料虽是好的,只是这种"不留后步"的做法,唯有一糟烂而已。

念旧,能感动圣人

《韩诗外传》记载,有一次,孔子出游,遇见一个妇人在野地里大声哭。孔子使门徒去问她所以悲痛的原因,据说是因为割蓍草,将一根用蓍草做的簪子丢失了。门徒问道:"为这一根草簪,又何必痛哭呢?"那妇人回答说:"我并非为失了一根簪子而哭。是那根簪子,经我戴了多年,不忍割舍啊。"孔子听了,对那妇人,很表同情,大加夸奖。这本是一件极小的事,然而,所以能感动圣人,所以能载入古书流传后世,只是因为那妇人能不忘故。

不忘故就是俗语所说的念旧。念旧,是我中国民族的一种天性。念旧,最易养成敦厚的美德。若不念旧,就必喜新。喜新,是西方民族一种心理。喜新,必致养成浮薄的恶习。

人对小事,若肯念旧,对大事更不必说。这种美德,若发展起来,就是全人类的福星。人对小事,若专喜新,对于大事,更不必言。这即是全人类的祸害。

富于念旧心理的民族,容易安于故常不喜变动。因不喜变动之故,所以被人呼为保守性的民族,或被人讥为不易进化的劣等民族。然而这样的民族,是和平的,是安善的,是肯为别人想的,是与人群有益无害的。富于喜新心理的民族,容易见异思迁,最喜更改。因专喜更改之故,所以被人称为进取性的民族,是竞争的,是凶险的,是有己无人的,是与人群有害无益的。

我中国以先,对古时的文化,肯加保爱;对祖遗的成法,不肯变更;对年老的男女,肯加敬重;对原配的夫妻,不忍分离;对老迈的仆婢,不忍逐遣;对旧亲故友,不忍弃绝;对邻邦旧属,不忍侵略。我以为,这全是因为依从念旧的美德而起的。近几年我中国,对于古时的文化则主张打倒;对祖遗的成法，则任意推翻；对年老的男女，则妄加蔑视；对原配夫妇，则任意仳离；对老迈的仆婢，则随便斥逐；对旧亲故友，则视同路人；对邻邦旧属，则不是不忍侵略，只是因为还未能养成此种能力而已。我以为，这全是因为染了不念旧的恶习所生的。人说这是中国的进步，我说这正是中国的退化。

一个人若忽然改了脾气，必是到了要死的先兆；一个国若猛然变了特性，必是到了要死的先兆；一个国若忽然变了特性，必是到了将亡的时期。

念旧，是守常；喜新，是好奇。守常则久安，好奇则多扰。以前我国的人民，所以多能得到安居乐业的幸福，就是因为受了在上者守常的好处。现今所以得到不能安生的痛苦，就是多有人对我说："现今欧美列强，日在演变之中，所以入了进化的途径而达到了盛强的地步。我中国欲求生存，只有急起猛追，岂可甘落人后。"我说："进化这个名词，并不一定是愈化愈好。进化也不是一件可以骤然达到的改变。进化，有时是劣点的发达，是美点的缩减。现今，你所说欧美的进化，依我看，正是人类的劣点的发达，这种进化只能将人间造成地狱，绝没有幸福的实现。我中国，为谋人生真正的幸福起见，正当牢守我国原有的美点。万不可误认欧美的现象是进化的典范。"

进化之极，退化之始

进化，是一种极缓慢的程序，并不是可以急切追学的东西。我中国的新圣人所谈论的进化，只是一种突变，并不合进化的原理。进化，是顺应自然的，并不是一时人力可为的。专以人类而言，进化是不知不觉的，是不感痛苦的。

我国因为误解进化，竟致厌故、喜新、轻老、重幼。这种偏见，若普遍起来，新的幼的，固然可以独霸称尊，但是也不过是只有一时的幸运，不久，时过境迁，又必被别的新的、幼的取而代之。这样推演下去，谁也得不到安乐的归宿。

我中国以先，只讲劝孝而不讲劝慈，全是极有研究的良法。因为，人对老年的人，容易厌恶，所以不得不主张敬老。人多是厌故喜新，所以不得不提倡遵古。人对子女，全知宝爱，所以不得不竭力劝孝。人既不能永远不老，物既不能长新，子女既有为父母的日子，可见古人所以敬老、遵古、劝孝全是出于前后照顾的苦心。现今的人，以为古人敬老是轻视青年的人，遵古是不知进化的理，劝孝是不顾子女的人格，全是只知一面的混蛋思想。

长流的水，必是有源。繁茂的树，必是有根。水流，得泉源的接济才不干涸。树木，受根本的滋养才能发荣。老年人之对少年人，正如水的泉源树的根本。泉源若不经人毁坏，水流纵然被人浪用，终必有新水涌出。根本若不被人掘挖，树木纵然经人砍伐，终必有新枝长出。

无论什么成群的动物，全是由年老领率，才能防避危险，维持生存。人类欲求平安稳妥，也不能违反这个定例。当初，罗马盛强之日，国中的大权，全是操在老年人的手里。古时，虽尊为太子，也必专以年老的学者为师傅。甚至现今各国掌大权的，也是一些老年的人。苏俄虽是最趋新的邦国，也不能打破定例，将大权全交付一班新青年掌管。因为世间的定例是"老制少，则治。少制老，则乱"。正如"文辖武，则治。武辖文，则乱"。这种定例，无论如何进化，也是不能变易的。

有人问我，对儿童节，有什么感想。我说："我国自三化以来，就有'敬老，怀幼'之说。历朝所以只有敬老的盛典，而无怀幼的成例，是因为古今中外的人，知道对老师敬重的少，能够对儿童行爱护的多。前者，提倡不能引人注意。后者，不待鼓吹人也能够尽心。"

儿童节，不过是在1925年才由"国际儿童幸福促进会"提议而起，1931年才经我国努力奉行。足见洋人也不是从古以来就文明。不过，我以为，我国最好是于每年某日再举行一回隆重的"老人节"，才不致使老年人叹气流泪。近几年，我国虽有"敬老会"，然而并不像儿童节那样热烈普遍。

儿童节的成因，是由于以前为父母的，对儿童的教养，多不合宜；对儿童的权利，多不维护；对儿童与国家的关系，多半轻忽。所以，儿童节的标语，有一条说"儿童是未来的主人。"不过，这一知须由家长，或师长稍加解释。否则，若被儿童误解，必至养成他们的骄气。儿童若有了骄满的毛病，将来绝没有伟大的前途。

"儿童是未来的主人"一句标语，是由 Wordsworth 所说"稚子者，人类之父"与 Disraeli 所说"一国之青年，是后代之主人"两句话，拼凑而成的。所谓"未来的主人"者，是说儿童担负将来国家兴亡的责任，是提醒儿童们，必须预先追求学问，蓄养道德。现今若能为一个好儿童，将来才能为一个好公民。并不是因为有了"主人"二字的头衔，就变成了

"儿童神圣",一切言行就可以不受干涉。所谓"儿童权利"者,是说为父母或为师长的,对儿童不可任意虐待欺凌,并不是儿童有了"权利"就可以不服管教。

我国自古以来,虽有敬老与养老的成例,并非对幼年人,独不关心。以前各州县多有育婴堂与义学的设备,可证我国对于儿童的性命与教育并不忽视。现今的孤儿院与国民学校也就是育婴堂与义学的大同小异的别名。孟子说:"老吾老以及人之老,幼吾幼以及人之幼。"将老幼谈在一起,并且认为是人所应当常久遵行的道理。这岂不比偶尔举行一回的"敬老会"与一年一次的"儿童节"格外的深切。不过,儿童节是由洋人发起的,所以才能被中国认为是"进化"的表现。

进化,常是一部分的发展,一部分的收缩;或一部分的盛强,一部分的衰弱。所发展的部分,未必就是好的;所收缩的部分,未必就是坏的。专以人类的身体而言,将来进化的结果,因为惯用脑筋,头部必格外的发达;因为少用腿脚,下体必日渐收缩,仅仅变成一个硕大的头颅,化成两只细弱的腿脚。身体既失了均衡,必将站不稳立不牢,既不能走,更不能跑,这岂是人类之福?

再以人类行业中的政治而言,据说是日益进化。岂知若照现代的政治,加以预测,将来的政治必致专利于奸险诡诈的恶人。老实安分的好人,反要受了淘汰而无法生存。并且,政治是以人伦道德为基础。若以打破人伦道德为施政方针而断,将来的政治,必然日近于兽道。兽道一兴,既无所谓政治,只有蛮力的支配,与蛮性的发挥。这样,恶人因适应环境,也必进化而更恶。最恶的人,就居于优胜。次恶之人,就处于劣败。结果，最恶的人，也必互相竞争，彼此吞食，以至同归于尽，人类灭绝。这岂不是人类之祸？

人类所以有文明进步，是因为有欲望。人所以有欲望，是因为身体的各部健全。假若因进化之故，身体某一部分失了作用，全体必然发生影响。人类全成了病夫，欲望也必因之减少。欲望既日渐减少，焉有文明的进化可能。所以，我认定进化之极，就是退化之始。

据洋圣人说，人类是由"细胞"进化而成的。那么，人类进化不停，身体必日渐收缩衰弱，终将返本还源，化成细胞为止。慢慢再由细胞进化而变成人类。看起来，进化也不过就是循环的别名，我以为，天下只有循环并无所谓进化。可惜人类的寿命太短，一般高喊进化的人，不能看见未来的结果。

新名词，多是由外国文字翻译而来的。文字一经翻译往往不能与原字的意义切合。若欲引用一个新名词，须先知道它的来源。由哪一国传来的，最好是查一查那一国的字典。若专以译文的字成为根据，必致发生误解。譬如进化这个名词是由 Evolution 一个字译得的。若仅按"进"字"化"字解释，以为"愈进愈好，愈化愈良"，那就错了。

仁让屈己，竞争是屈人

鸟兽虫鱼的身体是横的，人类的身体是竖的，鸟兽虫鱼的头，没有定向。人类的头总是向天，猿猴的头，虽然有时向天，可是不以支持长久。以人的身体而言，决与鸟兽虫鱼不同。岂可与他们列为一类。我中国将恶人比为禽兽,只是由存心上分别。人类,头向天脚踏地身居乎中,主当以"天地生物之心"为心,努力为善,以自别于禽兽,以免辜负这个异于禽兽的身体。

徐守撰说:"人生而为人,则宜为人。"那么,就不必考究"人是由什么东西变的"。纵然是神造的,现在即不是神而是人,就当尽人道。纵然是兽化的,现在即不是兽而是人,就不应当学兽行。

孟子说:"恻隐之心,人皆有之。羞恶之心,人皆有之。恭敬之心,人皆有之。是非之心,人皆有之。恻隐之心仁也,羞恶之心义也,恭敬之心礼也,是非之心智也。"他既说人皆有之,而未说兽皆有之,可见,人若没有"仁义礼智"就不是人类。

竞争固然是鸟兽虫鱼维持生存之法,但是人类维持生存之法,决不是竞争,而是仁让。仁让屈己,竞争是屈人。人人屈己,才能彼此相安;人人屈人,必致互相仇恨。彼此相安,才是人生真正的幸福。互相仇恨,埋伏下无穷的杀机。

学者著书立说,总当面面照顾,前后设想。万不可只逞一时的偏见,而惑乱人心,遗毒后世。人,为恶易,为善难;纵欲易,屈己难。导人为恶,引人纵欲的奇论,固然容易受人欢迎,但是也当为天下后世预计。纵不为别人打算,也当为子孙顾虑。所以,著书立说,总要使它无弊,万勿使它成了祸根。

仁让,不只是利己,并且是益人;竞争,不仅害人,而且是祸己。就以戏园或工厂以及一切聚会的场所做一个比方。

每次发生危险,必致损伤许多的人命。所以有这种结果,只是起于不能逃出。所以有能逃出,只是因为众人向门口竞争,各不相让,以致将门路挤住,谁也不能转动。假若从容忍让,挨次而出,决不致同归于尽。假若堆挤一起,彼此争先,反致耗时费力。我以为,世上一切的事,全是如此。人己兼利的幸福,决不是用竞争之法所可得到的。

▎竞争者,是以自己的良心与私欲竞争

现今竞争与奋斗,在我国已然成了最流行的名词。几乎三岁的孩子,也能将这两个名词,挂在嘴上。这两个名词,所以容易受人的欢迎,只是因为误将竞争认为打破拘束的方法,妄将奋斗认作谋取权利的门径。拘束是人人所应遵守的轨道,权利是有功德者所应处的地位,假若人人有越轨之思,无功无德的人也怀非分之想,社会岂能不乱,国家怎得不亡?

据一些新人物说"有竞争才能有进化。"然而,我以为须先认清了对象,这个对象,不是别人,正是自己。所谓竞争者,是以自己的良心,同自己的私欲竞争。你若能将私欲打倒,你就是文明了。所谓奋斗者,是以自己的学问道德,同别人的学问道德奋斗。你的学问道德,若能高于别人之上,你就是进化了。

我国古时的言论,多是劝人"克制人欲,学法圣贤"。人纵然不能进到圣贤的地步,也能变成一个"有所不为"的好人。我国近代的学说,多是诱人"放纵人欲,学法禽兽"。人虽不致化成禽兽的身形,也必变成一个"无所不为"的坏蛋。

竞争是为利己，斗争是为损人。利己损人的行为，仅可行于鸟兽鱼虫之间，因为它们少有复仇的思想。禽兽中，虽有能复仇的，只是能施行于当时，少有能存记永久的。人则不然，人的复仇之念，可以牢记终身，可以传之子孙。正所谓"杀人之父者，人亦杀其父。杀人之兄者，人亦杀其兄"。循环果报的定理，纵然利用科学，也是不能避免的……

洋圣人所讲的部分，只是偏于武力一方面。你若迷信这种竞争，你世世代代必须保存你的"优胜"，别人也必须世世代代不变他的"劣弱"。否则，不必徒逞一时之强，而贻日后之悔。

鸷禽猛兽，生来是食肉的。它们为生存起见，不能不杀生害命，不能不恃强凌弱。并且它们的子系，也能不改它们的凶威。人虽是万物之灵，但是决无能力使自己的后嗣"克绳祖武"。何必只顾一时的私欲，而不念别人的死活。

日本佐藤一齐的《言志录》上说："凡事有真是非，有假是非，假是非，谓通俗之所可否。年少未学，而先习了假是非，迨后欲得真是非，亦不易人。所谓先入为主，不可如何耳。"依我看，竞争或斗争的学说，全然是假是非。若欲保存我国自古以来立国的美德，万不可以外国的邪说偏见，毁了我国青年人的心田。

我国若能不变祖先所遗留的"仁让和平"的美德，决不致灭亡到底。要知现今几个强国，因为受了竞争的麻醉，已然疯狂了。他们若非改取"仁让和平"的途径，决不能支持久远。

战争原是不得已的举动，只可施之于敌对的兵卒，万不可牵累无辜的百姓。欧美在前些年，对待敌国，还分"战斗员"与"非战斗员"。对非战斗员，向不加以伤害。自近几年，科学发达，机械进步，专以毁灭后方的老百姓为取胜的门径。这种残忍的行为，尤甚于洪水猛兽千百万倍。人类的文明，若专以能杀人为断，那么，人类还不如倒退几千年，去度那穴居野处茹毛饮血的生活，反能免去许多的恐惧。

人与禽兽不同，人有是非之心

某要人解释人生的意义说："在于吃饭，在于生小孩，在于招呼朋友。"他这句话，虽是出于玩笑的口吻，未免是将人类比为禽兽。人类的生活，固然离不开饮食传种，可是除了办理这三件自私的大事之外，尚有许多对人类应尽的义务。马牛羊鸡犬兔的一生，除了饮食传种之外，还能有益于人。人类生活的意义，若仅以做到这三件私事为止，又怎配称为万物之灵？至于"招呼朋友"不过是社交之一道，禽兽之间也有这种行为，又岂是人类所独有的特点？

英谚说"人是宇宙间的灵魂"，又说"人是造物中的王"。这两种说法，与《书经》上所说"万物之灵"的意义相同。按字面讲，即说是魂灵，人就当对这个"灵"字注意。即说是王，人就当对这个"王"字用心。假若不辨邪正，不明是非，就不配称"灵"。假若全无主见，随人转移，就不配为"王"。既不能灵于万物，又不能超于万物，虽生成一个人形，不过是一个两足的动物，或能言的禽兽而已。

英文说"人是社交的动物",又说"人是政治的动物"。有人说:"人是有五性(仁义礼智信)的动物",又有人说"人是八德(孝悌忠信礼义廉耻)的动物"。前两种说法,决不能将人类的地位抬高。因为社交不过是友谊的往来,鸟兽鱼虫何尝没有这类行为。政治不过是维持秩序保护生命资产的团体组织,鸟兽鱼虫中,也颇有类似的举动。后两种解释,也不能将人类尊为万物之灵。因为禽兽中,也颇有些能尽五性行八德的成例。

我以为,最好是说"人是能辨别是非的动物"。人对于五性八德,是知道应当常久尽行的。能尽能行就是"是",不尽不行就是"非"。禽兽只知尽行,并没有"为何当尽,为何当行"的理性。

人类所以与禽兽不同的地方,就是一个是非之心。人若失了是非之心,就是自入于禽兽之列。人的思想与行为,若与禽兽相同类似,就是退化。据我观察,禽兽对于阴阳内外亲疏上下黑白香臭也能辨别。人若故意混乱这种事实,不但是愧对禽兽,简直就是退化到了木石的地位。

我并不反对文化。我所以反对的是蒙着文化皮子的野化和蒙着进化皮子的兽化。并且,我以为,我中国在努力追求科学化或时代的当儿,更不可不赶紧讲求"人化"。

《龙溪子》说:"学者,学所以学为人而已。引外更无余事。"你学会了科学也好,游遍了外国也好,得到十个博士的学位也好,但是万不可因为学了科学游了外国得了博士,而不肯学为人。古人说"为做官把人丢了,实在不值"。自古为做官,而丢了"人"的很多,万不可因求学,也将"人"丢了。现今外国利用科学,灭人之国,毁人之家,害人之命,就是因为未学为"人"而失了人性。

学为"人",不是学八面玲珑的圆滑人,而是学天真不变的正直人;不是学有大学问的人,而是学未失"人"格的人。我所说的人格是人与兽不相同的地方……

外国某学者说"人类是能说话的动物"。这句话并不能提高人类在世界上的地位。我国俗语说"人有人言,兽有兽语"这句话也不能表示人与禽兽的分别。因为言语不过是为传达思想交换意见的。禽兽的话,固然不如人类的话精细完备。可是,我以为,不能由言语的精细完备与否,判断品格的高低。正如乡间的愚民说话,虽然不如城市的绅士咬文嚼字,可是以人格而论,恐怕愚见还是高于绅士。由此可知,所谓人类者,并不是因为能说人话,乃是因为能办人事。

能说人话,并不足贵,能办人事,才是可尊。鹦鹉与猩猩,所以仍然脱不掉禽兽的名称,只是因为它们仅能说"人话"。现今,世界上所以七颠八倒,民不聊生,也就是因为肯办人事的人少。专能说好听的人话,而偏做损人利己的兽行,言行不顾,也就等于猩猩鹦鹉。猩猩鹦鹉,并不明白它们所说的人话是什么意思。所以,它们的言行相违,还觉情有可原。

人类的来源,按"神造说",上帝造成万物之后,才造人类。据"进化论","猿人"化而为"人"也是在万物进化之后。这两种说法,固然有"不合乎科学"与"合乎科学"的差别。但是,"人类在世界上出现最晚"是不容否认的。万物如同士卒,人类如同将帅。士卒虽然先行,将帅虽然后到,可是统制之权,仍是操于将帅。将帅的知识,必须高于士卒,才

·疯话集成·

能指挥士卒而不为士卒所制。人类的知识因为高于万物，所以才能为万物之灵而超出万物之上。

将帅所以能运用士卒，是用心灵，而不是用蛮力。人类所以能支配万物，也不是用蛮力而用心灵。以奔驰杀砍的本领而言，将帅未必高于部下的士卒，以飞走抟噬的能力而论，人类实在不如万物中的禽兽。将帅仅用蛮力，决不能无敌天下；人类专施蛮力，也不能有进化与文明。可惜，人类现今偏不向心灵上追求，而只向蛮力上注意。尤可惜，人类更将心灵与蛮力合用于自残同类，反不如禽兽专以蛮力对异类竞争。

禽兽对异类部分，只用天赋的爪牙。人类对同类竞争，专用人造的利器。爪牙杀伤之力有限，利器杀伤之力无穷。爪牙口角，同时不能杀伤二命。飞机大炮，同时可以杀伤万人。禽兽还能爱护同类，人类偏能与同类为敌。人类这种恶行，实在过于禽兽万倍。所谓"文明进化"者，是为人类谋安全，求幸福。现今既专在杀戮的能力上用心，反说是文明进化，岂不是有愧于禽兽。

孟子将当时流行的邪说，比作洪水猛兽。现今的邪说，较洪水猛兽，残酷的几千万倍。杨墨之道纵然行到极端，也不过仅只无父无君。洪水还能使人有处可逃，猛兽也可使人有法可避。自从"竞争"的邪说深入欧美的人心，杀人利器，逐日有发明，日益精巧，实在令人无术可避，无法可逃。炸弹可以炸到高山之巅，毒气可以毒到深海之底。现在的人命，已经不如虫蚁了，怎么还配妄谈"文明进化"？

作法自毙，制刀自杀

现今，几乎是一个人就要谈"科学"。其实，科学正如金钱，用之得当，就能于己于人有益；用之不当，反要祸己害人。现今借科学之力而救援人类的人太少，用科学之力而杀害人类的人太多。正如浪荡公子，专以有用的金钱，去做损阴丧德的坏事。科学家若再不洗心革面而研究有益于人类的事务，即是杀人自杀，害人自害，不但是现今人类的公敌，简直是千秋万代人类的罪犯。

法国有一个人，名叫盖洛廷，是一位医生兼政治家。看用刀斧斩人，太不便利，且费光阴，乃独出心裁，创造了一架断头机。因为他所发明的，所以人也称那机为盖洛廷（与他的名字只差一个字母）。当时死于那机下的人，真是不可胜数。不久，盖氏因为犯了罪，竟被他所创造的凶器砍断了头颅。以后，又有一人，以为那架凶器还不灵便，特意费心费力，大加改良。可是，过了些时，他也因犯罪，而死于他所改良的断头机之下，可见这正是作法自毙，制刀自杀。"种豆得豆，种瓜得瓜"这话固然是老生常谈，然而科学家，既不能种瓜得豆，也不能种豆得瓜，所以也脱不开因果循环的定例。

发明断头机的盖洛廷，在断头机上丧命，算到今年已经过了121年了。可是用那惨刑，处决重大犯罪的定例，至今还未经法国废除。在这121年里，又不知有多少人，因而身首异处，将来还不知有几多人要变成断头机下之鬼。盖氏因为一时妄显聪明，不但自己种下恶因，收了恶果，并且他的名字，发明断头机的盖洛廷，竟被他所创造的凶器砍下了头颅。正是作法自毙，制刀自杀。

竟成了一个杀人利器的代名词,岂不可叹。盖氏假若鬼魂有知,也当痛自悔恨,不该多此一举。

当初莫拉弗创造捕熊铗因此发了一笔小财,可是,他的小儿,竟因误踏熊铗,挟断了双脚。我所认识的某甲,专好玩鹰,每逢抓住野兔,他必砸断兔腿,以免他们脱逃,并且击破兔头,取脑喂鹰。他未到四十,两腿就不能动转,后来竟觉头中如同针刺,哀号而死。

又有某乙,专好捕蛙养鸭,将蛙剁成碎块,作为鸭食。后来生了两子,手脚全是连皮,并且全是在新婚未久,就短命而死。这全是我眼见耳闻的事实。至于史书中的记载,和父老的传述,更是无法详说。

从来,当屠户的、当鸟贩的、打猎的、捕鱼的,以及一切杀生害命的人,据我所知,决无福寿安乐的结局。与人无害的禽兽,还不可残害,何况是圆颅方趾的人类。多人设法不能"生"一人,可是一人随便可以"杀"多人。由父母操心费力,经疼苦,耗钱财,养成了一人,是何等艰难。随随便便了结一人的性命,是何其容易。一秒钟之间,用科学的利器,可以杀几万人。可是要知道几万人,是经了多少光阴,才能养起来的。

司马迁说"三世为将,道家所忌"。我们细察父子为将的人家,有几家能得好的结果。为名将也不过因为多杀人。为国家,多杀人,还不可行。何况是仗强横,为私欲。

当日某甲为袁某的私欲指使,杀人无数,后来被某乙所捕杀。某甲临刑,对绑他的人说"你们何必如此之忙?"以后某乙被人捉住枪决的当儿,也是说"你们何必如此之忙?"这段事实,据新人物想,不过是"偶然凑巧"。其实,这正是"报应循环"。他所害的人,临死所说的话,他临死也照样重说一遍,更可见天理之公。

有人问我:"《山堂肆考》上说'……放下屠刀,立便成佛'岂不是勉人为善的话么?为什么军界某要人,既已忏悔,皈依我佛,还不能得到善终呢?"我说:"放下屠刀,不过表示改过之速。人若改恶从善,全有成佛之望。并不是说屠儿立刻放下屠刀,登时就可上升莲座。某要人纵然未曾亲手害民,焉知他的数十万部卒,不假借他的威势,作出无数伤天害理的事。正如你将枪刀给人,人若用去杀人,你能说'不负责'么?"

用科学方法办事,本圣贤之道做人

《果斋日记》上说:"人为万物之灵,亦为万祸之本。"我以为,人的行为,若肯依从天理良心,就是万物之灵。人的举动,若反背天理良心,就是万祸之本。换一句话说,人的行为举动,若专求自己得意就变为万祸之本。现今,世界所以多乱,人心所以不安,只是因为有些人,受了邪说的诱惑,不信天理,不问良心,只知有己,不知有人。

天理,是万古不变的理;良心,是人类应有的心。也可以说,天理是大公至正的理,良心是为善不为恶的心。

顺着天理,本乎良心,才肯替别人设想。肯替别人设想,决不致侵人之国，毁人之家，害人之命。国不侵人之国，家不毁人之家，人不害人之命，人类中才能有相爱互助，共享和平安乐的希望。欲达到这种希望，决不是用竞争或斗争所可成就的。

我以为，顺应天理而行就是"道"，依着良好而为就是"德"。行为不违天理，不背良心，就是道德。

据说，科学与革命，全是为群众谋幸福的。既是如此，讲科学也罢，谈革命也罢，全须先在"心"上用功夫，全须以道德为根基。科学的研究与施用，若不本乎道德，不但无益于人群，反要有害于人类。革命的行为与目的，若离开道德，不但不能利民福国，反要祸国殃民。

我常说：不必讲什么"科"学、"神"学、"佛"学，以及这个学、那个学，先要讲"人"学。纵然讲遍了各种学，而独忘了自己这个"人"学，实在是得不偿失。这样，不仅误己，而且误人。我的朋友某君有一句自勉之辞"用科学方法办事，本圣贤之道做人"，实在是补偏救弊术之本。

最近，据外国的人类学者的推断"人类出现于世界上，至少有27000年之久"。世上有科学这个名目，至多也过200年的光景。可见人类决不是经科学家用科学方法造的。人类孳生了27000多年，也不是仰仗科学家的指导，才得以维持生存。人类所以能由小团体结成大团结，也全不是因为学了科学，而是因为人人有一个异于禽兽的人心。人类所以争杀险狠，是因为失了人心而坠于禽兽之列。所以欲谋人类长久的幸福，必须先由"救正人心"下手。

救正人心，不是去正别人之心，而是先正自己之心。以一国说，不是去正全国百姓之心，而是一国的要人与知识阶级，先由正己之心，为初步功夫。正心并不是翻山倒海的难事。只要先将自己认做一个人而不肯禽兽的行为，施之于别人，那就够了。现今，人类中相杀之祸日众，国际间侵害之祸日多，全是因为不肯将自己当人看，也不肯将别人当作人。

愈进化，愈失了"人"性

最初，人类争斗用拳脚，以后，人类争斗用棍棒。据历史学家说"这是进化了"。先前，人类争斗用刀枪，以后，人类争斗用潜艇飞机，现今，人类争斗用流火毒气。历史学家更说"这是进化了"。由用拳脚起，直到用毒气止，愈进化，杀人的方法，愈快速愈普遍。我以为这种"进化"是愈进化，愈失了"人"性，而化成较比鸷禽猛兽还残狠万万倍的怪物。

当初，我国发明火药，仅仅制造火炮，供人玩乐。火药传入欧洲，就因此制成毁灭人命的枪炮。当初我国富家公子，有斗鸡的玩好，只用以鸡与公鸡相斗。这种玩好传入欧洲之后，竟有人在公鸡腿上绑上尖刀，增加鸡与鸡相残互杀的能力。我看，科学家假借"爱"名造出最新式的杀人的器物，付给军人，使他们互相争杀，也就如同欧洲人，对待斗鸡的行为相似。我以为，人类若凭借科学的器物自残同类，未免有愧于公鸡。因为公鸡是没有灵性的。

我中国，惯将伤天害理自私自利的人，比为禽兽。英美国，惯将这类的人，比作 Beast（兽类）。这种比方，不但不正确，并且，我实在替禽兽叫屈。因为禽兽是无灵性的东西，禽兽之为禽兽，并不可恨。若因恨怨恶人而累及无罪无辜的禽兽，未免是将清白无辜的禽兽，当作罪大恶极的东西。我以为，骂恶人不如禽兽则可，将恶人比为禽兽则不可。

披毛戴羽的禽兽，纵然可恨，但是决不会假充圣贤，它们虽不会说大话，可是它们颇能做人类衣食的来源，也可做出许多于人类有补助的事。唯独圆颅方趾的人类中，不如禽兽的人，偏能口是心非，大喊高论。所以，他们为人类谋到如今，只见幸福日减，苦恼日多，自由日少，专制日甚。这种"人其形，而心不如禽兽"的人，或已成了圣人或已变了富翁。然而依赖他们的人类，或已被试验而亡，或已无法聊生。试问披毛戴羽的禽兽中，有这种欺骗同类的大骗子么？我们的远祖，生在洪荒时代，日与禽兽为伍，能有时时受骗的恐惧么？

科学家最好类推，所以达尔文因为鸟兽鱼虫之间弱肉强食，适者生存，遂以人类维持生活之术也离不开这种定例。殊不知，"取法乎上，仅得乎中；取法乎中，不免为下。"人既高于万物，自当以圣贤为法则，才能维持这个"人"的地位。若自甘卑下而取法于鸟兽鱼虫，岂不要变成不如它们的动物。达氏虽未曾明言劝人学法鸟兽鱼虫，可是，人若成了他的信徒，就必日趋退化了。

科学家的原则是：凡根据许多事实，所得到的科学观念，应该假定它是真的，等到发现新事实，不能适用的时候，再去修正它。这种寻求真理的热诚，若以草木鸟兽做研究的对象，未尝于人类没有利益。假若以国政民命供这种试验，实在有

·疯话集成·

极大的危险。

精神文明的好处是使人时时返照天良

自从我中国人,被外国的"手枪炸弹、飞机大炮、奇技淫巧、邪说诈辞"吓昏了脑筋,诱迷了心窍以来,几乎是一个名人,就大唱"科学救国"。甚至不知科学为何物的野老村夫,也随声附和。并且以为我国只要有了科学,就能"呼风唤雨,撒豆成兵"。有人在大庭广众之间,只要能说出科学二字,就可光宗耀祖。学生回到家乡故里,只要说学了科学,就能以神圣自居。这种对科学疯狂热烈的情形,几乎和当初三家村里的老学究,认定学会了"八股"就可以治国家、平天下,是一样的舍本逐末。所以,以前的国愈揣摩八股愈糟,现今的欧美愈研究科学愈乱。所谓"本"者,就是自己的"心"。对于这个小东西,若不肯先加注意,任凭你八股做得天好,无论你科学讲得多精,也是庸人自扰,也是画蛇添足。

"八股"不过是一种文章的体式。论实质,原是稀松平常。科学不是有系统或有组织的知识。说实了,也不是神奇鬼妙。八股虽然误尽苍生,有时还能略有束缚人心的效用。科学虽然自称万能,有时反能加增放纵人欲的危险。当初我国只讲八股而忘了"正心",所以未能得到国利民福。现今欧美,只讲科学而忽略"正心",所以闹得杀气冲天。

我国精神文明的好处,是能使人时时返照天良。种种的善念,可以由此而生。欧美物质文明的害处,是能引人日日扩大人欲。样样的恶行,必然因此而起。"科学发达,机械进步，人人必有幸福可享"的高调，只能欺骗一些醒着作梦的书呆子。

人类的苦恼中，最大的只有两样，一是天灾，一是人祸。天灾并不常有，人祸逐日增多。天灾中最大的不过水患、瘟疫、地震。人祸原就是战争。水患、瘟疫、地震，固觉可怕，然而以损伤生命财产的能力而论，决不如战争之大甚。以历史中所载，天灾所损伤的数量与历次的人祸所损伤的数量相较，天灾实觉渺乎其小。现今欧美的科学家，一边努力研究防止天灾的方法，一边又大费苦心发明助长人祸的武器。这种救人而又杀人的行为，可谓只见其小，而忽略其大。结果，天灾减少了不过十之一二，人祸反倒增加了十之七八。这种倒行逆施，为善不足，为恶有余的趋向，实在是科学家自掘坟墓的愚行。

科学是为寻求真理的。只要它不拿人命做试验品，人人不当稍加反对。革命是为人民减少痛苦的。只要它不被恶人利用了，人人应当竭诚欢迎。

科学家若想发达，革命者若想成功，须要存着仁慈的心念，保持谦和的态度，放大了眼光，去净了偏私。万不可有包办的行为，更不可自认自己是科学的，是革命的，凡是与自己意见不同的人，就是不科学的，就是反革命的。假若只知有己，不知有人，秩序与和谐，就永不能到达了。

| 正心而生的乐，是天然的；逐物而生的乐，是人造的

科学这个名词，原是日本人由英文 Science 一词译出来的。

在前清光绪年间，我国还译之为"格致"，是由"格物致知"而定的名称。比较起来还是"科学"二字最为贴切，因为我国的格物致知，是偏重"心灵"的。外国的科学是偏重"物质"的。也可以说，一个偏于"正心"，一个偏于"逐物"，一个是向"内"寻安乐，一个是向"外"求满足。向内寻，愈寻愈觉满足。向外求，愈求愈感失望。

聪明人的乐处是由于"正心"，愚昧人的苦闷是起于"逐物"。由正心而生的乐，是天然的；因逐物而生的乐，是人造的。天然的乐，无止无休；人造的乐，有穷有尽。所以，人人正心，人世就是天堂；人人逐物，天堂也能化为地狱。

为善为恶，全是一颗心。劝人骂人，全是一个口。援人打人，全是一只手。"为善，劝人，援人"，既不比"为恶，骂人，打人"费力，为什么偏不做些与人有益的事？科学家研究杀人的奇物，并不较考究益人的方法少费心思。为什么偏要甘为军阀的走狗，发明流火、毒气，助长他们杀人的能力？要知，发明飞机、潜艇、毒药弹、坦克车的傻小子们，到如今并没有得到"铜像"的报酬。可是，那班利用这些武器毁灭人类的大将们，早成了各国历史里的英雄了。自己损阴丧德，为别人争名增誉，岂不是糊涂至极。

我不以禽兽为可怕，我只知人类最可畏。人类可为善，可为恶。禽兽中，兽的常兽，恶的常恶。善的虽有时发露一点恶性，不过是出于一时的自卫。恶的虽有时发露一点善性，不过是极少的例外。所以对待禽兽，接近也容易，防避也不难。唯独对人类，接近中，有时还须加以提防。防避间，还须加以谨慎。人类所以有这样危险性，只是因为反天理良心，能以伪善掩真恶，能于媚笑里藏尖刀，能当面说好话，背后下狠手。

鸱鸺决不肯因为惹人厌恶而变化自己的恶声，虎豹决不肯因为招人嫌恨而改自己的凶态。人类若肯以本来的声与本来的面目对人，世界上总可减少许多的扰乱与苦恼。

禽兽因不知进化，反能保住一个诚字。人类口谈进化，反多生出来一个伪字。因此，种种损人利己的罪恶，就假借"为人类谋幸福"的好话，而行出去了。现在，若想将以上的好话，达于实现，只有两个方法。一是去伪存诚，一是不受欺骗。

存天良，去人欲

唐朝郑义宗的妻卢氏说："人之所以异于禽兽者，以其有仁义也。"《孟子札记》上说："仁义之于天地，为人类生活之原理。无仁义，则禽兽食人而乾坤几乎息矣。"日本贝原笃敬说："仁义者，人道之大本，犹天地之有阴阳。天无阴阳，则造化之道息矣。人无仁义，则伦理灭，与禽兽何异乎？"这种"以仁义之有无而定人类与禽兽的差别"的话，古人说了不知多少。其实，禽兽之间，也时常有"仁义"的表示，岂能说仁义是人类所独有的特点。古人知道人类不愿得禽兽之名，所以就以仁义之有无，儆教人类，以免人类将仁义二字，视为可有可无。这正是古人故意提高人类苦心，并非古人不知禽兽也有仁义的行为。

禽兽能行"仁义"的证据，在中外的书里，说了很多，一时不能详谈。甚至愚笨的鹅和横行的蟹,也颇能行出仁心义举的事。在德国曾有一位老妇人救了一只小鹅,以后,那妇人,因为患病双目失明,以乞讨为生,给引路的就是那只鹅。它天天用嘴衔住那妇人裙角,经过几条崎岖的险路,永远不肯离开那老妇人的身边。我曾亲眼见着两只螃蟹,驮着一只无腿的螃蟹爬行。所以,若以为仁义有无,是人类与禽兽分别,我极不认为是确论。

据我想,人类所以能行仁义,是因为知道"信天理,问良心"而生出来的。人所以高于万物的一点可贵之处,就是在这一点上。人类若反逆天理,背叛良心,简直就是不如禽兽,甚至不如虫鱼。

近来,在报上,时常有人对"天理良心"发表驳斥的言论。有的说:"讲天理是有意提倡迷信,谈良心更是空洞无聊。"有的说:"时至今日,拼命地追求科学,已觉着落人马后,若再懵然地妄论天理良心,未免是没有思想。"我以为,他们全是出于误解。因为谈论天理良心,并不阻碍科学发达。科学家若离弃天理良心,也决做不出真正有益于人类的事。并且,在太平的日子,注重天理良心,才能长治久安。在纷扰的时候,注重天理良心,才能拨乱反正。

天理良心并不是荒渺难解的妖术魔法。天,并不是神。天,是无知觉的高空,并不能降福降祸。唯独"天"字之下,若加上一个"理"字,就有神圣不可侵犯的尊严。因为,天理是"至大至高,无所不包,永久如一"的真理。顺之则吉,违之则凶。世界有变,国政有变,学术有变,风俗有变,唯独天理,始终不变。至于如何才是不违天理,那就得先自问如何才能不背你的良心。并且，天理良心，是息息相通，无法分离的。不讲天理，就是没有良心；不问良心，即是不顾天理。所以中外全将这两样，合称之为"天良"。

天良，译英文为 Conscience，原是由拉丁文"我知"二字组织而成的。按字典上的定义，天良是"人心中最隐秘的思想"，是"辨别是非的感觉"。鸟兽鱼虫，绝没有隐秘的思想，更没有分辨是非的感觉。它们自己是"是"、是"非"、是"善"、是"恶"、是"正"、是"邪"，它们也决不能自知。可见，天良是人类所独有的美点，人若守住天良，才是一个人。背逆天良，偏要瞒心昧己，滥唱高调，假借救国、救民、为国、为民的名义，利己损人，不但不是人，简直连草木土石不如。替自己唱高调是如此，甚至背逆天良，向要人的脸上"贴金"，替他们伪造功德，也是这样。

我中国自从受了外洋武力的压迫和文化的侵略，就如同一个人被碾子压了一遭，不但将身体压得失了原形，并且将魂灵也压出去了。我所说的魂灵，就是指责天良而言。我中国自古以来，是最讲天良的国。一切道德纲常伦理，全是由天良而生。没有天良，孝悌忠信礼义廉耻，全然存立不住。我国所以能屡次跌倒复起的原因，也是因为未曾将天良丧尽了。可叹近 30 年来，因为日日斫丧的缘故，除了乡野的农民之外，几乎不知天良是什么东西。否则，我国何致愈救愈糟？否则，何致愈革命小民愈无法生活，何至愈革命而革命的人愈升官发财？

天良是善，人欲是恶；天良是公，人欲是私。天良是正大光明，人欲是褊狭邪暗。儒佛耶三教，所倡的仁义、慈悲、博人夸奖你，你若一起快活的感恩，就如同别人砌了一堵墙，将你围起来，你再不能有进步的可能。人讥笑你，你若一起烦恼的念头，就仿佛别人掘了一眼井，将你推下去，你更不易有出头的希望。

爱，也不过是为劝人遵守天良的指遵而生活。正如三条大路人生无论顺着任何一条进行，归终全是达到天良这一个目标。古今中外的圣贤著书立说，也离不开天良这一个归结。各国发展教育的主要目的，也是为使人存天良，去人欲。因为不如此，决不能为人类谋真正的幸福，求永久的和平。

有人说，欲救中国，必须发展科学；有人说，必须全盘洋化；有人说，必须施行读经；有人说，必须提倡道德。有人说，必须普及教育。反正，依赖什么吃饭的人，必以什么为救国唯一无二的利器。但是，我以为，无论用什么方法救国，也必须先有天良。否则，全是等于画饼充饥。画得无论如何像饼，也是治不了真饿。

"信仰"如同"恋爱"，毫不能出于强迫

我在几年前，将我祖遗的房产卖出之后，并将我祖父母和父母的灵牌请到北平。逢年遇节，必上供烧香，叩头示敬。近几年，我已不再行这种仪式了。我并非不肯念先人。我只是因为既不能为祖先争光露脸，又不能恢复我所卖去的祖业，还有什么脸皮装模作样，在我祖先之前显魂。我以为，在我这不肖之子叩头烧香的当儿，未必不是我的祖先在九泉之下痛哭流涕的时候。所以，我立志，在不能赎回祖产之前，再不敢举行这种与祖先毫无实用的祭祀……

或信奉宗教，或祭祀祖先，或崇拜伟人，全是崇德报本的表示，全是一种信仰。这三者之中，以我中国自古的祭祀祖先为最切合人情。以西北某国，近十余年所兴的崇拜伟人为最

强制人性。

在 20 多年前，我正荒唐的时候，在花街柳巷，常遇着妓女们"烧包袱"。我问我所认识的某可怜虫说："你是给谁磕头烧纸？"她回答："是给我爹娘。"我对她道："你只要赶紧从良，回复清白的身子，比烧纸磕头，还使你的父母欢喜。"她回答说："我就是为求他们保佑我，早早脱离火坑。"我说："死鬼对自己的尸体，还不能保护，焉能管活人的事？你若愿跳出火坑，你就当做从良的预备。你若想将这件事，托靠死鬼，我管保你一辈子，也不能由火坑跳出去。"妓女们这种愚行，固然可笑，但是因为不是做出给人看，所以还有一点价值。

信奉宗教，祭祀祖先，崇拜伟人，全是人生所不可少的。鱼虫鸟兽，出现于世界上，较比人类早几万年或几百万年。然而它们直到如今，并没有宗教的组织，对于它们祖先以及祖宗中特出的鱼虫鸟兽，也毫无追念的感想。因为或信宗教，或拜祖先，或敬伟人，都是由天良而起的。鱼鸟虫兽既然没有天良，所以除了饮食、传种、防敌这三个问题之外，再无别的思想。人，若对于宗教、祖先、伟人毫无一点尊奉的念头，简直就与鱼虫鸟兽没有差别。人类既然有天良，所以才知道崇德报本，饮水思源。人类所以创宗教、祭祖先、拜伟人，也全是因为崇德报本饮水思源而生出来的。人类所以得称万物之灵，所以能够勉力上进，也未尝不是因为能信仰宗教、拜祖先、敬伟人。

"信仰"如同"恋爱"，毫不能出于强迫。一双男女若从心里不能投缘，纵然勉强撮合为一，决不能和谐到老。一个人若从心里不敬重某伟人，纵然用权力迫他崇拜，决不能心服口服。

宗教，若不以大公博爱为主，决不是良好的宗教。主义，若不以大公博爱为主，也不是良好的主义……

我国在古时，虽然没有宗教的名目，可是我国自古所讲的祭天、祀祖、尊贤，也就能将以前所说的三种信仰包括在内。因为，无论如何信奉宗教，无论如何崇拜伟人，也出不了敬天与尊贤的范围。敬天，是要学法天的大公。祀祖，是要追念先人的恩泽。尊贤，是要学法前贤的德行。这三样全是修身正己的实在功夫，不尚繁琐的仪式。并且我国对于任何宗教，决不加以排斥，所以决无宗教的战争。对于崇拜伟人，也决不用权威逼人勉强施行，所以决不能招起国人的愤怨。

英国俗语说："穿袈裟的人，未必就是真和尚。"又说："宗教重行，不重言。"拜伦说："只因歌颂天堂，竟将人间造成地狱。"培根说："恶人假充圣人最可怕。"宗教是不重外而重内，不重言而重行……

我在少年的时候，最好诙谐。我有一个朋友，以惧内出名。我每逢遇着他的太太，必大鞠三躬，她必大骂我一顿。她所以骂我，是因为我施礼虽然必恭且敬，可是毫不出于一点诚意。行礼诚与不诚，还瞒不了人，何况是对祖对神。我们若以为祖先与神佛无灵，就不必祭。若认为有灵，祭祀的时候，就必须本乎诚意……

日本维新是按脚买鞋，我国维新是削足适履

现今，我国有一派人，一听守旧二字，就视同蛇蝎；一见维新二字，就尊如神圣。这全是因为不知如何是守旧，如何才是维新。真正的守旧，是守己之长；真正的维新，是学人之长。无自信力决不配谈守旧，无鉴别决不配谈维新。自信力，是由深知自己的长处而生出来的；鉴别力，是由熟察别人的长处而生出来的。守旧与维新，全须在长处上守，在长处上学。

无自信力的守旧，如同防御的城，决然守不牢；无鉴别力的维新，仿佛没有缰绳的马，决然走不好。换一句话说，不知己而守旧，如同讳疾忌医的病夫，决无康健的希望；不知人而维新，如同人尽可夫的流娼，决无正当的归宿。

我中国，在道光以前是误于妄自尊大，自宣统末年，是坏于妄自菲薄。以先，是忘了世上还有外国，现今则忘了世上还有中国。以前是强人后己，而今是强己从人。以前是不知自己有劣点，而一味地保守。现是不知外国有劣点，而努力地仿学。闹到今日，旧病未除，新病又生。新旧之病，聚在一身，焉有不病人膏肓之理。我常说："中国若因自尊自大而亡，亡了还有一点景气。若因自轻自贱而亡，亡了实在太无骨头。"

前清宣统三年，胡思敬奉请停止新政，并且说，若不速罢新政，必致有"三速"的结果。所谓三速者，就是使中国速贫、速乱、速亡。他见清廷不以他的见解为然，立时离官回了

· 论民国文化 ·

原籍。胡某并非天性顽梗,他是看出那时朝廷上下维新如疯如狂,唯恐我国人急不暇择,弃了自己的长处,而学了人家的短处。他因为预防弊病,而竟主张停止新政,固然是因噎废食。而清朝那不能守旧,不会维新的行为,正是速贫、速乱、速亡的缘故。

合理的维新是去旧弊,背理的维新是添新病。合理的维新是因病求药,背理的维新是用药找病。日本的维新,是吸收别国的文化,加以改造,使之适合本国而成一种新文化。我国的维新,是吸收别国的文化,生吞生拉,使之适合外国而成一种洋文化。也可以说,日本维新是按脚买鞋,我国维新是削足适履。结果,日本得了新鞋的益,我国受了新鞋的害。一个是日行百里,而不觉其苦。一个是寸步难移,而把着脚哭。我常说:"对日本人,有一事可学,可学的就是他们那维新的方法。"

日本自吸收西洋文化之后,对于我们中国所吸收的文化,还是竭力地保存,对我国古时前贤遗书,还是视同金科玉律。我中国自吸收西洋文化之后,对固有的文化,反要竭力地铲除,将本国古圣前贤的遗书,竟主张投在茅房坑里。这种"忘本"的行为,不但可以亡国,而且可以灭种。

没有旧的,决生不出新的。正如没有父母,决不能有儿女。自从我国几个新圣人,传布"忘本"的思想以来,旧的一切,已被人视同粪土。老的人物,已被人认作弃才。于是乎,只要加上"新"的美名,中国人可以甘为别国的顺民,而不知羞耻。只要加上"旧"的恶许,生身的父母,也无妨打倒而不念恩德。忘本,岂可配谈维新?忘恩,岂能妄言进步？所谓维新进步者，也不过是违心的程度增加自己。

借来的文化，不合国情

知道自己有一种与众不同的优点而竭力的保存，就能生出自信力。有了这种力，就能遇困难而不灰心，处纷扰而不乱步。

英国博伊斯说："不自信，是人生失败的总原因。"然而，须知自信与自大不同，自信是由于明察而生，自大是由于愚妄而起。人真能自信的少，流于自大的多。无自信力，必将归于失败；有自大心，也不能有所成功。能将自信与自大，分析清楚，才能特立独行而不孤，才能超乎凡众而不危。自古以来，因自信而成功的，指不胜屈，因自大而失败的，所在皆是。清朝以前所以弱，是因为过于自大，以后所以亡，是因为太不自信。

人处于众人之间，国立于众国之中，非有自信力，定难支持久远。人所以能特立独行，国所以能巍然独存，全是以自信力为争存的基本条件。以欧洲各国而言，立国数十，连疆接壤，犬牙相错，强弱悬殊。然而弱者所以能危而不亡，强者所以能败而复起，也就是因为甲国未失去自信力，遗弃自己的长处而强学乙国，乙国未失自信力，遗弃自己的长处而强学甲国……

"文化低的民族，必亡于文化高的民族"，这句话，是不可凭信的。文化低的民族，若不羡慕文化高的民族，决不能

·论民国文化·

亡。他们所以亡的原因，是因为自轻自贱，因为眼光太浅，因为没有骨头，因为沉不住气，因为水性杨花，因为东施效颦，因为邯郸学步。

西洋的文化，与我国的文化，颇有"方枘圆凿"之处。我中国若勉强效颦，也不过如同村女乡妇，走进城市，专学摩登。结果，染得一身新毛病，失了原有的旧美点，以至手忙脚乱，失身丧节。久居城市，既因怯头怯脑，难得摩登男女的欢迎。回返乡间，又因妖形妖态，难得老亲旧友的容纳，以至进无所据，退无可守。若再想恢复旧日的本色，就不能了。

借来的衣服，不合身体；借来的文化，不适国情。衣服之合与不合，仅仅关系一身；文化之适与不适，且必牵涉全国。一个人在借用别人的衣服之前，还须打量自己与别人身体的肥瘦长短。一个国在借取别国的文化之前，对本国与外国的国势民情，岂可不细加考核。西洋的文化，并非全无可取。我国自吸收西洋文化以来，所以只得害而未获其利，就是坏于徒知吸取而不知斟酌。

维新，不可失了主见。投降式的维新或顺民式的维新，全是奴性的。这种维新就是自求灭亡。

英国俗语说"乞丐不可当选主"。因为乞丐生了两只穷眼，看见新奇的东西就以为全是好的，并不能辨别美恶精粗。我国自道光22年以后，尤其是近十几年来，对于吸收外洋文化，简直是如同乞丐当了"选主"，胡滥选了一大堆，全不是实在能救饥寒的东西。

《伊索寓言》里说，一头驴子，听着草虫鸣叫得悦耳爽心，就问草虫道："你叫得这样好听，请问你是以吃什么东西为生？"草虫回答说："也不过吃露水。"驴子因为要学草虫，于是不肯再吃草料，专吃露水，不久竟致饥饿而死。它在将要断气的当儿，叹道："可惜露水太少，否则，我叫的声音，必能引动幽人雅士的心灵。"有一只乌鸦，见着天鹅的羽毛洁白可爱，大生羡慕之心。它以为天鹅所以洁白，是因为终日在水中游泳。于是他也日夜在水里翻腾，不肯上岸寻食。不久，因为受了饥寒，也就一命归阴，失望而终。我以为，一个国若羡慕别国的富强，不知考究所以富强的原因，就勉强仿学，也就是与那驴子和乌鸦相等。这种国，亡了也不可惜。

人己相安，人类的极大幸福

真文化是孝悌忠信礼义廉耻与种种道德的实现，真文化是大炮潜艇毒气流火与种种邪说的发明。

自古，东方的文化，是向人追求，所以主张正心。现今，西方的文化，是向物上考究，因而趋于纵欲。正心，才能使人安贫乐道，以增人类间的和平；纵欲，必至使人竞争排挤，而增人类中的纷扰。

古圣前贤，目光远大，知道人欲有害于人类的生存，所以对人欲，竭力主张克制。今日圣贤，思想偏狭，错认人欲是人类所以能进化的原因，所以对人欲，竭力提倡解放。

古圣前贤，并非与人类有仇。他所以主张克制人欲，正是出于大公之心，而为人类谋永久的平安。今圣今贤，并非有爱于人类。他们所以主张解放人欲，正是出于偏私之念，而为自己谋一时的权利。前者只是为公，反被浅见之徒视为仇敌。后者只是为私，竟被狂妄之辈尊为恩主。是非颠倒，黑白混淆，以现今的人心，遭现今的劫数，正是咎由自取，理所当然。

人，不可急于求富贵；国，不可急于求富强。人若急于求富贵，必至无所不为，因而丧失人格。国若急于求富强，必至颠倒错乱，因而摇动国本。

人格，是一个人所以可称为人的凭照；国本，是一个国所以可称为国的根基。人失了人格，国动于国本，纵然仿佛有些进步，其实也不过如同回光返照，决不能支持长久。

一时的现象，是"强存弱亡"；万古的定理，是"弱存强亡"。对浮躁的人，说这种话，就如同对夏天的飞虫，而谈冬天的冰雪。

有人对我说："人若要安贫乐道，人类就不能有进步的希望。"我说："人若能安贫乐道，不但可以使他自己不存妄想，也可使他不肯破坏别人的安宁。人己相安，就是人类的极大幸福，也就是人类进步的真凭实据。你若以为欧美现今那种竞争的情形，是人类的真正进步，就如同见着一伙强盗互相厮杀，而生羡慕之心。"

有人问我："自从我国变法维新以来，对于外洋的新法新制，总算搬运了一个无一不备，并且又截趾适履，舍己从人。那么，为什么只见其乱，而未见其治？"我回答道："有人曾说过：'圣人论治，有本有末。正心修身，其本也。建制立法，其末也。'我国既然仅仅在法上制上追求，而忘了在人上心上注意,法制虽然日渐完备而人心已是东倒西歪。本末既已颠倒,焉能有好的成绩?"

我所最忧伤的是,现今谈科学的人太多,讲人学的人太少。在我中国的新人物中,全是这种的趋向。我以为科学与人学并重,才能使人类减少痛苦而增加安乐。否则,不但与人类无益,而且有害。前次世界大战的残酷,只是因为人心兽化而又妄用科学的缘故。假若再不讲求人学,而一味地研究科学,不久就要使人类尽亡而变为禽兽世界。

国名、国体可改,国"性"万不可改

以中国的坏的与外国的好的相比,中国自然是比不上。以中国的坏的与外国的坏的相比,外国未必不较中国坏。以中国的好的与外国好的相比,中国未必准在外国之下。能明白这一点,然后才能谈得到守旧与维新。

国名可改,国体可改,惟国"性"(也可以说国民性)万不可改。正如一个人的名号可变,职业可变,独个性万不可变。

国的文化,如同人的灵魂。一个人的灵魂只要不离躯壳,身体纵然被病魔所缠,必不至于死亡。一个国的文化只要不被毁灭,国土虽然被敌所吞,终有复兴之望。

旧的未必就是野蛮,新的未必就是文明。现在所谓文明的,再过几年,未必不被人讥为野蛮。古时所认为野蛮者,又何尝不被现在的人认为文明。并且,在甲国所认为文明的,到乙国何尝不认为野蛮；乙国所谓野蛮者，到甲国何尝不认做文明。文明与野蛮，因时因地，就有变易，何尝有一定的标准。

纱罗绸缎羽毛绒呢狐貉羔獭，固然是美好的衣料，但是须分出季节，配合穿用。假若不辨春夏秋冬，将这种种，做成一件衣裳，穿在身上，不但穿的人，觉着冷热不均，而旁观的人，也以为是稀奇怪异。我中国讲求全盘西化之辈，纵然能吸取西洋各国的美点，假若不加考量，一起施于我国，也不过如同将以上的衣料制成一件衣裳。所以我以为，维新的人物，欲将中国英国化也可，美国化也可，以及任何国化也可，若全盘西化则不可。譬如一个女子，生在这文明时代，自由任性，嫁姓张的也可，嫁姓李的也可，若同时与张王李赵……发生密切关系，则实在不可。

追各强国的屁股赛跑而求与强国同化，固然仿佛是发愤图强的表示，但是须先睁开眼睛看一看现今几个强国是什么情形。他们正如一伙强盗，互相杀砍之后，直到今日，元气恢复起来，而又从事于下次交锋的预备。稍有脑筋的人，也能预断它们决无良好的结局。跟着人学也罢，与人同化也罢，学，就当以正人为标准，化，就不当以盗强为模范。要知，现今几个强国，如同全都骑上了老虎，正在心惊胆跳，不知如何是好的当儿，我中国若求与他们同化，正是等于要寻虎骑。

有人说："现今几个强国之中，颇有与我国感情深厚的，愿对我国加以援助。我国若学法他们，正如蝇附骥尾，不用费力，就可得一日千里的进步。"我说："他们这些强国，纵然对我国愿加援引，焉知不是别有用意？他们对于同种的人，还要勾心斗角，利用科学的武器，彼此残杀，又岂能对我中国人有所爱惜？至于蝇附骥尾一句话，不过是说一个苍蝇若落在快马的尾巴上，也能达到快马所到之处。然而苍蝇必须留心观察那快马是向什么地方进行，假若快马发了疯狂而向深海里奔驰，苍蝇若不猛醒，速逃活命，必要与快马同遭灭顶之祸。"

现今，欧美各强国中的有心人，对于各国明争暗斗的情形，以及奇技淫巧的状况，已经是疾首蹙额，无法挽回。可惜我国的傻小子，还要急起直追，唯恐落后。这正如有眼的人，偏要紧随瞎子们，向深坑的边上赛跑。西洋文化已经到了日暮穷途的绝地了。第二次世界大战之后，就是欧美各国，自怨自恨迷途知返的日子。我中国人只要立定脚跟，明睁二目，就能见得着他们那呼天喊地的时候。到那时，他们才能深信东方的文化，是他们的救星。只不轻浮躁妄，眼皮太浅的人，才能被一时的现象吓坏了脑筋。

维新如用药，是为去病，不为添病

维新如用药，用药是为去病，不是为添病。维新是为图强，不是为求亡。药，虽然对症，也必须随着人的年龄体质区域，谨慎加减。新，纵然相宜，也当按着国的程度资格环境，详细斟酌。该加的，不可减。应减的，不可加。该缓的不可急，应急的不当缓。藏红花虽是妇科常用之药，然而对80岁的老太婆，则极不妥当。腽肭脐虽是健肾壮阳之品，可是对20岁的小伙子，更不可妄用。以我中国的经济现状而言，若仍竭力吸收奢侈的洋化，就好比强老太婆日服八钱藏红花。以我中国社会的现状而论，倘再尽量提倡新奇的思想，就如同劝诱小伙子日服十具腽肭脐。

一个女子，愈追求男化，愈失去女子的天然美。一个邦国，愈追求洋化，愈失去邦国的独立性。阴，不阳化，才能与阳对立。华，不洋化，才能与洋并存。自保特异之点，与人对峙，是争存的条件。自弃特异之点，与人化合，是求亡的途径。

猫不求化于狸，狗不求化于狼。所以世上猫不断种，狗不根绝。狸虽凶狠，不能阻碍猫的繁衍。狼虽贪暴，不能减少狗的孳生。因猫不与狸同化，而替猫悲伤，是不明弱存强亡的定理；因狗不能与狼同化，而为狗忧惧，是不明优败劣胜的准则。

惟强者，才受"自然的淘汰"；惟弱者，才能保"永久的延续"。惟耳食之徒，才肯深信一时的现象；惟浅见之辈，才敢轻忽万古的定理。

我中国，若想用夏变夷未免是骄气太深，若想用夷变夏实在是骨头太软。人的天性，不能不好新奇。在这海禁大开，交通便达的今日，虽远隔洋，如同近在咫尺。若对于新奇，一毫不加沾染，未免是强人所难。不过，我以为若些微化尚可，若全盘化则万万不可。个人些微洋化，只是他个人的自由，外人无法阻拦。少数的人，若欲对祖国实行全盘洋化，则关涉民族的存亡，凡是国民，即当群起而攻。

人若不疯癫，决不忍污蔑自己的祖国

英国阿灵顿说："中国衰弱之罪，不在其固有之文化，而在中国人不能遵循产生其文化之遗教与精神。"可见，我国求强之道，不必在我国的文化上寻瑕疵，而应在人心上找毛病。正如子孙若不知要强，而偏指责祖宗的缺点，实在是舍本逐末，倒行逆施。况且，只要是一个稍有思想的外国人，还不敢轻蔑我国的文化，如中国人，又何必自轻自贱，自认是没有文体的国家。

自从1919年，我国的新人物中，出了一班骂祖先的人。他们因为要竖起西洋文化的旗帜，造成新势力，以便包办中国的一切，于是乎狠命地对中国固有的一切，加以猛烈的攻击，甚至胆敢污骂中国人是半开化的民族。他们的祖先既未入过外国籍，并且纵然入过外国籍，而骨血还是中国的骨血，他们污蔑中国人，请问他们那文明的贵体是由何处而来。譬如，一个人自骂他的父亲作贼，他的母亲为娼，试问与他自己有什么光彩？这不但不能提高自己的身价，反要增添自己的羞辱。

骂一个国或一个宗教中的某一部分或某一个人，原不是大罪。若骂一国或骂一宗教，就是罪不容诛。因为这是污辱了那全国的人民，污辱了那全教的信徒。一国的文化是一国国魂之所寄托，有神圣不可侵犯的尊严。若骂一国的文化，简直就是骂及全体全国的国民。只因我国衰弱，外国人虽对我国国民，加以种种的欺凌，可是直到今日，还不敢对我国文化胡批乱评。我中国人，只要有廉耻有血性，对于污辱中国文化的外国人，必须以热血与他拼一个死活。假若我中国人中，再有自骂中国文化的人，我中国人，更当认他是外人之后，将他"屏诸四夷，不与同中国"。

罗素说："中国人，一伟大国民也，不能久受外人之压制。彼不欲采吾人之恶，以增进其兵力。但欲采吾人之善，以增进其智慧。予意世界国民，唯中国人能真信智慧较真实尤可贵。而西洋人，凡以中国人为野蛮。"罗素是英国人，他既是全球知名的人物，当然不是故意邀买中国人的好感。他若不是对中国有深切的研究，也不能发出这样确实的评论。外国人，只要对中国，还能看出中国人特有的美点。假若中国人对本国古圣先贤的遗书稍加研究，我想他决不忍讥评中国人的文化。

前年，我听一个朋友对外国人说："我耻为中国人。"那外国人对他说："你为什么耻为中国人，中国无论多么不好，你既是中国人，就不能耻为中国人。正如英国人不耻为英国人，美国人不耻为美国人。"我以为人家这话是对的。只要我国人不以当中国人为羞耻，我想我中国永远是中国人的中国。

古谚说："狐向穴嗥，不详。"狐之大穴，如同人之有国。穴是狐的藏身之处，国是人的寄命之所。狐无穴，不能避危险。人无国，不能况生存。狐若非疯狂，决不肯轻视自己的巢穴。人若不癫痫，决不忍污蔑自己的祖国。

古诗上说"胡马嘶北风，越鸟巢南枝"。胡地在北，由北方来的马，遇到刮北风的时候，还要触动故土之思，而发悲鸣。越国在南，由南方来的鸟，建筑窝巢，还要寻找向南的树枝，而示依恋。禽兽尚且如此，人若一味地羡慕外洋，而任意地轻视祖国，他的思想，岂不是在禽兽之下！

韦伯斯特说："我既生为美国人，我生，要为一美国人；我死，要为一美国人。"我中国人，若能将他这话，改为"我既生为中国人，我生，要为一中国人；我死，要为一中国人"，那么，活着就对得起全国的同胞，对得起所吃的粮米，对得起已死的祖先，对得起将来的子孙。假若我四万万五千万国民之中，有1/4有这种决心，纵然我全国地图的3/4变了颜色，也不过是一时的现象。

一国的文化，是立国的精神

孟子所说的立国三宝"土地、人民、政事"，孟德斯鸠所说的立国三要素"土地、人民、主权"，全是东西相同、中外无异的名言。主权与政事，名称虽然不同，意义全是一样。不过，我以为人民，尤其是不改国民性的人民，最为重要。国不过是家的放大，土地如同一家的产业；政事或主权，不过如同一家对内的规则与对外的方法；人民不过如同一家的子孙。只要立志坚强，不背祖训，纵然产业被人侵占了去，终有物归原主的时候。并且好的子孙，还能在外添置产业。否则纵有极大的产业，也是保守不住的。

一国的文化，是一国立国的精神，它的重要性，较比国土还重要到千百万倍。我以为传扬本国的文化之功，大于开疆拓土。毁弃本国文化之罪，尤甚于割地称臣。

我中国，向来被人称为文弱的国。我常想这个原因，只是因为我国素以"自守"为主，不愿扰害别国的和平。我国对于开疆拓土的汉武张骞之辈，并不怎样的恭维，这就是我国人不愿扰害别国的凭证。纵然因此得到文弱之名，我以为，我国正可以"文弱"二字自夸。因为这种何人怎样待你，你也怎样待人的思想，正是人种真正文明进化的表示。

据新圣人某甲说："中国素以'儒'道立国。儒是'懦弱无能，苟且图存'的意思。我中国所以危弱，只是受了儒道的毒……"据我所知，"儒"字的意义，决不是像他所说的那样卑鄙。仅以《韩诗外传》对儒字的解释，儒就是"不易之术"。所谓不易之术者，即是可行于古，可行于今，千古不变的准则。以儒道而言，当然以孔孟为代表。但是孔孟二人，决不是任人欺凌而自甘忍受的人。他们对于强者，未尝有一点屈服的表示。

世上的人，不能全善，也不能全恶；世上的国不能全强，也不能全弱。既有善恶强弱的不同，恶必欺善，强必凌弱。就以思想单纯的禽兽虫鱼而言，还有这种的现象。人类的欲望复杂，这类恶行，当然格外的繁多。不过，我以为，人类既然比禽兽虫鱼，多有一个能辨别是非的天良，就当对得起万物之灵这个名称，竭力地不使禽兽鱼虫间的现象，表演于人类的世界。在几万年前的"猿人"时代，人类的思想与行为，原与禽兽相差不多；人类彼此残杀，互相狠斗，还有可说。在这20世纪的今日，若仍不能改变几万年前的老套，还配谈什么文明与进化。

现今所谓"文明进化"者，据我观察，不过是杀人的利器日多，祸人的方法日毒，骗人的主义日巧，诱人的学说日精。人类的恐惧日加，人类的寿命日短，人类的烦恼日增，人类的凶狠日甚。照这样"文明"下去，必致将人类变为"紊"乱无序，"冥"顽不灵。照这样"进化"下去，必致将人类"尽化"为禽兽。

图万世之安，欧美当求教于我国

真正益人之道，并不十分神秘；真正有用之学，并不异常新奇；真正养人之食，并不特别香甜。

去伪存诚，实事求是，是修己、治人的八字箴言。现今，使我国不能富强的病根，只是虚伪二字。由此可见若将这个病根去不净，无论讲什么高明的主义，论什么惊人的科学，也是只能趋于乱亡。

"生吞活咽"的新文化，是削足适履的文化，是舍己从人的文化，是用夷变夏的文化，是反客为主的文化。总而言之，是奴性的文化。

中国古圣前贤的书，是主张克己。克己是难事，所以不受人的欢迎。外洋新兴的学说，是提倡责人。责人是易事，所以容易受人的接纳。

现今流行的书报，多是教争、教乱、教残、教忍。这全是亡身、败家、祸国、乱天下的先锋。

青年人喜欢听什么，就讨着他们的心意发言。这种杀人不见血的恶行，非有铁石心肠的人决不忍为。看见别人的孩子，想一想自己的儿女，也当知警惕。

光绪二十六年以前，老学究的教育，是给本国皇帝造顺民。"民国"八年以后，新圣人的教育，是替外国学者造奴隶。

有人对我说：现今的人，知识开得太早了。六七岁的孩子，几乎比当初六七十岁的老人还明白。你以为是好是坏？我说：这是不祥之兆。人的知识，如同草木的籽粒果实，成熟须有一定的期限。熟得太早，决不是好的现象。繁荣得太快，凋谢得必速。

现今，说话作文若用上君、后等字，人必说是顽固腐化，受了封建的遗毒。但是，若提到电影皇帝、剧界大王、影后、舞后、女王，人反以是时髦摩登，合乎现代潮流。这是什么原因，真令我莫名其妙。

我常对学生们说："怨天尤人，是无志；责骂环境，是无耻。自从新圣人们提倡'责人'的学说以来，误尽我国无数大有后望的青年，使他们只知高谈'这个不良，那个恶劣'，而忘了在自己的'正心修身'上注意。"

离开应走的正道，当然入了不当入的歧途。现今，听许多青年所说的话，看他们所作的文，全有"彷徨十字街头"的言词，足见他们是迷了方向。他们所以陷入欲进不得，欲退不能的进步，并不全是他们的过错。过错的责任十分之九，是在一些野心的"作家"。你只要查一查现今许多青年所爱看的书报杂志，就可以查出使他们走入歧路的罪魁祸首是谁。

熟得太早，决不是好的现象；
繁荣得太快，凋谢得必速。

以"精神文明"而言，我中国在各国间，实在居于老祖的地位。以"物质文明"而论，我中国与欧美相较，尚在孩提的时代。图一时之强，我国可以求教于人；图万世之安，欧美还当求教于我。

卖洋货的，当然不喜欢售古玩的；卖洋装书的，当然不喜欢木版书的。那么，依此类推，新圣人当然与旧文化势不两立。卖洋货的与卖洋装书的和售古玩的与卖木版书的，并无仇怨，不过因为夺生意起见，不能不立于敌对的地位。

不要用中国钱，造就一些"外国式"的高等中国人

不求书法进步，虽花重价，购买好碑帖，并不算妄费钱财。然而在未能将字"写成个"之前，就用顶好的笔墨纸张，实在是暴殄天物。我每逢见着小学学生使用极品文具，我就以为他们的家长或他们的教员，故意使他们毁害东西。

我的亲戚的小儿女，在某小学读书。所用的文具，务求精美。仅以记事簿一项，每册就用钱三角以上。我问是什么原因，据说是奉教员之命买的。我对我的亲戚说：这种教员，足可以养成小学生奢侈的恶习。这种教员只可到富贵族的宅里，去教公子小姐，指导他们如何"败家"。至于像我们这等小户人家，实在难以供应。

现今，不但学生所用的美术化的文具，是妄费钱财，而所谓的教科书更是极大的消耗品。我国为求救国、救民、文明、进化起见，对于教科书，今天改，明天换；我们既不愿亡国灭

种，对这种"朝改夕换"的良法，当然不敢表示反对。唯独教科书的昂贵，实在使当家长的真有一点担负不起。现在，普通的家长，每逢开学，对于学费已经咬牙，对于书费更是咧嘴。一家若有三个孩子，同时入小学中学大学，这笔买书的费用，简直足可使当家长的上吐下泻。

现今的小学教科书，每科每本就需大洋一角八分；中学的每科每本就需大洋七角之多；至于大学用书，每本至少超过二元以上。仅以上海某大书店的小学教科书而言，一印就是千万多本。有几种已经印到一百四十几版。我对印刷事业，并不外行。这种一角八分一本的教科书，连版税在内，每本成本用不了五分大洋。每本可获利一角大洋以上。若加计算，岂不是一本万利。做生意是为得利，自然无可反对。但是，要知消遣用的书，贵一点也不妨，因为是愿买则买。教科书的定价，必须特别低廉，因为不买不行。某大书店，只为自己得大利，可是全国有子女的人，就受了大害。教育当局，果肯为人民设想，就当对这种包办教科书的大商，痛加惩罚。

近一两年来，市上出了许多"打折扣"的书，其中颇有极有名的著作。虽然全有错字，大体并不误谬。这实在是为穷苦的读书人，增了无量的便利。我以为，印刷这种书的书店，实在有传布文化的效能，应当优加奖励。有人说：这种廉价的书上市，上海几家大书店全都受了极大的影响。我说：与其在出版界中，养成一两个包办文化的托拉斯，实在不如使穷小子多得一点买书的机会。假若我国的教育当局，能特编教科书，也按这种廉价的办法卖给学生，实在是功德无量。较比每年遣派无数的官费留学生，还能真正有益于国，有利于民。与其用中国钱，造就一些"外国式"的高等中国人，实在不如造就许多能认中国字的下等小百姓。

现今,许多学生对于功课,全说不感兴趣,这是极大的错误。许多教育家因为要提高学生的兴趣,竭力迎合学生的心理,这更是极大的错误。因为使学生欢喜的教材,决不是将来真正与他们有益的东西。所以,我以为教育,必须"反心理学",才能与学生有实用。那些主张"教育须合学生心理"的教育家,全是将教育看做哄少爷的手段了。

除自强外,无胜人术

曾国藩说:"除自强外,无胜人术。"人若想不被别人所打倒,只是在自己的身上用精神。国若想不被别国所灭亡,只有在自己的国内用功夫。人,追着别人乱跑,决不是自强的方法。国,随别国乱学,也不是自强的门径。

所谓自强者,是竭力发展自己的特长,使之达到一个完美的地步。是要用这样的特长,应付别人的所短。不是效法别人的特长,而遗弃自己的所长。要知,与人不同,才有胜人之望。民众强同,正是取败之道。

人善使刀,你善使枪。你要想胜人,不可丢下你的枪而学使刀。人若想胜你,也不当抛弃他的刀而学使枪。你苦苦地练枪,才是最好的自保之法。他勤勤地练刀,才是最好的自卫之术。

现今欧美的文明,只要稍有思想的人,就可以知道他们那种文明,是疯狂的文明,是酒醉的文明,是打"强心针"

的文明,是服"春药"的文明,全是一时变态的恶现象,全不是自然的真精神。有心人,见着他们这种情形,只是为他们的前途担扰。唯独混小子,才能见他们这凶野的行为而生羡慕。

"天良"永远时兴,"真理"永不落伍

近十几年来,我国骂人的艺术并没有进步,唯独捧人的手段真是超绝千古。就以前年新月书局那则广告而言,足可以给他们所捧的人,招生许多不利。因为某学者在那书局里发售一本大作,那书局就大吹大擂说"中国文父"某先生近作某某书出版……我看了之后,几乎气破了肚皮。因为,"父"者,母之丈夫也,自己之爸爸也。什么恭维之词不可使用,为何竟因捧人而自处于儿子之辈。

我中国,现今固然有极少数的人不认亲爹,但是也不可随随便便用父字作捧人的材料。所以,用父字恭维人之前,应当首先查一查字典,翻一翻辞源,以免吃亏上当。在古罗马,虽然有称元老院议员为父的前例,但是那个父子,正与我国古时称年高有德且执掌教化者为"父老"意思相同。罗马教徒虽然称掌教的人为父,但是那个父字译中文必为"神父或教主",用洋文写且必须以在母起首,以为区别。古罗马人,虽然称地伯河为父,古伦敦人,虽然称泰晤士河为父,那是因为他们将这两条河,认作人民的保障。也并不是可以随便将一个父字,加在任何一人或一物上……

天良是能分辨是非的一种感觉。世上的活物虽然繁多,

只有人类独具这种感觉。所以说，人类独有天良。也可以说，惟人类有是非之心。人类所以称为万物之灵，并不是因为知识高于万物。乃是因为有这种能分辨是非感觉，使人类超出于万物之上，而不与禽兽虫鱼合群为伍，相提并论。

"天良"永远时兴，"真理"永不落伍。天下有不同的人种，无不同的天良；天下有不同的事务，无不同的真理。人类虽然进化，化不了固有的天良；科学虽然神奇，变不了永存的真理。

是非之辨，如同白黑之分，并没有什么神奇奥妙。因为合于天良，不背真理，就为是；反背天良，违逆真理，就是非；可行于永久的就为是，只可行于一时的就是非；平平常常就为是，奇奇怪怪就是非。尊重本国文化，顺合本国民情，就为是；破坏本国文化，背叛本国民情，就是非。

肉眼不瞎，必能认黑白；心眼不瞎，必能辨是非。肉眼瞎了，不过成为人中的残废；心眼一瞎，就必化为人中的禽兽。山林中的禽兽，还知爱惜自己的巢穴和自己的同类。人类中的禽兽，反能毁坏自己的国家和自己的国人。尤可恨的是这禽兽，肉眼与心眼，并非真瞎，而故意要行瞎心瞎眼的事。

一时劝人以口，百世劝人以书

古谚说："美女入市，恶女之仇。"美女并不妨碍丑女的出入，她们所以"仇"不过是起于嫉妒之心。在无知无识的禽兽之中，还不能免除，何况在人类之间。你若假造谣言，向读书的人，有两条命，有两个嘴。读书的人，不但嘴可以发言，笔也可以说话。不但生在世上是活着，躺在土里还是活着。

丑女挑拨，说"美女有毁你之意"，丑女听到耳里，当然要和美女势不两立。

挑拨鼓动的言辞，最易入人耳；劝解调和的话，最难动人心。现今的新圣人，所以容易成名，就是全由挑拨、鼓动人的嫉妒之心下手。

古人说："一时劝人以口，百世劝人以书。"这第一句，凡是一个人，全能做得到。这第二句，唯有读书的人，才能做得来。可惜我国自从染了洋毒以来，不读书识字的人，多以为"一时骗人以口"是最好的处世方法。读书识字的人，多以为"百世骗人以书"是最好的成名之术。

世上的人，全有私心，全有弱点。你若能看出这个私心之所趋，弱点之所向，然后再迎合私心恭维这个弱点，发言作文，你立时就可以得到多数人的同情。你若再能假借好听的名目，发些瞒心昧己的学说。甚至，你虽遭了天诛，人还说你的"精神不死"。然而，你不必因羡慕而欲追学。当知这种"成名"的方法，不过如同做贼养汉"发财"，来路既然不正常，享受也不能长久。

古时中外的学者，所以流芳千载，只是因为传布平平常常的真理，劝人为善，导人修己。现今中外的学者，所以名动一时，只是因为创造奇奇怪怪的邪说，引人纵欲，诱人责人。以古人的真诚，劝化人心，而谋人类的安和，还不能完全成功。以今人的虚伪，诱导人欲，而求人类的幸福，岂不是南辕北辙。照这样诱导下去，也不过是使人类退化为毫无理性的两足动物，彼此互杀相食而已，岂能再有幸福二字之可言。

·疯话集成·

读书的人，有两条命，有两个嘴。不读书的人，仅有一条命，一个嘴。读书的人，不但嘴可发言，笔也可以说话。不但生在世上是活着，躺在土里还是活着。因为他的著作，若得传流下去，他的骸骨，纵然化为灰尘，他的文章还能替他宣讲。可见，读书的人的第二个嘴，能永远不烂，第二条命，能永远不死。

读书的人，既然比不读书的人多有一个嘴，多有一条命，就当善用这个嘴和这条命。发言，就当本乎天良，要为有益于世道人心之言。著书，就当认清是非，要为有益于世道人心之书。不要为一时的富贵权势，讨人的欢喜。不要为一时的贫贱屈辱，灭自己的天良。一个读书的人，尤其是一个著作家，果能这样坚持到底，活着就可得到自己精神上的快慰，死了也可以对得起那块埋尸的黄土。